只有一个人生

周国平 著

北京出版集团
北京十月文艺出版社

新经典文化股份有限公司
www.readinglife.com
出 品

目录 Contents

第一辑 活出真性情

在义与利之外 //2

成功的真谛 //5

自己的园地 //7

人生贵在行胸臆 //10

康德、胡塞尔和职称 //17

生命中不能错过什么 //20

活出真性情 //23

倾听生命自身的声音 //26

享受生命本身 //30

与身外遭遇保持距离 //33

有所为必有所不为 //36

成功是优秀的副产品 //38

比成功更重要的 //41

和命运结伴而行 //43

第二辑 成为你自己

每个人都是一个宇宙 //50

成为你自己 //58

对自己的人生负责 //61

记住回家的路 //63

独处的充实 //65

孤独的价值 //67

拥有"自我" //75

做自己的忠实朋友 //79

走在自己的路上 //83

独处也是一种能力 //86

交往的限度 //89

角　色 //91

第三辑　丰富的安静

丰富的安静 //96

安静的位置 //98

在沉默中面对 //100

"沉默学"导言 //102

议论家 //105

唱出了我们的沉默的歌者 //107

心静是一种境界 //110

倾听沉默 //113

节省语言 //118

第四辑　都市里的外乡人

怀念土地 //124

从挤车说到上海不是家 //127

侯家路 //130

旅 + 游 = 旅游？ //132

车窗外 //135

都市里的外乡人 //137

城市的个性和颜色 //139

南极素描 //142

亲近自然 //151

敬畏自然 //155

第五辑　习惯于失去

习惯于失去 //160

消费 = 享受？ //163

精神栖身于茅屋 //166

小康胜大富 //168

简单生活 //170

不占有 //173

第六辑　活着的滋味

永远未完成 //176

时光村落里的往事 //180

世上本无奇迹 //184

父亲的死 //187

古驿道上的失散 //190

生病与觉悟 //193

老同学相聚 //195

寂　寞 //197

无　聊 //199

往事的珍宝 //201

逆旅和聚散 //204

从零开始与未完成 //206

第七辑　徘徊在人生的空地上

空　地 //212

从生存向存在的途中 //214

没有目的的旅行 //219

等的滋味 //223

天才的命运 //228

从"多余的人"到"局外人" //234

回归简单的生活 //240

第八辑　存在之谜

自我二重奏 //244

失去的岁月 //252

探究存在之谜 //258

自我之谜 //266

第九辑　迷者的悟

迷者的悟 //270

今天我活着 //272

悲观·执着·超脱 //274

临终的苏格拉底 //280

人的伟大和悲壮 //283

困惑与觉悟 //286

第十辑　未知死焉知生

思考死：有意义的徒劳 //294

超验的死和经验的死 //311

生命树上的果子 //314

正视死亡 //317

我不愿意愿意死 //320

思考死的收获 //324

第十一辑　人生寓言

幸福的西西弗 //330

哲学家和他的妻子 //331

从一而终的女人 //332

诗人的花园 //333

与上帝邂逅 //334

潘多拉的盒子 //335

基里洛夫自杀 //336

抉　择 //337

罪　犯 //338

医生、巫婆和佛陀 //339

生命的得失 //340

寻短见的少妇 //341

流浪者和他的影子 //342

白兔和月亮 //343

孪生兄弟 //344

小公务员的死 //345

姑娘和诗人 //346

幸免者的哄笑 //347

无赖的逻辑 //348

落难的王子 //349

执迷者悟 //350

清高和嫉妒 //351

诺亚的子孙 //352

告别遗体的队伍 //353

想不明白的问题 //354

微不足道的事情 //355

第一辑 活出真性情

在义与利之外

"君子喻于义,小人喻于利。"中国人的人生哲学总是围绕着义利二字打转。可是,假如我既不是君子,也不是小人呢?

曾经有过一个人皆君子、言必称义的时代,当时或许有过大义灭利的真君子,但更常见的是假义之名逐利的伪君子和轻信义的迂君子。那个时代过去了。曾几何时,世风剧变,义的信誉一落千丈,真君子销声匿迹,伪君子真相毕露,迂君子豁然开窍,都一窝蜂奔利而去。据说观念更新,义利之辨有了新解,原来利并非小人的专利,倒是做人的天经地义。

"时间就是金钱!"这是当今的一句时髦口号。企业家以之鞭策生产,本无可非议。但世人把它奉为指导人生的座右铭,用商业精神取代人生智慧,结果就让自己的人生成了一种企业,使人际关系成了一个市场。

我曾经嘲笑廉价的人情味,如今,连人情味也变得昂贵而罕见了。试问,不花钱你可能买到一个微笑、一句问候、一丁点儿恻隐之心?

不过,无须怀旧。想靠形形色色的义的说教来匡正时弊,拯救世风人心,事实上无济于事。在义利之外,还有别样的人生态度。

在君子小人之外，还有别样的人格。套孔子的句式，不妨说："至人喻以情。"

义和利，貌似相反，实则相通。"义"要求人献身抽象的社会实体，"利"驱使人投身世俗的物质利益，两者都无视人的心灵生活，遮蔽了人的真正的"自我"。"义"教人奉献，"利"诱人占有，前者把人生变成一次义务的履行，后者把人生变成一场权利的争夺，殊不知人生的真价值是超乎义务和权利之外的。义和利都脱不开计较，所以，无论义师讨伐叛臣，还是利欲支配众生，人与人之间的关系总是紧张。

如果说"义"代表一种伦理的人生态度，"利"代表一种功利的人生态度，那么，我所说的"情"便代表一种审美的人生态度。它主张率性而行，适情而止，每个人都保持自己的真性情。你不是你所信奉的教义，也不是你所占有的物品，你之为你仅在于你的真实"自我"。生命的意义不在奉献或占有，而在创造，创造就是人的真性情的积极展开，是人在实现其本质力量时所获得的情感上的满足。创造不同于奉献，奉献只是完成外在的责任，创造却是实现真实的"自我"。至于创造和占有，其差别更是一目了然，譬如写作，占有注重的是作品所带来的名利地位，创造注重的只是创作本身的快乐。有真性情的人，与人相处唯求情感的沟通，与物相触独钟情趣的品味。更为可贵的是，在世人匆忙逐利又为利所逐的时代，他接人待物有一种闲适之情。我不是指中国士大夫式的闲情逸致，也不是指小农式的知足保守，而是指一种不为利驱、不为物役的淡泊的生活情怀。仍以写作为例，我想不通，一个人何必要著作等身呢？倘若想流芳千古，一首不朽的小诗足矣。倘无此奢求，则只要活得自在即可，写作也不过是这活得自在的一种方式罢了。

王尔德说:"人生只有两种悲剧,一是没有得到想要的东西,另一是得到了想要的东西。"我曾经深以为然,并且佩服他把人生的可悲境遇表述得如此轻松俏皮。但仔细玩味,发现这话的立足点仍是占有,所以才会有占有欲未得满足的痛苦和已得满足的无聊这双重悲剧。如果把立足点移到创造上,以审美的眼光看人生,我们岂不可以反其意而说:人生中有两种快乐,一是没有得到想要的东西,于是你可以去寻求和创造;另一是得到了想要的东西,于是你可以去品味和体验?当然,人生总有其不可消除的痛苦,而重情轻利的人所体味到的辛酸悲哀,更为逐利之辈所梦想不到。但是,摆脱了占有欲,至少可以使人免除许多琐屑的烦恼和渺小的痛苦,活得有气度些。我无意以审美之情为救世良策,而只是表达了一个信念:在义与利之外,还有一种更值得一过的人生。这个信念将支撑我度过未来吉凶难卜的岁月。

1988 年 8 月

成功的真谛

在通常意义上，成功指一个人凭自己的能力做出了一番成就，并且这成就获得了社会的承认。成功的标志，说穿了，无非是名声、地位和金钱。这个意义上的成功当然也是好东西。世上有人淡泊于名利，但没有人会愿意自己彻底穷困潦倒，成为实际生活中的失败者。歌德曾说："勋章和头衔能使人在倾轧中免遭挨打。"据我的体会，一个人即使相当超脱，某种程度的成功也仍然是好事，对于超脱不但无害反而有所助益。当你在广泛的范围里得到了社会的承认，你就更不必在乎在你所隶属的小环境里的遭遇了。众所周知，小环境里往往充满短兵相接的琐屑的利益之争，而你因为你的成功便仿佛站在了天地比较开阔的高处，可以俯视，从而以此方式摆脱这类渺小的斗争。

但是，这样的俯视毕竟还是站得比较低的，只不过是恃大利而弃小利罢了，仍未脱利益的计算。真正站得高的人应该能够站到世间一切成功的上方俯视成功本身。一个人能否做出被社会承认的成就，并不完全取决于才能，起作用的还有环境和机遇等外部因素，有时候这些外部因素甚至起决定性作用。单凭这一点，就有理由不以成败论英雄。我曾经在边远省份的一个小县生活了将近十年，如果不是大环境发生变化，也许会在那里"埋没"终生。我尝自问，倘真如此，我便比现在的我差许多吗？我不相信。当然，我肯定不会有现在的所谓成就和名声，但只要我精神上足够富有，我就一定会以另一种方式收获自己的果实。成功是一个社会概念，一个直接面对上帝和自己的人是不会太看重它的。

我的意思是说，成功不是衡量人生价值的最高标准，比成功更重要的是，一个人要拥有内在的丰富，有自己的真性情和真兴趣，有自己真正喜欢做的事。只要你有自己真正喜欢做的事，你就在任何情况下都会感到充实和踏实。那些仅仅追求外在成功的人实际上是没有自己真正喜欢做的事的，他们真正喜欢的只是名利，一旦在名利场上受挫，内在的空虚就暴露无遗。照我的理解，把自己真正喜欢做的事做好，尽量做得完美，让自己满意，这才是成功的真谛，如此感到的喜悦才是不掺杂功利考虑的纯粹的成功之喜悦。当一个母亲生育了一个可爱的小生命，一个诗人写出了一首美妙的诗，所感觉到的就是这种纯粹的喜悦。当然，这个意义上的成功已经超越于社会的评价，而人生最珍贵的价值和最美好的享受恰恰就寓于这样的成功之中。

2000 年 11 月

自己的园地

你们读过法国作家圣埃克苏佩里写的《小王子》吗?如果没有,那就太可惜了,一定要找来读一读。在我看来,它是世界上最棒的一篇童话,哪怕你们拿全世界的唐老鸭和圣斗士来跟我交换,我也决不肯。

童话的主人公是一个小王子,他住在一个只比他大一点儿的星球上,与一株玫瑰为伴,天天为她浇水。有一天,他和玫瑰花拌了几句嘴,心里烦,便离开他的星球,出去漫游了。他先后到达六个星球,遇见了一些可笑的大人。例如有一个商人,他的全部事情就是计算星星,他把这叫作"占有"。他就为"占有"而活着。他告诉小王子,他已经"占有"了一亿零一百六十二万二千七百三十一颗星星。小王子问他:"你拿它们做什么呢?"他答:"我把它们存到银行里去。"小王子不明白这是什么意思,商人便解释说:"这就是说,我在一张纸条上写下我的星星的数目,然后把这张纸条锁在抽屉里。"小王子问:"这就完了吗?"商人答:"当然,这样我就很富啦。"在别的星球上,小王子遇见的大人们也都在为他不明白的东西活着,什么权力、虚荣、学问呀。他心想:大人们真是怪透了。

小王子最后来到地球。在一片盛开的玫瑰园里,他看见五千株玫瑰，不禁怀念起他自己的那株玫瑰来。他的那株玫瑰与眼前这些玫瑰长得一模一样，但他却觉得她是独一无二的。这是为什么呢？一只聪明的狐狸告诉他："是你为你的玫瑰花费的时间，使你的玫瑰变得这么重要。对于你使之驯服的东西，你是负有责任的。"

这句话说得好极了。一个人活在世上，必须有自己真正爱好的事情，才会活得有意思。这爱好完全是出于他的真性情，而不是为了某种外在的利益，例如为了金钱、名声之类。他喜欢做这件事情，只是因为他觉得事情本身非常美好，他被事情的美好所吸引。这就好像一个园丁，他仅仅因为喜欢而开辟了一块自己的园地，他在其中培育了许多美丽的花木，为它们倾注了自己的心血。当他在自己的园地上耕作时，他心里非常踏实。无论他走到哪里，他也都会牵挂着那些花木，如同母亲牵挂着自己的孩子。这样一个人，他一定会活得很充实。相反，一个人如果没有自己的园地，不管他当多大的官，做多大的买卖，他本质上始终是空虚的。这样的人一旦丢了官，破了产，他的空虚就暴露无遗了，会惶惶然不可终日，发现自己在世界上无事可做，也没有人需要他，成了一个多余的人。

事实上，我们在小时候往往都是有真性情的。就像小王子所说的："只有孩子们知道他们在寻找些什么，他们会为了一个破布娃娃而不惜让时光流逝，于是那布娃娃就变得十分重要，一旦有人把它们拿走，他们就哭了。"孩子并不问破布娃娃值多少钱，它当然不值钱啦，可是，他们天天抱着它，和它说话，便对它有了感情，它就比一切值钱的东西更有价值了。一个人在衡量任何事物时，看重的是它们在自己生活中的意义，而不是它们在市场上能卖多少钱，这样一种生活态度就是真性情。你们长大了当然不会再抱着一个破布娃娃不放，但是我希望你们不要丢掉小时候对待破布娃娃的这种态度,不要丢掉真性情,不要丢掉自己真正的爱好。

小王子十分幸运,他在地球上终于遇见了一个能够理解他的大人,那就是这篇童话的作者。他和小王子特别谈得来,不过,正因为如此,他在大人们中间真是非常孤独。他和大人们谈什么都谈不通,就只好和他们谈桥牌、高尔夫球、政治、领带什么的,而他们也就很高兴自己结识了一个正经人。后来,小王子因为想念他的玫瑰花,回到那个小星球上去了。那么,现在这位圣埃克苏佩里在哪里呢?他是第二次世界大战时法国最出色的飞行员,在一次飞行中失踪了。我相信,他一定是去寻找他的小王子了。

1996 年 10 月

人生贵在行胸臆

一

读袁中郎全集，感到清风徐徐扑面，精神阵阵爽快。

明末的这位大才子一度做吴县县令，上任伊始，致书朋友们道："吴中得若令也，五湖有长，洞庭有君，酒有主人，茶有知己，生公说法石有长老。"开卷读到这等潇洒不俗之言，我再舍不得放下了，相信这个人必定还会说出许多妙语。

我的期望没有落空。

请看这一段："天下有大败兴事三，而破国亡家不与焉。山水朋友不相凑，一败兴也。朋友忙，相聚不久，二败兴也。游非及时，或花落山枯，三败兴也。"

真是非常飘逸。中郎一生最爱山水，最爱朋友，难怪他写得最好的是游记和书信，不过，倘若你以为他只是个耽玩的倜傥书生，未免小看了他。《明史》记载，他在吴县任上"听断敏决，公庭鲜事"，遂整日"与士大夫谈说诗文，以风雅自命"。可见极其能干，游刃有余。但他是真个风雅，天性耐不得官场俗务，终于辞职。后来几度起官，也都以谢病归告终。

在明末文坛上，中郎和他的两位兄弟是开一代新风的人物。他们的风格，用他评其弟小修诗的话说，便是"独抒性灵，不拘格套，非从自己胸臆流出，不肯下笔"。其实，这话不但说出了中郎的文学主张，也说出了他的人生态度。他要依照自己的真性情生活，活出自己的本色来。他的潇洒绝非表面风流，而是他的内在性灵的自然流露。性者个性，灵者灵气，他实在是个极有个性极有灵气的人。

二

每个人一生中，都曾经有过一个依照真性情生活的时代，那便是童年。孩子是天真烂漫、不肯拘束自己的。他活着整个儿就是在享受生命，世俗的利害和规矩暂时还都不在他眼里。随着年龄增长，染世渐深，俗虑和束缚愈来愈多，原本纯真的孩子才被改造成了俗物。

那么，能否逃脱这个命运呢？很难，因为人的天性是脆弱的，环境的力量是巨大的。随着童年的消逝，倘若没有一种成年人的智慧及时来补救，几乎不可避免地会失掉童心。所谓大人先生者不失赤子之心，正说明智慧是童心的守护神。凡童心不灭的人，必定对人生有着相当的彻悟。

所谓彻悟，就是要把生死的道理想明白。名利场上那班人不但没有想明白，只怕连想也不肯想。袁中郎责问得好："天下皆知生死，然未有一人信生之必死者……趋名骛利，唯曰不足，头白面焦，如虑铜铁之不坚，信有死者，当如是耶？"名利的追求是无止境的，官做大了还想更大，钱赚多了还想更多。"未得则前涂为究竟，涂之前又有涂焉,可终究欤?已得则即景为寄寓,寓之中无非寓焉,故终身驰逐而已矣。"在这终身的驰逐中,不再有工夫做自己真正感兴趣的事,接着连属于自己的真兴趣也没有了,那颗以享受生命为最大快乐的童心就这样丢失得无影无踪了。

事情是明摆着的:一个人如果真正想明白了生之必死的道理,他就不会如此看重和孜孜追逐那些到头来一场空的虚名浮利了。他会觉得,把有限的生命耗费在这些事情上,牺牲了对生命本身的享受,实在是很愚蠢的。人生有许多出于自然的享受,例如爱情、友谊、欣赏大自然、艺术创造等等,其快乐远非虚名浮利可比,而享受它们也并不需要太多的物质条件。在明白了这些道理以后,他就会和世俗的竞争拉开距离,借此为保存他的真性情赢得了适当的空间。而一个人只要依照真性情生活,就自然会努力去享受生命本身的种种快乐。用中郎的话说,这叫作:"退得一步,即为稳实,多少受用。"

当然,一个人彻悟了生死的道理,也可能会走向消极悲观。不过,如果他是一个热爱生命的人,这一前途即可避免。他反而会获得一种认识:生命的密度要比生命的长度更值得追求。从终极的眼光看,寿命是无稽的,无论长寿短寿,死后都归于虚无。不止如此,即使用活着时的眼光做比较,寿命也无甚意义。中郎说:"试令一老人与少年并立,问彼少年,尔所少之寿何在,觅之不得。问彼老人,尔所多之寿何在,觅之亦不得。少者本无,多者亦归于无,其无正等。"无论活多活少,谁都活在此刻,此刻之前的时间已经永远消逝,没有人能把它们抓在手中。所以,与其贪图活得长久,不如争取活得痛快。中郎引惠开的话说:"人生不得行胸臆,纵年百岁犹为夭。"就是这个意思。

三

我们或许可以把袁中郎称作享乐主义者，不过他所提倡的乐，乃是合乎生命之自然的乐趣，体现生命之质量和浓度的快乐。在他看来，为了这样的享乐，付出什么代价也是值得的，甚至这代价也成了一种快乐。

有两段话，极能显出他的个性的光彩。

在一处他说"世人所难得者唯趣"，尤其是得之自然的趣。他举出童子的无往而非趣，山林之人的自在度日，愚不肖的率心而行，作为这种趣的例子。然后写道："自以为绝望于世，故举世非笑之不顾也，此又一趣也。"凭真性情生活是趣，因此遭到全世界的反对又是趣，从这趣中更见出了怎样真的性情！

另一处谈到人生真乐有五，原文太精彩，不忍割爱，照抄如下："目极世间之色，耳极世间之声，身极世间之鲜，口极世间之谭，一快活也。堂前列鼎，堂后度曲，宾客满席，男女交舄，烛气熏天，珠翠委地，皓魄入帐，花影流衣，二快活也。箧中藏万卷书，书皆珍异。宅畔置一馆，馆中约真正同心友十余人，人中立一识见极高，如司马迁、罗贯中、关汉卿者为主，分曹部署，各成一书，远文唐宋酸儒之陋，近完一代未竟之篇，三快活也。千金买一舟，舟中置鼓吹一部，妓妾数人，游闲数人，泛家浮宅，不知老之将至，四快活也。然人生受用至此，不及十年，家资田产荡尽矣。然后一身狼狈，朝不谋夕，托钵歌妓之院，分餐孤老之盘，往来乡亲，恬不知耻，五快活也。"

前四种快活，气象已属不凡，谁知他笔锋一转，说享尽人生快乐以后，一败涂地，沦为乞丐，又是一种快活！中郎文中多这类飞来之笔,出其不意,又顺理成章。世人常把善终视作幸福的标志,其实经不起推敲。若从人生终结看,善不善终都是死,都无幸福可言。若从人生过程看,一个人只要痛快淋漓地生活过,不管善不善终,都称得上幸福了。对于一个洋溢着生命热情的人来说,幸福就在于最大限度地穷尽人生的各种可能性,其中也包括困境和逆境。极而言之,乐极生悲不足悲,最可悲的是从来不曾乐过,一辈子稳稳当当,也平平淡淡,那才是白活了一场。

中郎自己是个充满生命热情的人,他做什么事都兴致勃勃,好像不要命似的。爱山水,便说落雁峰"可值百死"。爱朋友,便叹"以友为性命"。他知道"世上希有事,未有不以死得者",值得要死要活一番。读书读到会心处,便"灯影下读复叫,叫复读,僮仆睡者皆惊起",真是忘乎所以。他爱女人,坦陈有"青娥之癖"。他甚至发起懒来也上瘾,名之"懒癖"。

关于癖,他说过一句极中肯的话:"余观世上语言无味面目可憎之人,皆无癖之人耳。若真有所癖,将沉湎酣溺,性命死生以之,何暇及钱奴宦贾之事。"有癖之人,哪怕有的是怪癖恶癖,终归还保留着一种自己的真兴趣真热情,比起那班名利俗物来更是一个活人。当然,所谓癖是真正着迷,全心全意,死活不顾。譬如巴尔扎克小说里的于洛男爵,爱女色爱到财产名誉地位性命都可以不要,到头来穷困潦倒,却依然心满意足,这才配称好色,那些只揩油不肯做半点牺牲的偷香窃玉之辈是不够格的。

四

一面彻悟人生的实质,一面满怀生命的热情,两者的结合形成了袁中郎的人生观。他自己把这种人生观与儒家的谐世、道家的玩世、佛家的出世并列为四，称作适世。若加比较，儒家是完全入世，佛家是完全出世，中郎的适世似与道家的玩世相接近，都在入世出世之间。区别在于，玩世是入世者的出世法，怀着生命的忧患意识逍遥世外，适世是出世者的入世法，怀着大化的超脱心境享受人生。用中郎自己的话说，他是想学"凡间仙，世中佛，无律度的孔子"。

明末知识分子学佛参禅成风，中郎是不以为然的。他"自知魔重"，"出则为湖魔，入则为诗魔，遇佳友则为谈魔"，舍不得人生如许乐趣，绝不肯出世。况且人只要生命犹存，真正出世是不可能的。佛祖和达摩舍太子位出家，中郎认为是没有参透生死之理的表现。他批评道："当时便在家何妨，何必掉头不顾，为此偏枯不可训之事？似亦不圆之甚矣。"人活世上，如空中鸟迹，去留两可，无须拘泥区区行藏的所在。若说出家是为了离生死，你总还带着这个血肉之躯，仍是跳不出生死之网。若说已经看破生死，那就不必出家，在网中即可做自由跳跃。死是每种人生哲学不可回避的根本问题。中郎认为，儒道释三家，至少就其门徒的行为看，对死都不甚了悟。儒生"以立言为不死，是故著书垂训"，道士"以留形为不死，是故锻金炼气"，释子"以寂灭为不死，是故耽心禅观"，他们都企求某种方式的不死。而事实上，"茫茫众生，谁不有死，堕地之时，死案已立"。不死是不可能的。

那么，依中郎之见，如何才算了悟生死呢？说来也简单，就是要正视生之必死的事实，放下不死的幻想。他比较赞赏孔子的话："朝闻道，夕死可矣。"一个人只要明白了人生的道理，好好地活过一场，也就死而无憾了。既然死是必然的，何时死，缘何死，便完全不必在意。他曾患呕血之病，担心必死，便给自己讲了这么一个故事：有人在家里藏一笔钱，怕贼偷走，整日提心吊胆，频频查看。有一天携带着远行，回来发现，钱已不知丢失在途中何处了。自己总担心死于呕血，而其实迟早要生个什么病死去，岂不和此人一样可笑？这么一想，就宽心了。

总之，依照自己的真性情痛快地活，又抱着宿命的态度坦然地死，这大约便是中郎的生死观。

未免太简单了一些！然而，还能怎么样呢？我自己不是一直试图对死进行深入思考，而结论也仅是除了平静接受，别无更好的法子？许多文人，对于人生问题做过无穷的探讨，研究过各种复杂的理论，在兜了偌大圈子以后，往往回到一些十分平易质实的道理上。对于这些道理，许多文化不高的村民野夫早已了然于胸。不过，倘真能这样，也许就对了。罗近溪说："圣人者，常人而肯安心者也。"中郎赞"此语抉圣学之髓"，实不为过誉。我们都是有生有死的常人，倘若我们肯安心做这样的常人，顺乎天性之自然，坦然于生死，我们也就算得上是圣人了。只怕这个境界并不容易达到呢。

1992 年 3 月

康德、胡塞尔和职称

我正在啃胡塞尔的那些以晦涩著称的著作。哲学圈子里的人都知道，胡塞尔是 20 世纪最重要的哲学家之一。作为现代现象学之父，他开创了一个半分天下、影响深广的哲学运动。可是，人们大约很难想到，这位大哲学家在五十七岁前一直是一个没有职称的人，在哥廷根大学当了十六年编外讲师。而在此期间，他的两部最重要的著作，《逻辑研究》和《观念》第一卷，事实上都已经问世了。

有趣的是，德国另一位大哲学家，近现代哲学史上当之无愧的第一人——康德，也是一个长期评不上职称的倒霉蛋，直到四十七岁才当上哥尼斯堡大学的正式教授。在此之前，尽管他在学界早已声誉卓著，无奈只是"墙内开花墙外香"，教授空缺总也轮不上他。

这两位哲学家并非超脱得对这种遭遇毫不介意的。康德屡屡向当局递交申请，力陈自己的学术专长、经济拮据状况、最后是那一把年纪，以表白他的迫切心情。当哥廷根大学否决胡塞尔的教授任命时，这位正埋头于寻求哲学的严格科学性的哲学家一度深感屈辱，这种心境和他在学术上的困惑掺和在一起，竟至于使他怀疑起自己做哲学家的能力了。

一个小小的疑问：且不说像斯宾诺莎这样靠磨镜片谋生的贫穷哲人，他的命运是太特殊了，只说在大学这样的学术圣地，为什么学术职称和真实的学术成就之间也会出现如此巨大的偏差？假设我是康德或胡塞尔同时代的人，某日与其中一位邂逅，问道："您写了这么重要的著作，怎么连一个教授也当不上？"他会如何回答？我想他也许会说："正因为这些著作太重要了，我必须全力以赴，所以没有多余精力去争取当教授了。"胡塞尔的确这样说了，在一封信中，他分析自己之所以一直是个编外讲师的原因，是因为他出于紧迫的必然性，自己选择自己的课题，走自己的道路，而不屑费神于主题以外的事情，讨好有影响的人物。也许，在任何时代，从事精神创造的人都面临着这个选择：是追求精神创造本身的成功，还是追求社会功利方面的成功？前者的判官是良知和历史，后者的判官是时尚和权力。在某些幸运的场合，两者会出现一定程度的一致，时尚和权力会向已获得显著成就的精神创造者颁发证书。但是，在多数场合，两者往往偏离甚至背道而驰，因为它们毕竟是性质不同的两件事，需要花费不同的工夫。即使真实的业绩受到足够的重视，决定升迁的还有观点异同、人缘、自我推销的干劲和技巧等其他因素，而总是有人不愿意在这些方面浪费宝贵的生命的。

以我们后人的眼光看，对于康德、胡塞尔来说，职称实在是太微不足道的小事，丝毫无损于他们在哲学史上的伟人地位。就像在莫里哀死后，法兰西学院在提到这位终生未获院士称号的大文豪时怀着自责的心情所说的："他的荣誉中什么都不缺少，是我们的荣誉中有欠缺。"然而，康德、胡塞尔似乎有点儿看不开，那默想着头上的星空和心中的道德律的智慧头脑，有时不免为虚名的角逐而烦躁，那探寻着真理的本源的敏锐眼光，有时不免因身份的卑微而暗淡。

我不禁想对他们说：如此旷世大哲，何必、何苦、何至于在乎许多平庸之辈也可轻易得到的教授称号？转念一想，伟人活着时也是普通人，不该求全责备。德国的哲学家多是地道的书斋学者，康德、胡塞尔并不例外。既然在大学里教书，学术职称几乎是他们唯一的世俗利益，有所牵挂也在情理之中。何况目睹周围远比自己逊色的人一个个捷足先登，他们心中有委屈，更属难免。相比之下，法国人潇洒多了。萨特的职称只是中学教师，他拒做大学教授，拒领诺贝尔奖奖金，视一切来自官方的荣誉富贵如粪土。不过，他的舞台不是在学院，而是在社会，直接面向大众。与他在大众中的辉煌声誉相比，职称当然不算什么。人毕竟难以完全免俗，这是无可厚非的吧。

可是，小事终究是小事，包括职称，包括在学术界、在社会上、在历史上的名声地位。什么是大事呢？依我之见，唯一的大事是把自己真正喜欢做的事做好。

1994 年 12 月

生命中不能错过什么
—— 《绿山墙的安妮》中译本序

安妮是一个十一岁的孤儿,一头红发,满脸雀斑,整天耽于幻想,不断闯些小祸。假如允许你收养一个孩子,你会选择她吗?大概不会。马修和玛莉拉是一对上了年纪的独身兄妹,他们也不想收养安妮,只是因为误会,收养成了令人遗憾的既成事实。故事就从这里开始,安妮住进了美丽僻静村庄中这个叫作绿山墙的农舍,她的一言一行都将经受老处女玛莉拉的刻板挑剔眼光——以及村民们的保守务实眼光——的检验,形势对她十分不利。然而,随着故事进展,我们看到,安妮的生命热情融化了一切敌意的坚冰,给绿山墙和整个村庄带来了欢快的春意。作为读者,我们也和小说中所有人一样不由自主地喜欢上了她。正如当年马克·吐温所评论的,加拿大女作家露西·蒙哥马利塑造的这个人物不愧是"继不朽的艾丽丝之后最令人感动和喜爱的儿童形象"。

在安妮身上,最令人喜爱的是那种富有灵气的生命活力。她的生命力如此健康蓬勃,到处绽开爱和梦想的花朵,几乎到了奢侈的地步。安妮拥有两种极其宝贵的财富,一是对生活的惊奇感,二是充满乐观精神的想象力。对于她来说,每一天都有新的盼望、新的惊喜。她不怕盼望落空,因为她已经从盼望中享受了一半的喜悦。她生活在用想象力创造的美丽世界中,看见五月花,她觉得自己身在天堂,看见了去年枯萎的花朵的灵魂。请不要说安妮虚无缥缈,她的梦想之花确确实实结出了果实,使她周围的人在和从前一样的现实生活中品尝到了从前未曾发现的甜美滋味。

我们不但喜爱安妮,而且被她深深感动,因为她那样善良。不过,她的善良不是来自某种道德命令,而是源自天性的纯净。她的生命是一条虽然激荡却依然澄澈的溪流,仿佛直接从源头涌出,既积蓄了很大的能量,又尚未受到任何污染。安妮的善良实际上是一种感恩,是因为拥有生命、享受生命而产生的对生命的感激之情。怀着这种感激之情,她就善待一切帮助过她乃至伤害过她的人,也善待大自然中的一草一木。和怜悯、仁慈、修养相比,这种善良是一种更为本真的善良,而且也是更加令自己和别人愉快的。

所以,我认为,这本书虽然是近一百年前问世的,今天仍然很值得我们一读。作为儿童文学的一部经典之作,今天的孩子们一定还能够领会它的魅力,与可爱的主人公发生共鸣,孩子们比我聪明,无须我多言。我想特别说一下的是,今天的成人们也应当能够从中获得教益。在我看来,教益有二。一是促使我们反省对孩子的教育。我们该知道,就天性的健康和纯净而言,每个孩子身上都藏着一个安妮,我们千万不要再用种种功利的算计去毁坏他们的健康、污染他们的纯净、扼杀他们身上的安妮了。二是促使我们反省自己的人生。在今日这个崇拜财富的时代,我们该自问,我们是否丢失了那些最重要的财富,例如对生活的惊奇感、使生活焕发诗意的想象力、源自感激生命的善良,等等。安妮曾经向从来不想象和现实不同的事情的人惊呼:"你错过了多少东西!"我们也该自问:我们错过了多少比金钱、豪宅、地位、名声更宝贵的东西?

2003 年 4 月

活出真性情

1

我的人生观若要用一句话概括,就是真性情。我从来不把成功看作人生的主要目标,觉得只有活出真性情才是没有虚度了人生。所谓真性情,一面是对个性和内在精神价值的看重,另一面是对外在功利的看轻。

2

"定力"不是修炼出来的,它直接来自所做的事情对你的吸引力。我的确感到,读书、写作以及享受爱情、亲情和友情,是天下最快乐的事情。人生有两大幸运,一是做自己喜欢做的事,另一是和自己喜欢的人在一起。所以,也可以说,我的"定力"来自我的幸运。

3

真实不在这个世界的某一个地方,而是我们对这个世界的一种态度,是我们终于为自己找到的一种生活信念和准则。

4

世上有味之事，包括诗、酒、哲学、爱情，往往无用。吟无用之诗，醉无用之酒，读无用之书，钟无用之情，终于成一无用之人，却因此活得有滋有味。

5

活得真诚、独特、潇洒，这样活当然很美。不过，首先要活得自在，才谈得上这些。如果你太关注自己活的样子，总是活给别人看，或者哪怕是活给自己看，那么，你愈是表演得真诚、独特、潇洒，你实际上却活得愈是做作、平庸、拘谨。

6

真实是最难的，为了它，一个人也许不得不舍弃许多好东西：名誉、地位、财产、家庭。但真实又是最容易的，在世界上，唯有它，一个人只要愿意，总能得到和保持。

7

人不可能永远真实，也不可能永远虚假。许多真实中一点儿虚假，或许多虚假中一点儿真实，都是动人的。最令人厌倦的是一半对一半。

8

真正有独特个性的人并不竭力显示自己的独特，他不怕自己显得与旁人一样。那些时时处处想显示自己与众不同的人，往往是一些虚荣心十足的平庸之辈。

9

我的生活中没有用身份标示的目标，诸如院士、议员、部长之类。那些为这类目标奋斗的人，无论他们为挫折而焦虑，还是为成功而欣喜，我从他们身上都闻到同一种气味，这种气味使我不能忍受和他们在一起待上三分钟。

10

每当我接到一张写满各种头衔的名片，我就惊愕自己又结识了一个精力超常的人，并且永远断绝了再见这个人的念头。

11

你说，得活出个样儿来。我说，得活出个味儿来。名声地位是衣裳，不妨弄件穿穿。可是，对人对己都不要以貌取人。衣裳换来换去，我还是我。脱尽衣裳，男人和女人更本色。

12

成熟了，却不世故，依然一颗童心。成功了，却不虚荣，依然一颗平常心。兼此二心者，我称之为有真性情。

13

不避平庸岂非也是一种伟大，不拒小情调岂非也是一种大气度。

14

我不愿用情人脸上的一个微笑换取身后一个世代的名声。

倾听生命自身的声音

1

"生命"是一个美丽的词,但它的美被琐碎的日常生活掩盖住了。我们活着,可是我们并不是时时对生命有所体验。相反,这样的时候很少。大多数时候,我们倒是像无生命的机械一样活着。

人们追求幸福,其实,还有什么时刻比那些对生命的体验最强烈、最鲜明的时刻更幸福呢?当我感觉到自己的肢体和血管里布满了新鲜的、活跃的生命之时,我的确认为,此时此刻我是世上最幸福的人了。

2

生命是最基本的价值。一个最简单的事实是,每个人只有一条命。在无限的时空中,再也不会有同样的机会,所有因素都恰好组合在一起,来产生这一个特定的个体了。一旦失去了生命,没有人能够活第二次。同时,生命又是人生其他一切价值的前提,没有了生命,其他一切都无从谈起。

因此,对于自己的生命,我们当知珍惜,对于他人的生命,我们当知关爱。

这个道理似乎是不言而喻的。可是，仔细想一想，有多少人一辈子只把自己当作了赚钱的机器，何尝把自己真正当作生命来珍惜；又有多少人只用利害关系的眼光估量他人的价值，何尝把他人真正当作生命去关爱。

3

生命是我们最珍爱的东西，它是我们所拥有的一切的前提，失去了它，我们就失去了一切。生命又是我们最忽略的东西，我们对于自己拥有它实在太习以为常了，而一切习惯了的东西都容易被我们忘记。因此，人们在道理上都知道生命的宝贵，实际上却常常做一些损害生命的事情，抽烟、酗酒、纵欲、不讲卫生、超负荷工作，等等。因此，人们为虚名浮利而忙碌，却舍不得花时间来让生命本身感到愉快，来做一些实现生命本身价值的事情。

往往是当我们的生命真正受到威胁的时候，我们才幡然醒悟，生命的不可替代的价值才凸显在我们眼前。但是，有时候醒悟已经为时太晚，损失已经不可挽回。

让我们记住，每一个人对于自己的生命，第一有爱护它的责任，第二有享受它的权利，而这两方面是统一的。世上有两种人对自己的生命最不知爱护也最不善享受，其一是工作狂，其二是纵欲者，他们其实是在以不同的方式透支和榨取生命。

4

生命原是人的最珍贵的价值。可是，在当今的时代，其他种种次要的价值取代生命成了人生的主要目标乃至唯一目标，人们耗尽毕生精力追逐金钱、权力、名声、地位等等，从来不问一下这些东

27

西是否使生命获得了真正的满足,生命真正的需要是什么。

生命原是一个内容丰富的组合体,包含着多种多样的需要、能力、冲动,其中每一种都有独立的存在和价值,都应该得到实现和满足。可是,现实的情形是,多少人的内在潜能没有得到开发,他们的生命早早地就纳入了一条狭窄而固定的轨道,并且以同样的方式把自己的子女也培养成片面的人。

我们不可避免地生活在一个功利的世界上,人人必须为生存而奋斗,这一点决定了生命本身的要求在一定程度上遭到忽视的必然性。然而,我们可以也应当减少这个程度,为生命争取尽可能大的空间。

在市声尘嚣之中,生命的声音已经久被遮蔽,无人理会。现在,让我们都安静下来,每个人都向自己身体和心灵的内部倾听,听一听自己的生命在说什么,想一想自己的生命究竟需要什么。

5

在中国传统哲学中,最重视生命价值的学派应是道家。《淮南王书》把这方面的思想概括为"全性保真,不以物累形",庄子也一再强调要"不失其性命之情""任其性命之情",相反的情形则是"丧己于物,失性于俗者,谓之倒置之民"。在庄子看来,物欲与生命是相敌对的,被物欲控制住的人是与生命的本性背道而驰的,因而是颠倒的人。

自然赋予人的一切生命欲望皆无罪,禁欲主义最没有道理。我们既然拥有了生命,当然有权享受它。但是,生命欲望和物欲是两回事。一方面,生命本身对于物质资料的需要是有限的,物欲决非生命本身之需,而是社会刺激起来的。另一方面,生命享受的疆域无比宽广，相比之下，物欲的满足就太狭窄了。因此，那些只把生命用来追求物质的人，实际上既怠慢了自己生命的真正需要，也剥夺了自己生命享受的广阔疆域。

6

生命是宇宙间的奇迹，它的来源神秘莫测。是进化的产物，还是上帝的创造？这并不重要。重要的是用你的心去感受这奇迹。于是，你便会懂得欣赏大自然中的生命现象，用它们的千姿百态丰富你的心胸。于是，你便会善待一切生命，从每一个素不相识的人，到一头羚羊、一只昆虫、一棵树，从心底里产生万物同源的亲近感。于是，你便会怀有一种敬畏之心，敬畏生命，也敬畏创造生命的造物主，不管人们把它称作神还是大自然。

7

热爱生命是幸福之本；同情生命是道德之本；敬畏生命是信仰之本。

享受生命本身

1

愈是自然的东西,就愈是属于生命的本质,愈能牵动我的至深的情感。例如,女人和孩子。

现代人享受的花样愈来愈多了。但是,我深信人世间最甜美的享受始终是那些最古老的享受。

2

最自然的事情是最神秘的,例如做爱和孕育。各民族的神话岂非都可以追溯到这个源头?

3

情欲是走向空灵的必由之路。本无情欲,只能空而不灵。

4

生命平静地流逝,没有声响,没有浪花,甚至连波纹也看不见,无声无息。我多么厌恶这平坦的河床,它吸收了任何感觉。突然,遇到了阻碍,礁岩崛起,狂风大作,抛起万丈浪。我活着吗?是的,这时候我才觉得我活着。

5

痛苦和欢乐是生命力的自我享受。最可悲的是生命力的乏弱，既无欢乐，也无痛苦。

有无爱的欲望，能否感受生的乐趣，归根到底是一个内在的生命力的问题。

6

健康是为了活得愉快，而不是为了活得长久。活得愉快在己，活得长久在天。

而且，活得长久本身未必是愉快。

7

夜里睡了一个好觉，早晨起来又遇到一个晴朗的日子，便会有一种格外轻松愉快的心情，好像自己变年轻了，而且会永远年轻下去。

8

光阴似箭，然而只是对于忙人才如此。日程表排得满满的，永远有做不完的事，这时便会觉得时间以逼人之势驱赶着自己，几乎没有喘息的工夫。

相反，倘若并不觉得有非做不可的事情，心静如止水，光阴也就停住了。永恒是一种从容的心境。

9

没有空玩儿,没有空看看天空和大地,没有空看看自己的灵魂……

我的回答是:永远没有空——随时都有空。

与身外遭遇保持距离

1
在大海边,在高山上,在大自然之中,远离人寰,方知一切世俗功利的渺小,包括"文章千秋事"和千秋的名声。

2
我们平时斤斤计较于事情的对错、道理的多寡、感情的厚薄,在一位天神的眼里,这种认真必定是很可笑的。

3
外在遭遇受制于外在因素,非自己所能支配,所以不应成为人生的主要目标。真正能支配的唯有对一切外在遭际的态度。内在生活充实的人仿佛有另一个更高的自我,能与身外遭遇保持距离,对变故和挫折持适当态度,心境不受尘世祸福沉浮的扰乱。

4
事情对人的影响是与距离成反比的,离得越近,就越能支配我们的心情。因此,减轻和摆脱其影响的办法就是寻找一个立足点,那个立足点可以使我们拉开与事情之间的距离。如果那个立足点仍在人世间，与事情拉开了一个有限的距离，我们便会获得一种明智的态度。如果那个立足点被安置在人世之外，与事情隔开了一个无限的距离，我们便会获得一种超脱的态度。

5

"距离说"对艺术家和哲学家是同样适用的。理解与欣赏一样，必须同对象保持相当的距离，然后才能观其大体。不在某种程度上超脱，就绝不能对人生有深刻见解。

6

物质的、社会的、世俗的苦恼太多，人就无暇有存在的、哲学的、宗教的苦恼。日常生活中的琐事限制太多，人就不易感觉到人生的大限制。我不知道这值得庆幸，还是值得哀怜。

7

"不为无益之事，何以遣有涯之生"，明白这一道理的人可谓已经得道，堪称智者了。多数人恰好相反，他们永远自诩在为有益之事，永远不知生之有涯。

8

张可久写"英雄不把穷通较""他得志笑闲人，他失脚闲人笑"。一个人不妨到世界上去奋斗，做一个英雄，但同时要为自己保留一个闲人的心态。以闲人的心态入世，得志和失脚都成了好玩的事，就可以"不把穷通较"了。

9

纷纷扰扰,全是身外事。我能够站在一定的距离外来看待我的遭遇了。我是我,遭遇是遭遇。惊涛拍岸,卷起千堆雪。可是,岸仍然是岸,它淡然观望着变幻不定的海洋。

有所为必有所不为

1

人的精力是有限的，有所为就必有所不为，而人与人之间的巨大区别就在于所为所不为的不同取向。

2

为别人对你的好感、承认、报偿做的事，如果别人不承认，便等于零。为自己的良心、才能、生命做的事，即使没有一个人承认，也丝毫无损。

我之所以宁愿靠自己的本事吃饭，其原因之一是为了省心省力，不必去经营我所不擅长的人际关系。

3

当我做着自己真正想做的事情的时候，别人的褒贬是不重要的。对于我来说，不存在正业副业之分，凡是出自内心需要而做的事情都是我的正业。

4

我相信，从理论上说，每一个人的禀赋和能力的基本性质是早已确定的，因此，在这个世界上必定有一种最适合他的事业，一个最适合他的领域。当然，在实践中，他能否找到这个领域，从事这种事业，不免会受客观情势的制约。但是，自己应该有一种自觉，尽量缩短寻找的过程。在人生的一定阶段上，一个人必须知道自己是怎样的人，到底想要什么了。

5

人一看重机会，就难免被机会支配。

6

当我们在诗和哲学的天地中悠游和寻求的时候，偶尔会听见来自尘世的新闻：某某高升了，某某出名了，某某发财了……

你有什么感想？

我的朋友答道：各得其所。

7

天地悠悠，生命短促，一个人一生的确做不成多少事。明白了这一点，就可以善待自己，不必活得那么紧张匆忙了。但是，也正因为明白了这一点，就可以不抱野心，只为自己高兴而好好做成几件事了。

成功是优秀的副产品

1

在确定自己的人生目标时，不应该把成功作为首选。首要的目标应该是优秀，其次才是成功。

所谓优秀，是指一个人的内在品质，有高尚的人格和真实的才学。一个优秀的人，即使他在名利场上不成功，他仍能有充实的心灵生活，他的人生仍是充满意义的。相反，一个平庸的人，即使他在名利场上风光十足，他也只是在混日子，至多是混得好一些罢了。

事实上，一个人倘若真正优秀，而时代又不是非常糟，他获得成功的机会还是相当大的。即使生不逢时，或者运气不佳，也多能在身后得到承认。优秀者的成功往往是大成功，远非那些追名逐利之辈的渺小成功可比。人类历史上一切伟大的成功者都出自精神上优秀的人之中，不管在哪一个领域，包括创造财富的领域，做成伟大事业的决非钻营之徒，而必是拥有伟大人格和智慧的人。

一个人能否成为优秀的人，基本上是可以自己做主的，能否在社会上获得成功，则在相当程度上要靠运气。所以，应该把成功看作优秀的副产品，不妨在优秀的基础上争取它，得到了最好，得不到也没有什么。在根本的意义上，作为一个人，优秀就已经是成功。

2

事业是精神性追求与社会性劳动的统一，精神性追求是其内涵和灵魂，社会性劳动是其形式和躯壳，二者不可缺一。

所以，一个仅仅为了名利而从政、经商、写书的人，无论他在社会上获得了怎样的成功，都不能说他有事业。

所以，一个不把自己的理想、思考、感悟体现为某种社会价值的人，无论他内心多么真诚，也不能说他有事业。

3

在人生中，职业和事业都是重要的。大抵而论，职业关系到生存，事业关系到生存的意义。在现实生活中，两者的关系十分复杂，从重合到分离、背离乃至于根本冲突，种种情形都可能存在。人们常常视职业与事业的一致为幸运，但有时候，两者的分离也会是一种自觉的选择，例如斯宾诺莎为了保证以哲学为事业而宁愿以磨镜片为职业。因此，事情最后也许可以归结为一个人有没有真正意义上的事业，如果没有，所谓事业与职业的关系问题也就不存在，如果有，这个关系问题也就有了答案。

4

我们都很在乎成功和失败，但对之的理解却很不一样，有必要做出区分。譬如说，通常有两种不同的含义。其一是指外在的社会遭际，飞黄腾达为成，穷困潦倒为败。其二是指事业上的追求，目标达到为成，否则为败。可以肯定，抽象地谈问题，人们一定会拥护第二义而反对第一义。但是，事业有大小，目标有高低，所谓事业成败的意义也就十分有限。我不知道如何衡量人生的成败，也许人生是超越所谓成功和失败的评价的。

5

现在书店里充斥着所谓励志类的书籍，其中也许有好的，但许多是垃圾。这些垃圾书的内容无非是两类，一是教人如何在名利场上拼搏，发财致富、出人头地，二是教人如何精明地处理人际关系，讨上司或老板欢心，在社会上吃得开。偏是这类东西似乎十分畅销，每次在书店看到它们堆放在最醒目的位置上，满眼是"经营自我""人生策略""致富圣经"之类庸俗不堪的书名，我就为这个时代感到悲哀。

"自我"原是代表每一个人最独特的禀赋和价值，认识和实现"自我"一直被视为人生的目的，现在它竟成了一个要经营的对象，亦即谋利的手段。说到"人生"，历来强调的是人生理想，现在"策略"取而代之，把人生由心灵旅程变成了功利战场。"圣经"一词象征最高真理，现在居然明目张胆地把致富宣布为最高真理了。这些语词的搭配本身已是一种亵渎，表明我们的时代急功近利到了何等地步。

励志没有什么不好，问题是励什么样的志。完全没有精神目标，一味追逐世俗的功利，这算什么"志"，恰恰是胸无大志。

6

我对成功的理解：把自己喜欢的事做得尽善尽美，让自己满意，不要去管别人怎么说。

7

对于真正有才华的人来说，机会是会以各种面目出现的。

比成功更重要的

1

在我看来，所谓成功就是把自己真正喜欢做的事情做好，其前提是要有自己真正喜欢做的事情。所以，比成功更重要的是，一个人必须有自己的真兴趣，知道自己究竟想要什么。

2

最基本的划分不是成功与失败，而是以伟大的成功和伟大的失败为一方，以渺小的成功和渺小的失败为另一方。

在上帝眼里，伟大的失败也是成功，渺小的成功也是失败。

3

有一些渺小的人获得了虚假的成功，他们的成功很快就被历史遗忘了。有一些伟大的人获得了真实的成功，他们的成功被历史永远记住了。但是，我知道，还有许多优秀的人，他们完全淡然于成功，最后也确实与成功无缘。对于这些人，历史既没有记住他们，也没有遗忘他们，他们是超越于历史之外的。

4

对于我来说，人生即事业，除了人生，我别无事业。我的事业就是要穷尽人生的一切可能性。这是一个肯定无望但极有诱惑力的事业。

5

我的野心是要证明一个没有野心的人也能得到所谓成功。

不过，我必须立即承认，这只是我即兴想到的一句俏皮话，其实我连这样的野心也没有。

6

我的"成功"（被社会承认，所谓名声）给我带来的最大便利是可以相对超脱于我所隶属的小环境及其凡人琐事，无须再为许多合理的然而琐屑的权利去进行渺小的斗争。那些东西，人们因为你的"成功"而愿意或不愿意地给你了，不给也无所谓了。

7

有一种人追求成功，只是为了能居高临下地蔑视成功。

和命运结伴而行

1

命运主要由两个因素决定：环境和性格。环境规定了一个人的遭遇的可能范围，性格则规定了他对遭遇的反应方式。由于反应方式不同，相同的遭遇就有了不同的意义，因而也就成了本质上不同的遭遇。我在此意义上理解赫拉克利特的这一名言："性格即命运。"

但是，这并不说明人能决定自己的命运，因为人不能决定自己的性格。

性格无所谓好坏，好坏仅在于人对自己的性格的使用，在使用中便有了人的自由。

命运当然是有好坏的。不过，除了明显的灾祸是厄运之外，人们对于命运的评价实在也没有一致的标准，正如对于幸福没有一致的标准一样。

2

究竟是性格决定命运，还是命运造就性格？这个问题可能像鸡生蛋还是蛋生鸡的问题一样，是争不清的，因为在性格和命运之间显然存在着一种互为因果的关系。如果性格是指个人不能支配的内在禀赋，命运是指个人不能支配的外在遭遇，那么，它们又都同样具有一种被决定的性质。一种可供选择的思路是引进它们之外的第三个因素，即个人对于自己所不能支配的东西——不管它是命运还是性格——的态度，也许个人的自由、价值和尊严就寓于这态度之中。不过，在另一些人看来，这一思路也许难免自欺或有逃避之嫌。

3

在命运问题上，人有多大自由？三种情况：（1）因果关系之网上，个人完全不可支配的那个部分，无自由可言，听天命；（2）因果关系之网上，个人在一定程度上可支配的部分，个人的努力也参与因果关系并使之发生某种改变，有一定自由，尽人力；（3）对命运即一切已然和将然的事件的态度，有完全的自由。

4

命运是不可改变的，可改变的只是我们对命运的态度。

5

就命运是一种神秘的外在力量而言，人不能支配命运，只能支配自己对命运的态度。一个人愈是能够支配自己对于命运的态度，命运对于他的支配力量就愈小。

6

狂妄的人自称命运的主人，谦卑的人甘为命运的奴隶。除此之外还有一种人，他照看命运，但不强求；接受命运，但不卑怯。走运时，他会揶揄自己的好运；倒运时，他又会调侃自己的厄运。他不低估命运的力量,也不高估命运的价值。他只是做命运的朋友罢了。

7

塞涅卡说:愿意的人,命运领着走;不愿意的人,命运拖着走。他忽略了第三种情况:和命运结伴而行。

8

昔日的同学走出校门,各奔东西,若干年后重逢,便会发现彼此在做着很不同的事,在名利场上的沉浮也相差悬殊。可是,只要仔细一想,你会进一步发现,各人所走的道路大抵有线索可寻,符合各自的人格类型和性格逻辑,说得上各得其所。

上帝借种种偶然性之手分配人们的命运,除开特殊的天灾人祸,它的分配基本上是公平的。

9

围绕偶然与必然、决定论与意志自由的争论贯穿于整个哲学史。这一争论因为所使用的概念的模糊和歧义而变得非常复杂,我对这些概念做了一个形象化但也肯定简单化的解释——

偶然与必然涉及上帝(造化)的行为,一件事若是上帝有意做成的,便是必然的,若是上帝无意做成的,便是偶然的。可是,由于我们无法推测上帝是有意还是无意,所以我们也就很难划清偶然与必然的界限。事实上,只要是上帝所做成的事,落到人头上就都成了必然。

决定论与意志自由涉及人的行为,一件事若是人有意做成的,便可说是出于自由意志，若是人无意做成的，便可说是被决定的。可是，我们无法确定我们的有意和无意本身是否已经是被一种更高的意志所决定的。也许，只要是人所做成的事，在上帝眼里就都是被决定的。

10

偶然性是上帝的心血来潮，它可能是灵感喷发，也可能只是一个恶作剧，可能是神来之笔，也可能只是一个笔误。因此，在人生中，偶然性便成了一个既诱人又恼人的东西。我们无法预测会有哪一种偶然性落到自己头上，所能做到的仅是——如果得到的是神来之笔，就不要辜负了它；如果得到的是笔误，就精心地修改它，使它看起来像是另一种神来之笔，如同有的画家把偶然落到画布上的污斑修改成整幅画的点睛之笔那样。当然，在实际生活中，修改上帝的笔误绝非一件如此轻松的事情，有的人为此付出了毕生的努力，而这努力本身便展现为辉煌的人生历程。

11

人活世上，第一重要的还是做人，懂得自爱自尊，使自己有一颗坦荡又充实的灵魂，足以承受得住命运的打击，也配得上命运的赐予。倘能这样，也就算得上做命运的主人了。

12

每个人都只有一个人生，她是一个对我们从一而终的女子。我们不妨尽自己的力量引导她、充实她，但是，不管她终于成个什么样子，我们好歹得爱她。

13

在这个世界上，一个人重感情就难免会软弱，求完美就难免有遗憾。也许，宽容自己这一点儿软弱，我们就能坚持；接受人生这一点儿遗憾，我们就能平静。

14

"祸兮福之所倚，福兮祸之所伏。"老子如是说。

既然祸福如此无常，不可预测，我们就应该与这外在的命运保持一个距离，做到某种程度的不动心，走运时不得意忘形，背运时也不丧魂落魄。也就是说，在宏观上持一种被动、超脱、顺其自然的态度。

既然祸福如此微妙、互相包含，在每一个具体场合，我们又非无可作为。我们至少可以做到，在幸运时警惕和防备那潜伏在幸福背后的灾祸，在遭灾时等待和争取那依傍在灾祸身上的转机。也就是说，在微观上持一种主动、认真、事在人为的态度。

15

在设计一个完美的人生方案时，人们不妨海阔天空地遐想。可是，倘若你是一个智者，你就会知道，最美妙的好运也不该排除苦难，最耀眼的绚烂也要归于平淡。原来，完美是以不完美为材料的，圆满是必须包含缺憾的。最后你发现，上帝为每个人设计的方案无须更改，重要的是能够体悟其中的意蕴。

第二辑

成为你自己

每个人都是一个宇宙

一

我的怪癖是喜欢一般哲学史不屑记载的哲学家，宁愿绕开一个个曾经显赫一时的体系的颓宫，到历史的荒村陋巷去寻找他们的足迹。爱默生就位于这些我颇愿结识一番的哲学家之列。

我对爱默生向往已久。在我的精神旅行图上，我早已标出那个康科德小镇的方位。尼采常常提到他。如果我所喜欢的某位朋友常常情不自禁地向我提起他所喜欢的一位朋友，我知道我也准能喜欢他的这位朋友。

作为美国文艺复兴的领袖和杰出的散文大师，爱默生已名垂史册。作为一名哲学家，他却似乎进不了哲学的"正史"。他是一位长于灵感而拙于体系的哲学家。他的"体系"，所谓超验主义，如今在美国恐怕也没有人认真看待了。如果我试图对他的体系做一番条分缕析的解说，就未免太迂腐了。我只想受他的灵感的启发，随手写下我的感触。超验主义死了，但爱默生的智慧永存。

二

也许没有一个哲学家不是在实际上试图建立某种体系，赋予自己最得意的思想以普遍性形式。声称反对体系的哲学家也不例外。但是，大千世界的神秘不会屈从于任何公式，没有一个体系能够万古长存。幸好真正有生命力的思想不会被体系的废墟掩埋，一旦除去体系的虚饰，它们反以更加纯粹的面貌出现在天空下，显示出它们与阳光、土地、生命的坚实联系，在我们心中唤起亲切的回响。

爱默生相信，人心与宇宙之间有着对应关系，所以每个人凭内心体验就可以认识自然和历史的真理。这就是他的超验主义，有点儿像主张"吾心即是宇宙""心即理""致良知"的宋明理学。人心与宇宙之间究竟有没有对应关系，这是永远无法在理论上证实或驳倒的。一种形而上学不过是一种信仰，其作用只是用来支持一种人生态度和价值立场。我宁可直接面对这种人生态度和价值立场，而不去追究它背后的形而上学信仰。于是我看到，爱默生想要表达的是他对人性完美发展的可能性的期望和信心，他的哲学是一首洋溢着乐观主义精神的个性解放的赞美诗。

但爱默生的人道主义不是欧洲文艺复兴的单纯回声。他生活在19世纪，和同时代少数几个伟大思想家一样，他也是揭露现代资本主义社会异化现象的先知先觉者。每个人都是一个宇宙，但在现实中却成了碎片。"社会是这样一种状态，每一个人都像是从身上锯下来的一段肢体，昂然地走来走去，许多怪物———一个好手指，一个颈项，一个胃，一个肘弯，但是从来不是一个人。"我想起了马克思在1844年的手稿中对人的异化的分析。我也想起了尼采的话：

"我的目光从今天望到过去,发现比比皆是:碎片、断肢和可怕的偶然——可是没有人!"他们的理论归宿当然截然不同,但都同样热烈怀抱着人性全面发展的理想。往往有这种情况:同一种激情驱使人们从事理论探索,结果却找到了不同的理论,甚至彼此成为思想上的敌人。但是,真的是敌人吗?

三

每个人都是一个宇宙,每个人的天性中都蕴藏着大自然赋予的创造力。把这个观点运用到读书上,爱默生提倡一种"创造性的阅读"。这就是:把自己的生活当作正文,把书籍当作注解;听别人发言是为了使自己能说话;以一颗活跃的灵魂,为获得灵感而读书。

几乎一切创造欲强烈的思想家都对书籍怀着本能的警惕。蒙田曾谈到"文殛",即因读书过多而被文字之斧砍伤,丧失了创造力。叔本华把读书太滥譬作将自己的头脑变成别人思想的跑马场。爱默生也说:"我宁愿从来没有看见过一本书,而不愿意被它的吸力扭曲过来,把我完全拉到我的轨道外面,使我成为一颗卫星,而不是一个宇宙。"

许多人热心地请教读书方法,可是如何读书其实是取决于整个人生态度的。开卷有益,也可能有害。过去的天才可以成为自己天宇上的繁星,也可以成为压抑自己的偶像。爱默生俏皮地写道:"温顺的青年人在图书馆里长大,他们相信他们的责任是应当接受西塞罗、洛克、培根的意见;他们忘了西塞罗、洛克与培根写这些书的时候,也不过是图书馆里的青年人。"我要加上一句:幸好那时图书馆的藏书比现在少得多,否则他们也许成不了西塞罗、洛克、培根了。

好的书籍是朋友，但也仅仅是朋友。与好友会晤是快事，但必须自己有话可说，才能真正快乐。一个愚钝的人，再智慧的朋友对他也是毫无用处的。他坐在一群才华横溢的朋友中间，不过是一具木偶、一个讽刺、一种折磨。每人都是一个神，然后才有奥林匹斯神界的欢聚。

我们读一本书，读到精彩处，往往情不自禁地要喊出声来：这是我的思想，这正是我想说的，被他偷去了！有时候真是难以分清，哪是作者的本意，哪是自己的混入和添加。沉睡的感受唤醒了，失落的记忆找回了，朦胧的思绪清晰了。其余一切，只是死的"知识"，也就是说，只是外在于灵魂有机生长过程的无机物。

我曾经计算过，尽我有生之年，每天读一本书，连我自己的藏书也读不完。何况还不断购进新书，何况还有图书馆里难计其数的书。这真有点儿令人绝望。可是，写作冲动一上来，这一切全忘了。爱默生说得漂亮："当一个人能够直接阅读上帝的时候，那时间太宝贵了，不能够浪费在别人阅读后的抄本上。"只要自己有旺盛的创作欲，无暇读别人写的书也许是一种幸运呢。

四

有两种自信：一种是人格上的独立自主，藐视世俗的舆论和功利；一种是理智上的狂妄自大，永远自以为是，自我感觉好极了。我赞赏前一种自信，对后一种自信则总是报以几分不信任。

人在世上，总要有所依托，否则会空虚无聊。有两样东西似乎是公认的人生支柱，在讲究实际的人那里叫职业和家庭，在注重精神的人那里叫事业和爱情。食色，性也，职业和家庭是社会认可的满足人的两大欲望的手段，当然不能说它们庸俗。然而，职业可能不称心，家庭可能不美满，欲望是满足了，但付出了无穷烦恼的代价。至于事业的成功和爱情的幸福，尽管令人向往之至，却更是没有把握的事情。而且，有些精神太敏感的人，即使得到了这两样东西，还是不能摆脱空虚之感。

所以，人必须有人格上的独立自主。你诚然不能脱离社会和他人生活，但你也不能一味攀缘在社会建筑物和他人身上。你要自己在生命的土壤中扎根。你要在人生的大海上抛下自己的锚。一个人如果把自己仅仅依附于身外的事物，即使是极其美好的事物，顺利时也许看不出他的内在空虚、缺乏根基，一旦起了风浪，例如社会动乱、事业挫折、亲人亡故、失恋，等等，就会一蹶不振乃至精神崩溃。正如爱默生所说："然而事实是：他早已是一只漂流着的破船，后来起的这一阵风不过是向他自己暴露出他流浪的状态。"

爱默生写有长文热情歌颂爱情的魅力，但我更喜欢他的这首诗：

> 为爱牺牲一切，
> 服从你的心；
> 朋友，亲戚，时日，
> 名誉，财产，
> 计划，信用与灵感，
> 什么都能放弃。
> 为爱离弃一切；
> 然而，你听我说：……
> 你须要保留今天，
> 明天，你整个的未来，

让它们绝对自由,
不要被你的爱人占领。
如果你心爱的姑娘另有所欢,你还她自由。
你应当知道
半人半神走了,
神就来了。

世事的无常使得古来许多贤哲主张退隐自守、清静无为、无动于衷。我厌恶这种哲学。我喜欢看见人们生气勃勃地创办事业,如痴如醉地堕入情网,痛快淋漓地享受生命。但是,不要忘记了最主要的事情:你仍然属于你自己。每个人都是一个宇宙,每个人都应该有一个自足的精神世界。这是一个安全的场所,其中珍藏着你最珍贵的宝物,任何灾祸都不能侵犯它。心灵是一本奇特的账簿,只有收入,没有支出,人生的一切痛苦和欢乐,都化作宝贵的体验记入它的收入栏中。是的,连痛苦也是一种收入。人仿佛有了两个自我,一个自我到世界上去奋斗,去追求,也许凯旋,也许败归,另一个自我便含着宁静的微笑,把这遍体汗水和血迹的哭着笑着的自我迎回家来,把丰厚的战利品指给他看,连败归者也有一份。

爱默生赞赏儿童身上那种不怕没得饭吃、说话做事从不半点随人的王公贵人派头。一到成年,人就注重别人的观感,得失之患多了。我想,一个人在精神上真正成熟之后,又会返璞归真,重获一颗自足的童心。他消化了社会的成规习见,把它们扬弃了。

五

还有一点儿余兴，也一并写下。有句成语叫大智若愚。人类精神的这种逆反形式很值得研究一番。我还可以举出大善若恶，大悲若喜，大信若疑，大严肃若轻浮。在爱默生的书里，我也找到了若干印证。

悲剧是深刻的，领悟悲剧也须有深刻的心灵。"性情浅薄的人遇到不幸，他的感情仅只是演说式的做作。"然而这不是悲剧。人生的险难关头最能检验一个人的灵魂深浅。有的人一生接连遭到不幸，却未尝体验过真正的悲剧情感。相反，表面上一帆风顺的人也可能经历巨大的内心悲剧。一切高贵的情感都羞于表白，一切深刻的体验都拙于言辞。大悲者会以笑谑嘲弄命运，以欢容掩饰哀伤。丑角也许比英雄更知人生的辛酸。爱默生举了一个例子：正当喜剧演员卡里尼使整个那不勒斯城的人都笑断肚肠的时候，有一个病人去找城里的一个医生，治疗他致命的忧郁症。医生劝他到戏院去看卡里尼的演出，他回答："我就是卡里尼。"

与此相类似，最高的严肃往往貌似玩世不恭。古希腊人就已经明白这个道理。爱默生引用普鲁塔克的话说："研究哲理而外表不像研究哲理，在嬉笑中做成别人严肃认真地做的事，这是最高的智慧。"正经不是严肃，就像教条不是真理一样。真理用不着板起面孔来增添它的权威。在那些一本正经的人中间，你几乎找不到一个严肃思考过人生的人。不，他们思考的多半不是人生，而是权力，不是真理，而是利益。真正严肃思考过人生的人知道生命和理性的限度，他能自嘲，肯宽容，愿意用一个玩笑替受窘的对手解围，给正经的论敌一个教训。他以诙谐的口吻谈说真理，仿佛故意要减弱他的发现的重要性，以便只让它进入真正知音的耳朵。

尤其是在信仰崩溃的时代，那些佯癫装疯的狂人倒是一些太严肃地对待其信仰的人。鲁迅深知此中之理，说嵇康、阮籍表面上毁坏礼教，实则倒是太相信礼教，因为不满意当权者利用和亵渎礼教，才以反礼教的过激行为发泄内心愤懑。其实，在任何信仰体制之下，多数人并非真有信仰，只是做出相信的样子罢了。于是过分认真的人就起而论究是非，阐释信仰之真谛，结果被视为异端。一部基督教史就是没有信仰的人以维护信仰之名把有信仰的人当作邪教徒烧死的历史。殉道者多半死于同志之手而非敌人之手。所以，爱默生说，伟大的有信仰的人永远被视为异教徒，终于被迫以一连串的怀疑论来表现他的信念。怀疑论实在是过于认真看待信仰或知识的结果。苏格拉底为了弄明智慧的实质，遍访雅典城里号称有智慧的人，结果发现他们只是在那里盲目自信，其实并无智慧。他到头来认为自己仍然不知智慧为何物，说出了那句著名的话："我知道我一无所知。"哲学史上的怀疑论者大抵都是太认真地要追究人类认识的可靠性，结果反而疑团丛生。

1987年6月

成为你自己

童年和少年是充满美好理想的时期。如果我问你们，你们将来想成为怎样的人，你们一定会给我许多漂亮的回答。譬如说，想成为拿破仑那样的伟人，爱因斯坦那样的大科学家，曹雪芹那样的文豪，等等。这些回答都不坏，不过，我认为比这一切都更重要的是：首先应该成为你自己。

姑且假定你特别崇拜拿破仑，成为像他那样的盖世英雄是你最大的愿望。好吧，我问你：就让你完完全全成为拿破仑，生活在他那个时代，有他那些经历，你愿意吗？你很可能会激动得喊起来：太愿意啦！我再问你：让你从身体到灵魂整个儿都变成他，你也愿意吗？这下你或许有些犹豫了，会这么想：整个儿变成了他，不就是没有我自己了吗？对了，我的朋友，正是这样。那么，你不愿意了？当然喽，因为这意味着世界上曾经有过拿破仑，这个事实没有改变，唯一的变化是你压根儿不存在了。

由此可见，对于每一个人来说，最宝贵的还是他自己。无论他多么羡慕别的什么人，如果让他彻头彻尾成为这个别人而不再是自己，谁都不肯了。

也许你会反驳我说：你说的真是废话，每个人都已经是他自己了,怎么会彻头彻尾成为别人呢?不错,我只是在假设一种情形,这种情形不可能完全按照我所说的方式发生。不过,在实际生活中,类似情形却常常在以稍微不同的方式发生着。真正成为自己可不是一件容易的事。世上有许多人,你可以说他是随便什么东西,例如是一种职业、一种身份、一个角色,唯独不是他自己。如果一个人总是按照别人的意见生活,没有自己的独立思考,总是为外在的事务忙碌,没有自己的内心生活,那么,说他不是他自己就一点儿也没有冤枉他。因为确确实实,从他的头脑到他的心灵,你在其中已经找不到丝毫真正属于他自己的东西了,他只是别人的一个影子和事务的一架机器罢了。

那么,怎样才能成为自己呢?这是真正的难题,我承认我给不出一个答案。我还相信,不存在一个适用于一切人的答案。我只能说,最重要的是每个人都要真切地意识到他的"自我"的宝贵,有了这个觉悟,他就会自己去寻找属于他的答案。在茫茫宇宙间,每个人都只有一次生存的机会,都是一个独一无二、不可重复的存在。正像卢梭所说的,上帝把你造出来后,就把那个属于你的特定的模子打碎了。名声、财产、知识等等是身外之物,人人都可求而得之,但没有人能够代替你感受人生。你死之后,没有人能够代替你再活一次。如果你真正意识到了这一点,你就会明白,活在世上,最重要的事就是活出你自己的特色和滋味来。你的人生是否有意义,衡量的标准不是外在的成功,而是你对人生意义的独特领悟和坚守,从而使你的自我闪放出个性的光华。

在历史上,每当世风腐败之时,人们就会盼望救世主出现。其实,救世主就在每个人的心中。耶稣是基督徒公认的救世主,可是连他也说:"一个人得到了整个世界,却失去了自我,又有何益?"

《圣经》中的这一句是金玉良言,值得我们永远牢记。

1996 年 10 月

对自己的人生负责

我们活在世上，不免要承担各种责任，小至对家庭、亲戚、朋友，对自己的职务，大至对国家和社会。这些责任多半是应该承担的。不过，我们不要忘记，除此之外，我们还有一项根本的责任，便是对自己的人生负责。

每个人在世上都只有活一次的机会，没有任何人能够代替他重新活一次。如果这唯一的一次人生虚度了，也没有任何人能够真正安慰他。认识到这一点，我们对自己的人生怎么能不产生强烈的责任心呢？在某种意义上，人间各种其他的责任都是可以分担或转让的，唯有对自己的人生的责任，每个人都只能完全由自己来承担，一丝一毫依靠不了别人。

不止于此，我还要说，对自己的人生的责任心是其余一切责任心的根源。一个人唯有对自己的人生负责，建立了真正属于自己的人生目标和生活信念，他才可能由之出发，自觉地选择和承担起对他人和社会的责任。正如歌德所说："责任就是对自己要求去做的事情有一种爱。"因为这种爱，所以尽责本身就成了生命意义的一种实现，就能从中获得心灵的满足。相反，我不能想象，一个不爱人生的人怎么会爱他人和爱事业，一个在人生中随波逐流的人怎么会坚定地负起生活中的责任。实际情况往往是，这样的人把尽责不是看作从外面加给他的负担而勉强承受，便是看作纯粹的付出而索求回报。

一个不知对自己的人生负有什么责任的人，他甚至无法弄清他在世界上的责任是什么。有一位小姐向托尔斯泰请教，为了尽到对人类的责任，她应该做些什么。托尔斯泰听了非常反感，因此想到：人们为之受苦的巨大灾难就在于没有自己的信念，却偏要做出按照某种信念生活的样子。当然，这样的信念只能是空洞的。这是一种情况。更常见的情况是，许多人对责任的关系确实是完全被动的，他们之所以把一些做法视为自己的责任，不是出于自觉的选择，而是由于习惯、时尚、舆论等原因。譬如说，有的人把偶然却又长期从事的某一职业当作了自己的责任，从不尝试去拥有真正适合自己本性的事业。有的人看见别人发财和挥霍，便觉得自己也有责任拼命挣钱花钱。有的人十分看重别人尤其上司对自己的评价，谨小慎微地为这种评价而活着。由于他们不曾认真地想过自己的人生使命究竟是什么，在责任问题上也就必然是盲目的了。

所以，我们活在世上，必须知道自己究竟想要什么。一个人认清了他在这世界上要做的事情，并且在认真地做着这些事情，他就会获得一种内在的平静和充实。他知道自己的责任所在，因而关于责任的种种虚假观念都不能使他动摇了。我还相信，如果一个人能对自己的人生负责，那么，在包括婚姻和家庭在内的一切社会关系上，他对自己的行为都会有一种负责的态度。如果一个社会是由这样对自己的人生负责的成员组成的，这个社会就必定是高质量的有效率的社会。

2001年7月

记住回家的路

生活在今日的世界上,心灵的宁静不易得。这个世界既充满着机会,也充满着压力。机会诱惑人去尝试,压力逼迫人去奋斗,都使人静不下心来。我不主张年轻人拒绝任何机会,逃避一切压力,以闭关自守的姿态面对世界。年轻的心灵本不该静如止水,波澜不起。世界是属于年轻人的,趁着年轻到广阔的世界上去闯荡一番,原是人生必要的经历。所须防止的只是,把自己完全交给了机会和压力去支配,在世界上风风火火或浑浑噩噩,迷失了回家的路途。

每到一个陌生的城市,我的习惯是随便走走,好奇心驱使我去探寻这里的热闹的街巷和冷僻的角落。在这途中,难免暂时地迷路,但心中一定要有把握,自信能记起回住处的路线,否则便会感觉不踏实。我想,人生也是如此。你不妨在世界上闯荡,去建功创业,去探险猎奇,去觅情求爱,可是,你一定不要忘记了回家的路。这个家,就是你的自我,你自己的心灵世界。

寻求心灵的宁静,前提是首先要有一个心灵。在理论上,人人都有一个心灵,但事实上却不尽然。有一些人,他们永远被外界的力量左右着,永远生活在喧闹的外部世界里,未尝有真正的内心生活。对于这样的人,心灵的宁静就无从谈起。一个人唯有关注心灵,才会因为心灵被扰乱而不安，才会有寻求心灵的宁静之需要。所以，具有过内心生活的禀赋，或者养成这样的习惯，这是最重要的。有此禀赋或习惯的人都知道，其实内心生活与外部生活并非互相排斥的，同一个人完全可能在两方面都十分丰富。区别在于，注重内心生活的人善于把外部生活的收获变成心灵的财富，缺乏此种禀赋或习惯的人则往往会迷失在外部生活中，人整个儿是散的。自我是一个中心点，一个人有了坚实的自我，他在这个世界上便有了精神的坐标，无论走多远都能够找到回家的路。换一个比方，我们不妨说，一个有着坚实的自我的人便仿佛有了一个精神的密友，他无论走到哪里都带着这个密友，这个密友将忠实地分享他的一切遭遇，倾听他的一切心语。

　　如果一个人有自己的心灵追求，又在世界上闯荡了一番，有了相当的人生阅历，那么，他就会逐渐认识到自己在这个世界上的位置。世界无限广阔，诱惑永无止境，然而，属于每一个人的现实可能性终究是有限的。你不妨对一切可能性保持着开放的心态，因为那是人生魅力的源泉，但同时你也要早一些在世界之海上抛下自己的锚，找到最适合自己的领域。老子说："不失其所者久。"一个人不论伟大还是平凡，只要他顺应自己的天性，找到了自己真正喜欢做的事，并且一心把自己喜欢做的事做得尽善尽美，他在这世界上就有了牢不可破的家园。于是，他不但会有足够的勇气去承受外界的压力，而且会有足够的清醒来面对形形色色的机会的诱惑。我们当然没有理由怀疑，这样的一个人必能获得生活的充实和心灵的宁静。

1998 年 4 月

独处的充实

怎么判断一个人究竟有没有他的"自我"呢?我可以提出一个检验的方法,就是看他能不能独处。当你自己一个人待着时,你是感到百无聊赖、难以忍受呢,还是感到一种宁静、充实和满足?

对于有"自我"的人来说,独处是人生中的美好时刻和美好体验,虽则有些寂寞,寂寞中却又有一种充实。独处是灵魂生长的必要空间。在独处时,我们从别人和事务中抽身出来,回到了自己。这时候,我们独自面对自己和上帝,开始了与自己的心灵以及与宇宙中的神秘力量的对话。一切严格意义上的灵魂生活都是在独处时展开的。和别人一起谈古说今、引经据典,那是闲聊和讨论;唯有自己沉浸于古往今来大师们的杰作之时,才会有真正的心灵感悟。和别人一起游山玩水,那只是旅游;唯有自己独自面对苍茫的群山和大海之时,才会真正感受到与大自然的沟通。所以,一切注重灵魂生活的人对于卢梭的这话都会产生同感:"我独处时从来不感到厌烦,闲聊才是我一辈子忍受不了的事情。"这种对于独处的爱好与一个人的性格完全无关,爱好独处的人同样可能是一个性格活泼、喜欢朋友的人,只是无论他怎么乐于与别人交往,独处始终是他生活中的必需。在他看来,一种缺乏交往的生活当然是一种缺陷,一种缺乏独处的生活则简直是一种灾难了。

当然，人是一种社会性的动物，他需要与他的同类交往，需要爱和被爱，否则就无法生存。世上没有一个人能够忍受绝对的孤独。但是，绝对不能忍受孤独的人却是一个灵魂空虚的人。世上正有这样的一些人，他们最怕的就是独处，让他们和自己待一会儿，对于他们简直是一种酷刑。只要闲了下来，他们就必须找个地方去消遣，什么卡拉OK舞厅啦，录像厅啦，电子娱乐厅啦，或者就找人聊天。自个儿待在家里，他们必定会打开电视机，没完没了地看那些粗制滥造的节目。他们的日子表面上过得十分热闹，实际上他们的内心极其空虚。他们所做的一切都是为了想方设法避免面对面看见自己。对此我只能有一个解释，就是连他们自己也感觉到了自己的贫乏，和这样贫乏的自己待在一起是顶没有意思的，再无聊的消遣也比这有趣得多。这样做的结果是他们变得越来越贫乏，越来越没有了自己，形成了一个恶性循环。

独处的确是一个检验，用它可以测出一个人的灵魂的深度，测出一个人对自己的真正感觉，他是否厌烦自己。对于每一个人来说，不厌烦自己是一个起码要求。一个连自己也不爱的人，我敢断定他对于别人也是不会有多少价值的，他不可能有高质量的社会交往。他跑到别人那里去，对于别人只是一个打扰、一种侵犯。一切交往的质量都取决于交往者本身的质量。唯有在两个灵魂充实丰富的人之间，才可能有真正动人的爱情和友谊。我敢担保历史上和现实生活中找不出一个例子，能够驳倒我的这个论断，证明某一个浅薄之辈竟也会有此种美好的经历。

1996 年 10 月

孤独的价值

一

我很有兴味地读完了英国医生安东尼·斯托尔所著的《孤独》一书。在我的概念中，孤独是一种具有形而上意味的人生境遇和体验，为哲学家、诗人所乐于探究或描述。我曾担心，一个医生研究孤独，会不会有职业偏见，把它仅仅视为一种病态呢？令我满意的是，作者是一位有着相当人文修养的精神科医生，善于把开阔的人文视野和精到的专业眼光结合起来，因此不但没有抹杀，反而更有说服力地揭示了孤独在人生中的价值，其中也包括它的心理治疗作用。

事实上，精神科医学的传统的确是把孤独仅仅视为一种病态。按照这一传统的见解，亲密的人际关系是精神健全的最重要标志，是人生意义和幸福的主要源泉甚至唯一源泉。反之，一个成人倘若缺乏建立亲密的人际关系的能力，便表明他的精神成熟进程受阻，亦即存在着某种心理疾患，需要加以治疗。斯托尔写这本书的主旨正是要反对这种偏颇性，在自己的专业领域内为孤独"正名"。他在肯定人际关系的价值的同时，着重论证了孤独也是人生意义的重要源泉,对于具有创造天赋的人来说,甚至是决定性的源泉。

其实,对孤独的贬损并不限于今天的精神科医学领域。早在《伊利亚特》中,荷马已经把无家无邦的人斥为自然的弃物。亚里士多德在他的《政治学》中据以发挥,断言人是最合群的动物,接着说出了一句名言:"离群索居者不是野兽,便是神灵。"这话本身说得很漂亮,但他的用意是在前半句,拉扯开来大做文章,压根儿不再提后半句。后来培根引用这话时,干脆说只有前半句是真理,后半句纯属邪说。既然连某些大哲学家也对孤独抱有成见,我就很愿意结合着读斯托尔的书的心得,来说一说我对孤独的价值的认识。

二

交往和独处原是人在世上生活的两种方式,对于每个人来说,这两种方式都是必不可少的,只是比例很不相同罢了。由于性格的差异,有的人更爱交往,有的人更喜独处。人们往往把交往看作一种能力,却忽略了独处也是一种能力,并且在一定意义上是比交往更为重要的一种能力。反过来说,不擅交际固然是一种遗憾,不耐孤独也未尝不是一种很严重的缺陷。

从心理学的观点看,人之所以需要独处,是为了进行内在的整合。所谓整合,就是把新的经验放到内在记忆中的某个恰当位置上。唯有经过这一整合的过程,外来的印象才能被自我所消化,自我也才能成为一个既独立又生长着的系统。所以,有无独处的能力,关系到一个人能否真正形成一个相对自足的内心世界,而这又会进而影响到他与外部世界的关系。斯托尔引用温尼考特的见解指出,那种缺乏独处能力的人只具有"虚假的自我",因此只是顺从,而不是体验外部世界,世界对于他来说仅是某种必须适应的对象,而不是可以满足他的主观性的场所,这样的人生当然就没有意义。

事实上,无论活得多么热闹,每个人都必定有最低限度的独处时间,那便是睡眠。不管你与谁同睡,你都只能独自进入你的梦乡。同床异梦是一切人的命运,同时却也是大自然的恩典,在心理上有其必要性。据有的心理学家推测,梦具有与独处相似的整合功能,而不能正常做梦则可能造成某些精神疾患。另一个例子是居丧。对丧亲者而言,最重要的不是他人的同情和劝慰,而是在独处中顺变。正像斯托尔所指出的:"这种顺变的过程非常私密,因为事关丧亲者与死者之间的亲密关系,这种关系别人没有分享过,也不能分享。"居丧的本质是面对亡灵时"一个人内心孤独的深处所发生的某件事"。如果人为地压抑这个哀伤过程,则也会导致心理疾病。

关于孤独对于心理健康的价值,书中还有一些有趣的谈论。例如,对外界刺激做出反应是动物的本能,"不反应的能力"则是智慧的要素。又例如,"感觉过剩"的祸害并不亚于"感觉剥夺"。总之,我们不能一头扎在外部世界和人际关系里,而放弃了对内在世界的整合。斯托尔的结论是:内在的心理经验是最奥妙、最有疗效的。荣格后期专门治疗中年病人,他发现,他的大多数病人都很能适应社会,且有杰出的成就,"中年危机"的原因就在于缺少内心的整合,通俗地说,也就是缺乏个性,因而仍然不免感觉人生的空虚。他试图通过一种所谓"个性化过程"的方案加以治疗,使这些病人找到真正属于自己的人生意义。我怀疑这个方案是否当真有效,因为我不相信一个人能够通过心理治疗而获得他本来所没有的个性。不过,有一点倒是可以确定的,即个性以及基本的孤独体验乃是人生意义问题之思考的前提。

三

人类精神创造的历史表明，孤独更重要的价值在于孕育、唤醒和激发了精神的创造力。我们难以断定，这一点是否对所有的人都适用，抑或仅仅适用于那些有创造天赋的人。我们至少应该相信，凡正常人皆有创造力的潜质，区别仅在量的大小而已。

一般而论，人的天性是不愿忍受长期的孤独的，长期的孤独往往是被迫的。然而，正是在被迫的孤独中，有的人的创造力意外地得到了发展的机会。一种情形是牢狱之灾，文化史上的许多传世名作就诞生在牢狱里。例如，波伊提乌斯的《哲学的慰藉》、莫尔的《纾解忧愁之对话》、雷利的《世界史》，都是作者在被处死刑之前的囚禁期内写作的。班扬的《天路历程》、陀思妥耶夫斯基的《死屋手记》也是在牢狱里酝酿的。另一种情形是疾病。斯托尔举了耳聋造成的孤独的例子，这种孤独反而激发了贝多芬、戈雅的艺术想象力。在疾病促进创作方面，我们可以续上一个包括尼采、普鲁斯特在内的长长的名单。太史公所说"左丘失明，厥有国语，孙子膑脚，而论兵法"等，也涉及了牢狱和疾病之灾与创作的关系，虽然他更多地着眼于苦难中的发愤。强制的孤独不只是造成了一种必要，迫使人把被压抑的精力投于创作，而且我相信，由于牢狱或疾病把人同纷繁的世俗生活拉开了距离，人是会因此获得看世界和人生的一种新的眼光的，而这正是孕育出大作品的重要条件。

不过，对于大多数天才来说，他们之陷于孤独不是因为外在的强制，而是由于自身的气质。大体说来，艺术的天才，例如作者所举的卡夫卡、吉卜林，多是忧郁型气质，而孤独中的写作则是一种自我治疗的方式。如同一位作家所说："我写忧郁，是为了使自己无暇忧郁。"只是一开始作为一种补偿的写作，后来便获得了独立的价值，成了他们乐在其中的生活方式。创作过程无疑能够抵御忧郁，所以，据精神科医生们说，只有那些创作力衰竭的作家才会找他们去治病。但是，据我所知，这时候的忧郁往往是不治的，这类作家的结局不是潦倒便是自杀。另一类是思想的天才，例如作者所举的牛顿、康德、维特根斯坦，则相当自觉地选择了孤独，以便保护自己的内在世界，可以不受他人干扰地专注于意义和秩序的寻求。这种专注和气功状态有类似之处，所以，包括这三人在内的许多哲学家都长寿，也许不是偶然的。

让我回到前面所引的亚里士多德的名言。一方面，孤独的精神创造者的确是野兽，也就是说，他们在社会交往的领域里明显地低于一般人的水平，不但相当无能，甚至有着难以克服的精神障碍。在社交场合，他们往往笨拙而且不安。有趣的是，人们观察到，他们倒比较容易与小孩或者动物相处，那时候他们会感到轻松自在。另一方面，他们却同时又是神灵，也就是说，他们在某种意义上已经超出和不很需要通常的人际交往了，对于他们来说，创造而不是亲密的依恋关系成了生活意义的主要源泉。所以，还是尼采说得贴切，他在引用了"离群索居者不是野兽，便是神灵"一语之后指出：亚里士多德"忽略了第三种情形：必须同时是二者——哲学家……"

四

孤独之为人生的重要体验，不仅是因为唯有在孤独中，人才能与自己的灵魂相遇，而且是因为唯有在孤独中，人的灵魂才能与上帝、与神秘、与宇宙的无限之谜相遇。正如托尔斯泰所说，在交往中，人面对的是部分和人群，而在独处时，人面对的是整体和万物之源。这种面对整体和万物之源的体验，便是一种广义的宗教体验。

在世界三大宗教的创立过程中，孤独的经验都起了关键作用。释迦牟尼的成佛，不但是在出家以后，而且是在离开林中的那些苦行者以后，他是独自在雅那河畔的菩提树下连日冥思，而后豁然彻悟的。耶稣也是在旷野度过了四十天，然后才向人宣示救世的消息。穆罕默德在每年的斋月期间，都要到希拉山的洞窟里隐居。

我相信这些宗教领袖绝非故弄玄虚。斯托尔所举的例子表明，在自愿的或被迫的长久独居中，一些普通人同样会产生一种与宇宙融合的"忘形的一体感"，一种"与存在本身交谈"的体验。而且，曾经有过这种体验的人都表示，那些时刻是一生中最美妙的，对于他们的生活观念发生着永久的影响。一个人未必因此就要归依某一宗教，其实今日的许多教徒并没有真正的宗教体验，一个确凿的证据是，他们不是在孤独中，而必须是在寺庙和教堂里，在一种实质上是公众场合的仪式中，方能领会一点儿宗教的感觉。然而，这种所谓的宗教感，与始祖们在孤独中感悟的境界已经风马牛不相及了。

真正的宗教体验把人超拔出俗世琐事，倘若一个人一生中从来没有过类似的体验，他的精神视野就未免狭隘。尤其是对于一个思想家来说，这肯定是一种精神上的缺陷。一个恰当的例子是弗洛伊德。在与他的通信中，罗曼·罗兰指出：宗教感情的真正来源是"对永恒的一种感动，也就是一种无边无际的大洋似的感觉"。弗洛伊德承认他毫无此种体验，而按照他的解释，所谓与世界合为一体的感觉仅是一种逃避现实的自欺，犹如婴儿在母亲怀中寻求安全感一样，属于精神退化现象。这位目光锐利的医生总是习惯于把一切精神现象还原成心理现象，所以，他诚然是一位心理分析大师，却终究不是真正意义上的大思想家。

五

在斯托尔的书中，孤独的最后一种价值好像是留给人生的最后一个阶段的。他写道："虽然疾病和伤残使老年人在肉体上必须依赖他人，但是感情上的依赖却逐渐减少。老年人对人际关系经常不大感兴趣，较喜欢独处，而且渐渐地较专注于自己的内心。"作者显然是赞赏这一变化的，因为它有助于老年人摆脱对人世的依恋，为死亡做好准备。

中国的读者也许会提出异议。我们目睹的事实是，今天中国的老年人比年轻人更喜欢集体活动，他们聚在一起扭秧歌，跳交谊舞，活得十分热闹，成为中国街头一大景观。然而，凡是到过欧美的人都知道，斯托尔的描述至少对于西方人是准确的，那里的老年人都很安静，绝无扎堆喧闹的癖好。他们或老夫老妻做伴，或单独一人，坐在公园里晒太阳，或者作为旅游者去看某处的自然风光。当然，我们不必在中西养老方式之间进行褒贬。老年人害怕孤独或许是情有可原的，孤独使他们清醒地面对死亡的前景，而热闹则可使他们获得暂时的忘却和逃避。问题在于，死亡终究不可逃避，而有尊严地正视死亡是人生最后的一项光荣。所以，我个人比较欣赏西方人那种平静度过晚年的方式。

对于精神创造者来说，如果他们能够活到老年，老年的孤独心境就不但有助于他们与死亡和解，而且会使他们的创作进入一个新的境界。斯托尔举了贝多芬、李斯特、巴赫、勃拉姆斯等一系列作曲家的例子，证明他们的晚年作品都具有更加深入自己的精神领域、不太关心听众的接受的特点。一般而言，天才晚年的作品是更空灵、更超脱、更形而上的，那时候他们的灵魂已经抵达天国的门口，人间的好恶和批评与他们无关了。歌德从三十八岁开始创作《浮士德》，直到临死前夕即他八十二岁时才完成，应该不是偶然的。

1997 年 10 月

拥有"自我"

1

一个人怎样才算拥有"自我"呢？我认为有两个可靠的标志。

一是看他有没有自己的真兴趣，亦即自己安身立命的事业，他能够全身心地投入其中，并感到内在的愉快和充实。如果有，便表明他正在实现"自我"，这个"自我"是指他的个性，每个人独特的生命价值。

二是看他有没有自己的真信念，亦即自己处世做人的原则，那是他的精神上的坐标轴，使他在俗世中不随波逐流。如果有，便表明他拥有"自我"，这个"自我"是指他的灵魂，一个坚定的精神核心。

这两种意义上的"自我"都不是每个人一出生就拥有的，而是在人生过程中不断选择和创造的结果。正因为此，每个人都要为自己成为怎样的人负责。

2

"认识你自己！"——这是铭刻在希腊圣城德尔斐神殿上的著名箴言，希腊和后来的哲学家喜欢引用来规劝世人。

对这句箴言可做三种理解。

其一，人要有自知之明。有人问泰勒斯，什么是最困难之事，回答是："认识你自己。"接着的问题：什么是最容易之事？回答是："给别人提建议。"这位最早的哲人显然是在讽刺世人，世上有自知之明者寥寥无几，好为人师者比比皆是。苏格拉底更进一步，从这句箴言中看到了神对人的要求，就是人应该知道自己的限度，承认自己在宇宙最高秘密面前是无知的。"我知道我一无所知"——因为这句话，他被德尔斐神谕称作全希腊最智慧的人。

其二，每个人身上都藏着人性的秘密，都可以通过认识自己来认识人性。事实上，自古至今，一切伟大的人性认识者都是真诚的反省者，他们无情地把自己当作标本，借之反而对人性有了深刻而同情的理解。

其三，每个人都是一个独一无二的个体，都应该认识自己独特的禀赋和价值，从而自我实现，真正成为自己。

3

一个灵魂在天外游荡，有一天通过某一对男女的交合而投进一个凡胎。他从懵懂无知开始，似乎完全忘记了自己的本来面目。但是，随着年岁和经历的增加，那天赋的性质渐渐显露，使他不自觉地对生活有一种基本的态度。在一定意义上，"认识你自己"就是要认识附着在凡胎上的这个灵魂，一旦认识了，过去的一切都有了解释，未来的一切都有了方向。

4

一个人应该认清自己的天性，过最适合于他的天性的生活，而对他而言这就是最好的生活。

赫拉克利特说:"一个人的性格就是他的守护神。"的确,一个人一旦认清了自己的天性,知道自己究竟是什么人,他也就知道自己究竟要什么了,如同有神守护一样,不会在喧闹的人世间迷失方向。

5

一个人为了实现自我,必须先在非我的世界里漫游一番。但是,有许多人就迷失在这漫游途中了,沾沾自喜于他们在社会上的小小成功,不再想回到自我。成功使他们离他们的自我愈来愈远,终于成为随波逐流之辈。另有一类灵魂,时时为离家而不安,漫游愈久而思家愈切,唯有他们,无论成功失败,都能带着丰富的收获返回他们的自我。

6

尽管世上有过无数片叶子,还会有无数片叶子,尽管一切叶子都终将凋落,我仍然要抽出自己的绿芽。

7

独特,然后才有沟通。毫无特色的平庸之辈厮混在一起,只有委琐,岂可与语沟通。每人都展现出自己独特的美,开放出自己的奇花异卉,每人也都欣赏其他一切人的美,人人都是美的创造者和欣赏者,这样的世界才是赏心悦目的人类家园。

8

此刻我心中涌现出一些多么生动的感觉,使我确信我活着——正是我，不是别人，这个我不会和别人混同。于是我想，在我的生命中还是有太多的空白，那时候感觉沉睡着，我浑浑噩噩，与芸芸众生没有什么两样。

9

我的生活中充满了变故，每一个变故都留下了深深的刻痕，而我却依然故我。毋宁说，我愈益是我了。我不相信生活环境的变化能彻底改变一个人，改变的只是外部形态，核心部分是难变的。

10

人人都在写自己的历史，但这历史缺乏细心的读者。我们没有工夫读自己的历史，即使读，也是读得何其草率。

11

我心中有一个声音，它是顽强的，任何权势不能把它压灭。可是，在日常的忙碌和喧闹中，它却会被冷落、遗忘，终于喑哑了。

在人生的舞台上，我们每个人都在忙忙碌碌地扮演自己的角色，比真的演员还忙，退场的时间更少。例如，我整天坐在这桌子前，不停地写，为出版物写，按照编辑、读者的需要写。我暗暗怀着一个愿望，有一天能抽出空来，写我自己真正想写的东西，写我心中的那个声音。可是，总抽不出时间。到真空下来的时候，我就会发现，我不知道自己真正想写什么，我心中的那个声音沉寂了，不知去向了。

别老是想，总有一天会写的。自我不是一个可以随意支使的侍从，你老是把它往后推，它不耐烦，一去不返了。

做自己的忠实朋友

1

在我们每个人身上,除了外在的自我以外,都还有着一个内在的精神性的自我。可惜的是,许多人的这个内在自我始终是昏睡着的,甚至是发育不良的。为了使内在自我能够健康生长,你必须给它以充足的营养。如果你经常读好书、沉思、欣赏艺术,拥有丰富的精神生活,你就一定会感觉到,在你身上确实还有一个更高的自我,这个自我是你的人生路上的坚贞不渝的精神密友。

人在世上都离不开朋友,但是,最忠实的朋友还是自己,就看你是否善于做自己的朋友了。要能够做自己的朋友,你就必须比那个外在的自己站得更高,看得更远,从而能够从人生的全景出发给他以提醒、鼓励和指导。

2

有人问古希腊哲学家芝诺:"谁是你的朋友?"他回答:"另一个自我。"

人生在世,不能没有朋友。在所有朋友中,不能缺了最重要的一个,那就是自己。缺了这个朋友,一个人即使朋友遍天下,也只是表面的热闹而已,实际上他是很空虚的。

一个人是否是自己的朋友,有一个可靠的测试标准,就是看他能否独处,独处是否感到充实。如果他害怕独处,一心逃避自己,他当然不是自己的朋友。

能否和自己做朋友,关键在于有没有芝诺所说的"另一个自我"。它实际上就是一个人的更高的自我,这个自我以理性的态度关爱着那个在世上奋斗的自我。理性的关爱,这正是友谊的特征。有的人不爱自己,一味自怨,仿佛是自己的仇人。有的人爱自己而没有理性,一味自恋,俨然自己的情人。在这两种场合,更高的自我都是缺席的。

做自己的朋友,这是人生很高的境界,诚如塞涅卡所说,这样的人一定会是全人类的朋友。

3

人与人之间有同情,有仁义,有爱。所以,世上有克己助人的慈悲和舍己救人的豪侠。但是,每一个人终究是一个生物学上和心理学上的个体,最切己的痛痒唯有自己能最真切地感知。在这个意义上,对于每一个人来说,他最关心的还是他自己,世上最关心他的也还是他自己。要别人比他自己更关心他,要别人比关心每人自己更关心他,都是违背作为个体的生物学和心理学本质的。结论是:每个人都应该自立。

4

自爱者才能爱人,富裕者才能馈赠。给人以生命欢乐的人,必是自己充满着生命欢乐的人。一个不爱自己的人,既不会是一个可爱的人，也不可能真正爱别人。他带着对自己的怨恨到别人那里去，就算他是去行善的吧，他的怨恨仍会在他的每一件善行里显露出来，加人以损伤。受惠于一个自怨自艾的人，还有比这更不舒服的事吗？

5

有人问犬儒派创始人安提斯泰尼，哲学给他带来了什么好处，回答是："与自己谈话的能力。"

我们经常与别人谈话，内容大抵是事务的处理、利益的分配、是非的争执、恩怨的倾诉、公关、交际、新闻，等等。独处的时候，我们有时也在心中说话，细察其内容，仍不外上述这些，因此实际上也是在对别人说话，是对别人说话的预演或延续。我们真正与自己谈话的时候是十分稀少的。

要能够与自己谈话，必须把心从世俗事务和人际关系中摆脱出来，回到自己。这是发生在灵魂中的谈话，是一种内在生活。

与自己谈话的确是一种能力，而且是一种罕见的能力。有许多人，你不让他说凡事俗务，他就不知道说什么好了。他只关心外界的事情，结果也就只拥有仅仅适合于与别人交谈的语言了。这样的人面对自己当然无话可说。可是，一个与自己无话可说的人，难道会对别人说出什么有意思的话吗？哪怕他谈论的是天下大事，你仍感到是在听市井琐闻，因为在里面找不到那个把一切连结为整体的核心，那个照亮一切的精神。

6

看托尔斯泰的日记。他在新婚九个月时写道："我自己喜欢并且了解的我，那个有时整个地暴露、叫我高兴也叫我害怕的我，如今在哪里？我成了一个渺小的微不足道的人。自从我娶了我所爱的女人以来，我就是这样一个人。这个本子里写的东西几乎全是谎言、虚伪。一想到她此刻就在我身后看我写东西，就减少了、破坏了我的真实性……为了她我倒不是不写真话，而是在许多可写的东西中间进行挑选，选出那些单为我自己我不会去写的东西。"

非常准确。一本单为自己写的日记几乎是保持自我的真实性的必要条件。尤其是一个过家庭生活的人，为了维护家庭的安宁，为了照顾亲人的情绪，言行中的某种克制是不可避免的。然而，如果在日记中、在心灵的独白中也如此克制，那就是虚伪了，最后一个真实的机会也就丧失了。这当然与爱不爱无关。

7

我要为自己定一个原则：每天夜晚，每个周末，每年年底，只属于我自己。在这些时间里，我不做任何履约交差的事情，而只读我自己想读的书，只写我自己想写的东西。如果不想读不想写，我就什么也不做，宁肯闲着，也决不应付差事。差事是应付不完的，唯一的办法是人为地加以限制，确保自己的自由时间。

走在自己的路上

1

面前纵横交错的路,每一条都通往不同的地点。那心中只有一个物质目标而没有幻想的人,一心一意走在其中的一条上,其余的路对于他等于不存在。那心中有幻想而没有任何目标的人,漫无头绪地尝试着不同的路线,结果只是在原地转圈子。那心中既有幻想又有精神目标的人,他走在一切可能的方向上,同时始终是走在他自己的路上。

2

一个人年轻时,外在因素——包括所遇到的人、事情和机会——对他的生活信念和生活道路会发生较大的影响。但是,在达到一定年龄以后,外在因素的影响就会大大减弱。那时候,如果他已经形成自己的生活信念,外在因素就很难再使之改变,如果仍未形成,外在因素也就很难再使之形成了。

3

孔子说:"三十而立。"我对此话的理解是:一个人在进入中年的时候，应该确立起生活的基本信念了。所谓生活信念，第一是做人的原则，第二是做事的方向。也就是说，应该知道自己在这个世界上要做怎样的人，想做怎样的事了。

当然，"三十"不是一个硬指标，孔子毕竟是圣人，一般人也许晚一些。但是，"立"与不"立"是硬道理，无人能够回避。一个人有了"立"，才真正成了自己人生的主人。那些永远不"立"之人诚然也在生活，不过，对于他们的生活，可用一个现成的词形容，叫作"混"。这样的人不该再学孔子的口气说"三十而立"，最好改说"三十而混"。

4

我走在自己的路上了。成功与失败、幸福与苦难都已经降为非常次要的东西。最重要的东西是这条路本身。

5

他们一窝蜂挤在那条路上，互相竞争、推搡、阻挡、践踏。前面有什么？不知道。既然大家都朝前赶，肯定错不了。你悠然独行，不慌不忙，因为你走在自己的路上，它仅仅属于你，没有人同你争。

6

我不是一个很自信的人，但我的自信恰好达到这个程度，使我能够不必在乎外来的封赐和奖赏。

7

我曾经也有过被虚荣迷惑的年龄，因为那时候我还没有看清事物的本质，尤其还没有看清我自己的本质。我感到现在我已经站在一个最合宜的位置上，它完全属于我，所有追逐者的脚步不会从这里经过。我不知道我是哪一天来到这个地方的，但一定很久了，因为我对它已经如此熟悉。

独处也是一种能力

1

独处也是一种能力,并非任何人任何时候都可具备。具备这种能力并不意味着不再感到寂寞,而在于安于寂寞并使之具有生产力。人在寂寞中有三种状态:一是惶惶不安,茫无头绪,百事无心,一心想逃出寂寞;二是渐渐习惯于寂寞,安下心来,建立起生活的条理,用读书、写作或别的事务来驱逐寂寞;三是寂寞本身成为一片诗意的土壤,一种创造的契机,诱发出关于存在、生命、自我的深邃思考和体验。

2

有的人只习惯于与别人共处,和别人说话,自己对自己无话可说,一旦独处就难受得要命,这样的人终究是肤浅的。人必须学会倾听自己的心声,自己与自己交流,这样才能逐渐形成一个较有深度的内心世界。

3

托尔斯泰在谈到独处和交往的区别时说:"你要使自己的理性适

合整体，适合一切的源，而不是适合部分，不是适合人群。"说得好。

对于一个人来说，独处和交往均属必需。但是，独处更本质，因为在独处时，人是直接面对世界的整体，面对万物之源。相反，在交往时，人却只是面对部分，面对过程的片断。人群聚集之处，只有凡人琐事，过眼烟云，没有上帝和永恒。

也许可以说，独处是时间性的，交往是空间性的。

4

在舞曲和欢笑声中，我思索人生。在沉思和独处中，我享受人生。

5

有的人只有在沸腾的交往中才能辨认他的自我。有的人却只有在宁静的独处中才能辨认他的自我。

6

我天性不宜交际。在多数场合，我不是觉得对方乏味，就是害怕对方觉得我乏味。可是我既不愿忍受对方的乏味，也不愿费劲使自己显得有趣，那都太累了。我独处时最轻松，因为我不觉得自己乏味，即使乏味，也自己承受，不累及他人，无须感到不安。

7

人们常常误认为，那些热心于社交的人是一些慷慨之士。泰戈尔说得好，他们只是在挥霍，不是在奉献，而挥霍者往往缺乏真正的慷慨。

那么，挥霍与慷慨的区别在哪里呢？我想是这样的：挥霍是把自己不珍惜的东西拿出来，慷慨是把自己珍惜的东西拿出来。社交场上的热心人正是这样，他们不觉得自己的时间、精力和心情有什么价值，所以毫不在乎地把它们挥霍掉。相反，一个珍惜生命的人必定宁愿在孤独中从事创造，然后把最好的果实奉献给世界。

交往的限度

1

一切交往都有不可超越的最后界限。在两个人之间,这种界限是不清晰的,然而又是确定的。一切麻烦和冲突都起于无意中想突破这个界限。但是,一旦这个界限清晰可辨并且得到严加遵守,那么,交往的全部魅力就丧失了,从此情感退场,理智维持着秩序。

2

在任何两人的交往中,必有一个适合于彼此契合程度的理想距离,越过这个距离,就会引起相斥和反感。这一点既适用于爱情,也适用于友谊。

也许,两个人之间的外在距离稍稍大于他们的内在距离,能使他们之间情感上的吸引力达到最佳效果,形式应当稍稍落后于内容。

实际上并非心心相印的人,倘若形影不离,难免会互相讨厌。

3

人与人之间应当保持一定距离,这是每个人的自我的必要的生存空间。缺乏自我的人不懂得这个道理。你因为遭受某种痛苦而独自躲了起来，这时候，往往是这时候，你的门敲响了，那班同情者络绎不绝地到来，把你连同你的痛苦淹没在同情的吵闹声中了。

4

在一次长途旅行中，最好是有一位称心的旅伴，其次好是没有旅伴，最坏是有一个不称心的旅伴。

5

和太强的人在一起，我会感觉不到自己的存在。和太弱的人在一起，我会只感觉到自己的存在。只有和强弱相当的人在一起，我才同时感觉到两个人的存在，在两点之间展开了无限的可能性。

6

怎样算是替他人着想，有两种截然相反的理解。在一种人看来，这意味着尊重他人的个别性，不把自己的愿望强加于人，不随意搅扰别人，不使他人为难。在另一种人看来，这意味着乐于助人，频频向人表示关心，一种异乎寻常的热心肠。两者的差异源于个性和观念的不同，他们要求于他人的东西也同样是不同的。

角　色

1

人不易摆脱角色。有时候，着意摆脱所习惯的角色，本身就是在不由自主地扮演另一种角色。反角色也是一种角色。

2

一种人不自觉地要显得真诚，以他的真诚去打动人并且打动自己。他自己果然被自己感动了。

一种人故意地要显得狡猾，以他的狡猾去魅惑人并且魅惑自己。他自己果然怀疑起自己来了。

3

潇洒就是自然而不做作，不拘束。然而，在实际上，只要做作得自然，不露拘束的痕迹，往往也就被当成了潇洒。

如今，潇洒成了一种时髦，活得潇洒成了一句口号。人们竞相做作出一种自然的姿态，恰好证明这是一个多么不自然的时代。

4

什么是虚假？虚假就是不真实，或者，故意真实。"我一定要真实！"——可是你已经在虚假了。

什么是做作？做作就是不真诚，或者，故意真诚。"我一定要真诚！"——可是你已经在做作了。

5

对于有的人来说，真诚始终只是他所喜欢扮演的一种角色。他极其真诚地进入角色，以至于和角色打成一片，相信角色就是他的真我，不由自主地被自己如此真诚的表演所感动了。

如果真诚为一个人所固有，是出自他本性的行为方式，他就绝不会动辄被自己的真诚所感动。犹如血型和呼吸，自己甚至不可觉察，谁会对自己的血型和呼吸顾影自怜呢？（写到这里，发现此喻不妥，因为自从《血型与性格》《血型与爱情》一类小册子流行以来，果然有人对自己的血型顾影自怜了。姑妄喻之吧。）

由此我获得了一个鉴定真诚的可靠标准，就是看一个人是否被自己的真诚所感动。一感动，就难免包含演戏和做作的成分了。

6

偶尔真诚一下、进入了真诚角色的人，最容易被自己的真诚感动。

7

有做作的初学者，他其实还是不失真实的本性，仅仅在模仿做作。到了做作而不自知是做作，自己也动了真情的时候，做作便成了本性，这是做作的大师。

8

真诚者的灵魂往往分裂成一个法官和一个罪犯。当法官和罪犯达成和解时,真诚者的灵魂便得救了。

做作者的灵魂往往分裂成一个戏子和一个观众。当戏子和观众彼此厌倦时,做作者的灵魂便得救了。

第三辑

丰富的安静

丰富的安静

我发现,世界越来越喧闹,而我的日子越来越安静了。我喜欢过安静的日子。

当然,安静不是静止,不是封闭,如井中的死水。曾经有一个时代,广大的世界对于我们只是一个无法证实的传说,我们每一个人都被锁定在一个狭小的角落里,如同螺丝钉被拧在一个不变的位置上。那时候,我刚离开学校,被分配到一个边远山区,生活平静而又单调。日子仿佛停止了,不像是一条河,更像是一口井。

后来,时代突然改变,人们的日子如同解冻的江河,又在阳光下的大地上纵横交错了。我也像是一条积压了太多能量的河,生命的浪潮在我的河床里奔腾起伏,把我的成年岁月变成了一道动荡不宁的急流。

而现在,我又重归于平静了。不过,这是跌宕之后的平静。在经历了许多冲撞和曲折之后,我的生命之河仿佛终于来到一处开阔的谷地,汇蓄成了一片浩渺的湖泊。我曾经流连于阿尔卑斯山麓的湖畔,看雪山、白云和森林的倒影伸展在蔚蓝的神秘之中。我知道,湖中的水仍在流转,是湖的深邃才使得湖面寂静如镜。

我的日子真的很安静。每天,我在家里读书和写作,外面各种热闹的圈子和聚会都和我无关。我和妻子女儿一起品尝着普通的人间亲情，外面各种寻欢作乐的场所和玩意儿也都和我无关。我对这样过日子很满意，因为我的心境也是安静的。

也许，每一个人在生命中的某个阶段是需要某种热闹的。那时候，饱胀的生命力需要向外奔突，去为自己寻找一条河道，确定一个流向。但是，一个人不能永远停留在这个阶段。托尔斯泰如此自述："随着年岁增长，我的生命越来越精神化了。"人们或许会把这解释为衰老的征兆，但是，我清楚地知道，即使在老年时，托尔斯泰也比所有的同龄人，甚至比许多年轻人更充满生命力。毋宁说，唯有强大的生命才能逐步朝精神化的方向发展。

现在我觉得，人生最好的境界是丰富的安静。安静，是因为摆脱了外界虚名浮利的诱惑。丰富，是因为拥有了内在精神世界的宝藏。泰戈尔曾说：外在世界的运动无穷无尽，证明了其中没有我们可以达到的目标，目标只能在别处，即在精神的内在世界里。"在那里，我们最为深切地渴望的，乃是在成就之上的安宁。在那里，我们遇见我们的上帝。"他接着说明："上帝就是灵魂里永远在休息的情爱。"他所说的情爱应是广义的，指创造的成就、精神的富有、博大的爱心，而这一切都超越于俗世的争斗，处在永久和平之中。这种境界，正是丰富的安静之极致。

我并不完全排斥热闹，热闹也可以是有内容的。但是，热闹总归是外部活动的特征，而任何外部活动倘若没有一种精神追求为其动力，没有一种精神价值为其目标，那么，不管表面上多么轰轰烈烈、有声有色，本质上必定是贫乏和空虚的。我对一切太喧嚣的事业和一切太张扬的感情都心存怀疑，它们总是使我想起莎士比亚对生命的嘲讽："充满了声音和狂热，里面空无一物。"

2002年6月

安静的位置

对于各种热闹，诸如记者采访、电视亮相、大学讲座之类，我始终不能习惯，总是尽量推辞。有时盛情难却答应了，结果多半是后悔。人各有志，我不反对别人追求和享受所谓文化的社会效应，只是觉得这种热闹与我的天性太不合。我的性格决定我不能做一个公众人物。做公众人物一要自信，相信自己真是一个人物，二要有表演欲，一到台上就来情绪。我偏偏既自卑又怯场，面对摄像机和麦克风没有一次不感到是在受难。因此我想，万事不可勉强，就让我顺应天性过我的安静日子吧。如果确实有人喜欢我的书，他们喜欢的也一定不是这种表面的热闹，就让我们的心灵在各自的安静中相遇吧。

世上从来不缺少热闹，因为一旦缺少，便必定会有不甘心的人去把它制造出来。不过，大约只是到了今日的商业时代，文化似乎才必须成为一种热闹，不热闹就不成其为文化。譬如说，从前，一个人不爱读书就老老实实不读，如果爱读，必是自己来选择要读的书籍，在选择中贯彻了他的个性乃至怪癖。现在，媒体担起了指导公众读书的职责，畅销书推出一轮又一轮，书目不断在变，不变的是全国热心读者同一时期仿佛全在读相同的书。与此相映成趣的是，这些年来，学界总有一两个当红的热门话题，话题不断在变，不变的是不同学科的学者同一时期仿佛全在研究相同的课题。我不怀疑仍有认真的研究者，但更多的却只是凭着新闻记者式的嗅觉和喉咙，用以代替学者的眼光和头脑，正是他们的起哄把任何学术问题都变成了热门话题，亦即变成了过眼烟云的新闻。

在这个热闹的世界上，我尝自问：我的位置究竟在哪里？我不属于任何主流的、非主流的和反主流的圈子。我也不是现在有些人很喜欢标榜的所谓另类，因为这个名称也太热闹，使我想起了集市上的叫卖声。那么，我根本不属于这个热闹的世界吗？可是，我绝不是一个出世者。对此我只能这样解释：不管世界多么热闹，热闹永远只占据世界的一小部分，热闹之外的世界无边无际，那里有着我的位置，一个安静的位置。这就好像在海边，有人弄潮，有人嬉水，有人拾贝壳，有人聚在一起高谈阔论，而我不妨找一个安静的角落独自坐着。是的，一个角落——在无边无际的大海边，哪里找不到这样一个角落呢——但我看到的却是整个大海，也许比那些热闹地聚玩的人看得更加完整。

在一个安静的位置上，去看世界的热闹，去看热闹背后的无限广袤的世界，这也许是最适合我的性情的一种活法吧。

1999 年 1 月

在沉默中面对

最真实、最切己的人生感悟是找不到言辞的。对于人生最重大的问题，我们每个人都只能在沉默中独自面对。我们可以一般地谈论爱情、孤独、幸福、苦难、死亡，等等，但是，倘若这些词眼确有意义，那属于每个人自己的真正的意义始终在话语之外。我无法告诉别人我的爱情有多温柔，我的孤独有多绝望，我的幸福有多美丽，我的苦难有多沉重，我的死亡有多荒谬。我只能把这一切藏在心中。我所说出写出的东西只是思考的产物，而一切思考在某种意义上都是一种逃避，从最个别的逃向最一般的，从命运逃向生活，从沉默的深渊逃向语言的岸。如果说它们尚未沦为纯粹的空洞观念，那也只是因为它们是从沉默中挣扎出来的，身上还散发着深渊里不可名状的事物的气息。

有的时候，我会忽然觉得一切观念、话语、文字都变得异常疏远和陌生，惶然不知它们为何物，一向信以为真的东西失去了根据，于是陷入可怕的迷茫之中。包括读我自己过去所写的文字时，也常常会有这种感觉。这使我几乎丧失了再动笔的兴致和勇气，而我也确实很久没有认真地动笔了。之所以又拿起笔，实在是因为别无更好的办法，使我得以哪怕用一种极不可靠的方式保存沉默的收获，同时也摆脱沉默的压力。

  我不否认人与人之间沟通的可能，但我确信其前提是沉默而不是言辞。梅特林克说得好：沉默的性质揭示了一个人灵魂的性质。在不能共享沉默的两个人之间，任何言辞都无法使他们的灵魂发生沟通。对于未曾在沉默中面对过相同问题的人来说，再深刻的哲理也只是一些套话。事实上，那些浅薄的读者的确分不清深刻的感悟和空洞的感叹，格言和套话，哲理和老生常谈，平淡和平庸，佛性和故弄玄虚的禅机，而更经常的是把鱼目当作珍珠，搜集了一堆破烂。一个人对言辞理解的深度取决于他对沉默理解的深度，归根结底取决于他的沉默亦即他的灵魂的深度。所以，在我看来，凡有志于探究人生真理的人，首要的功夫便是沉默，在沉默中面对他灵魂中真正属于他自己的重大问题。到他有了足够的孕育并因此感到不堪重负时，一切语言之门便向他打开了，这时他不但理解了有限的言辞，而且理解了言词背后沉默着的无限的存在。

1995 年 12 月

"沉默学"导言

一个爱唠叨的理发师给马其顿王理发，问他喜欢什么发型，马其顿王答道："沉默型。"

我很喜欢这个故事。素来怕听人唠叨，尤其是有学问的唠叨。遇见那些满腹才学关不住的大才子，我就不禁想起这位理发师来，并且很想效法马其顿王告诉他们，我最喜欢的学问是"沉默学"。

无论会议上，还是闲谈中，听人神采飞扬地发表老生常谈，激情满怀地叙说妇孺皆知，我就惊诧不已。我简直还有点儿嫉妒：这位先生（往往是先生）的自我感觉何以这样好呢？据说讲演术的第一秘诀是自信，一自信，就自然口若悬河滔滔不绝起来了。可是，自信总应该以自知为基础吧？不对，我还是太迂了。毋宁说，天下的自信多半是盲目的。唯其盲目，才拥有那一份化腐朽为神奇的自信，敢于以创始人的口吻宣说陈词滥调，以发明家的身份公布道听途说。

可惜的是，我始终无法拥有这样的自信。话未出口，自己就怀疑起它的价值了，于是嗫嚅欲止，字不成句，更谈何出口成章。对于我来说，谎言重复十遍未必成为真理，真理重复十遍（无须十遍）就肯定成为废话。人在世，说废话本属难免，因为创新总是极稀少的。能够把废话说得漂亮，岂不也是一种才能？若不准说废话，人世就会沉寂如坟墓。我知道自己的挑剔和敏感实在有悖常理，无奈改不掉，只好不改。不但不改，还要把它合理化，于自卑中求另一种自信。

好在这方面不乏贤哲之言，足可供我自勉。古希腊最早的哲人泰勒斯就说过："多说话并不表明有才智。"人有两只耳朵，只有一张嘴，一位古希腊哲人从中揣摩出了造物主的意图：让我们多听少说。孔子主张"君子欲讷于言而敏于行"，这是众所周知的了。明朝的李笠翁也认为：智者拙于言谈，善谈者罕是智者。当然，沉默寡言未必是智慧的征兆，世上有的是故作深沉者或天性木讷者，我也难逃此嫌。但是，我确信其反命题是成立的：夸夸其谈者必无智慧。

曾经读到一则幽默，大意是某人参加会议，一言不发，事后，一位评论家对他说："如果你蠢，你做得很聪明；如果你聪明，你做得蠢。"当时觉得这话说得很机智，意思也是明白的：蠢人因沉默而未暴露其蠢，所以聪明；聪明人因沉默而未表现其聪明，所以蠢。仔细琢磨，发现不然。聪明人必须表现自己的聪明吗？聪明人非说话不可吗？聪明人一定有话可说吗？再也没有比听聪明人在无话可说时偏要连篇累牍地说聪明的废话更让我厌烦的了，在我眼中，此时他不但做得很蠢，而且他本人也成了天下最蠢的一个家伙。如果我自己身不由己地被置于一种无话可说却又必须说话的场合，那真是天大的灾难，老天饶了我吧！

公平地说，那种仅仅出于表现欲而夸夸其谈的人毕竟还不失为天真。今日之聪明人已经不满足于这无利可图的虚荣，他们要大张旗鼓地推销自己，力求卖个好价钱。于是，我们接连看到，靠着传播媒介的起哄，平庸诗人发出摘冠诺贝尔的豪言，俗不可耐的小说跃居畅销书目的榜首，尚未开拍的电视剧先声夺人闹得天下沸沸扬扬。在这一片叫卖声中，我常常想起甘地的话："沉默是信奉真理者的精神训练之一。"我还想起吉辛的话："人世一天天愈来愈吵闹，我不愿在增长着的喧嚣中加上一份，单凭了我的沉默，我也向一切人奉献了一种好处。"这两位圣者都是羞于言谈的人，看来绝非偶然。当然，沉默者未免寂寞，那又有什么？说到底，一切伟大的诞生都是在沉默中孕育的。广告造就不了文豪。哪个自爱并且爱孩子的母亲会在分娩前频频向新闻界展示她的大肚子呢？

种种热闹一时的吹嘘和喝彩，终是虚声浮名。在万象喧嚣的背后，在一切语言消失之处，隐藏着世界的秘密。世界无边无际，有声的世界只是其中很小一部分。只听见语言不会倾听沉默的人是被声音堵住了耳朵的聋子。懂得沉默的价值的人却有一双善于倾听沉默的耳朵，如同纪伯伦所说，他们"听见了寂静的唱诗班唱着世纪的歌，吟咏着空间的诗，解释着永恒的秘密"。一个听懂了千古历史和万有存在的沉默的话语的人，他自己一定也是更懂得怎样说话的。

世有声学、语言学、音韵学、广告学、大众传播学、公共关系学等等，唯独没有沉默学。这就对了，沉默怎么能教呢？所以，仅存此"导言"一篇，"正论"则理所当然地将永远付诸阙如了。

1993 年 3 月

议论家

我是一个患有恐会症的人,病因在不自信。无论什么会议,但凡要求出席者发言的,我就尽量谢绝。如果实在谢绝不了,灾难就来了,自得到通知之日起,我就开始惴惴不安。一旦置身于会场,我就更是如坐针毡。通常我总是拣一个不引人注意的角落里的座位,期望能侥幸躲过发言。我知道自己对于许多事情是无知的,我的自尊心和虚荣心都不允许我炫耀我的无知,对这些事情说些人云亦云的空话和言不及义的废话。

由于自己的这种弱点,我就十分佩服那些敢于在会议上侃侃而谈的自信者,留心听取他们的发言。然而,在多数情形下,我惊奇地发现,他们对于所谈论的事情并不比我更有知识,只是更有谈论的勇气罢了。我的另一个发现是,这样的自信者是一个相当固定的人群,他们每会必到,每到必滔滔不绝,已经构成当今学界的一个新品种。让我试着给这个新品种画像——

他们当然是一些忙人兼名人,忙于出席各种名目的会议,因频繁出现在传媒的各个版面上而出名。在一切热闹的场面上,你必能发现他们风尘仆仆的身影。无论流行什么时髦的话题,你都不可避免地要听到他们的声音。他们如此辛勤地追赶时髦,每一次都务求站到时髦的最前列去,以至于你几乎难以分清,究竟他们是在追赶时髦,还是在领导时髦。从保守主义到自由主义,从卡夫卡到后现代,从公共交通到住房改革,他们谈论一切,无所不写。他们的所谈所写有一个共同的特点,便是充满着发言的激情,所发之言却空洞无物,大同小异,两者形成了鲜明的对照。事实上,他们对自己所谈论的事情未必真有兴趣,他们最关心的事情就是要在所有这些事情上插上一嘴,否则便会觉得没有尽到自己的责任,甚至会感到人生的失落和空虚。他们是一些什么人呢?不能说他们是理论家,因为他们并没有自己的理论体系。也不能说他们是评论家,因为他们并没有自己的评论领域。对他们的最恰当的称呼是——议论家。他们是一些以议论一切事情为庄严使命的人。

自从发现这个新品种以后,我的恐会症有增无减,简直可以说病入膏肓了。我害怕即使我能够成功地逃避发言,我的出席也会使我成为这个新品种的沉默的陪衬,而这是我的自尊心和虚荣心更加不能允许的。所以,虽然我是一个顾情面而不善于拒绝的人,相当一段时间以来,我还是鼓起勇气谢绝了大部分会议的邀请。

1998年12月

唱出了我们的沉默的歌者

20世纪上半叶,有两位东方诗人以美而富有哲理的散文诗(多用英文创作)征服了西方读者的心,继而通过冰心的汉译征服了中国读者的心,一位是泰戈尔,另一位就是纪伯伦。多年来,这两位诗人的作品一直陪伴着我,它们如同我的生活中的清泉,我常常回到它们,用它们洗净我在人间跋涉的尘土和疲劳。

纪伯伦说:"语言的波涛始终在我们的上面喧哗,而我们的深处永远是沉默的。"又说,"伟大的歌者是能唱出我们的沉默的人。"纪伯伦自己正是这样一位唱出了我们的沉默的歌者。

那在我们的上面喧哗着的是什么?是我们生命表面的喧闹、得和失的计较、利益征逐中的哭和笑、我们的肉身自我的呻吟和号叫。那在我们的深处沉默着的是什么?是我们生命的核心、内在的精神生活、每一个人的不可替代的心灵自我。

在纪伯伦看来,内在的心灵自我是每一个人的本质所在。外在的一切,包括财富、荣誉、情色,都不能满足它,甚至不能真正触及它,因此它必然是孤独的。它如同一座看不见的房舍,远离人们以你的名字称呼的一切表象和外观的道路。"如果这房舍是黑暗的,你无法用邻人的灯把它照亮。如果这房舍是空的,你无法用邻人的财产把它装满。"但是，正因为你有这个内在的自我，你才成为你。倘若只有那个外在的自我，不管你在名利场上混得如何，你和别人都没有本质的区别，你的存在都不拥有自身的实质。

然而，人们似乎都害怕自己内在的自我，不敢面对它的孤独，倾听它的沉默，宁愿逃避它，躲到外部世界的喧嚣之中。有谁倾听自己灵魂的呼唤，人们便说："这是一个疯子，让我们躲开他！"其实事情正相反，如同纪伯伦所说："谁不做自己灵魂的朋友，便成为人们的敌人。"人间一切美好的情谊，都只能在忠实于自己灵魂的人之间发生。同样，如果灵魂是黑暗的，人与人只以肉身的欲望相对待，彼此之间就只有隔膜、争夺和战争了。

内在的孤独无法用任何尘世的快乐消除，这个事实恰恰是富有启示意义的，促使我们走向信仰。我们仿佛听到了一个声音："你们是灵魂，虽然活动于躯体之中。"作为灵魂，我们必定有更高的来源，更高的快乐才能使我们满足。纪伯伦是一个泛神论者，他相信宇宙是一个精神性的整体，每一个人的灵魂都是整体的显现，是流转于血肉之躯中的"最高之主的呼吸"。当我们感悟到自己与整体的联系时，我们的灵魂便觉醒了。灵魂的觉醒是人生最宝贵的收获，是人的生存目的之所在。这时候，我们的内在自我便超越了孤独，也超越了生死。《先知》中的阿穆斯塔发在告别时如是说："只一会儿工夫，在风中休息片刻，另一个女人又将怀上我。"

不过，信仰不是空洞的，它见之于工作。"工作是看得见的爱。"带着爱工作，你就与自己、与人类、与上帝连成了一体。怎样才是带着爱工作呢？就是把你灵魂的气息贯注于你制造的一切。你盖房，就仿佛你爱的人要来住一样。有了这种态度，你的一切产品就都是精神的产品。在这同时，你也就使自己在精神上完满了起来，把自已变成了一个上面住着灵性生物的星球。

　　一个灵魂已经觉醒的人，他的生命核心与一切生命之间的道路打通了，所以他是不会狂妄的。他懂得万物同源、众生平等的道理，"每一个人都是以往的每一个君王和每一个奴隶的后裔。""当你达到生命的中心时，你将发现你既不比罪人高，也不比先知低。"大觉悟导致大慈悲和大宽容。你不会再说："我要施舍，但只给那配得到者。"因为你知道，凡配在生命的海洋里啜饮的，都配在你的小溪里舀满他的杯子。你也不会再嘲笑和伤害别人，因为你知道，其实别人只是附在另一躯体上的最敏感的你。

　　在纪伯伦的作品中，随手可拾到语言的珍珠，我只是把很少一些串联起来，形成了一根思想的线索。当年罗斯福总统曾如此赞颂他："你是从东方吹来的第一阵风暴，横扫了西方，但它带给我们海岸的全是鲜花。"现在我们翻开他的书，仍可感到这风暴的新鲜有力，受这风暴的洗礼，我们的心中仍会绽开智慧的花朵。

2005 年 11 月

心静是一种境界

1

心静是一种境界。一个人只要知道自己真正想要什么,找到了最适合自己的生活,一切外界的诱惑和热闹对于他就的确都成了无关之物。

2

老子主张"守静笃",任世间万物在那里一齐运动,我只是静观其往复,如此便能成为万物运动的主人。这叫"静为躁君"。

当然,人是不能只静不动的,即使能也不可取,如一潭死水。你的身体尽可以在世界上奔波,你的心情尽可以在红尘中起伏,关键在于你的精神中一定要有一个宁静的核心。有了这个核心,你就能够成为你的奔波的身体和起伏的心情的主人了。

3

生命有限,我害怕把精力投错了地方,致使不再来得及做成自己真正想做的事情。我本来就不是一个爱热闹的人,今后会更加远离一切热闹,包括媒体的热闹和学界的热闹(我把后者看作前者的一个类别），在安静中做成自己想做的事情，或者至少把自己真正想做什么的问题想明白。其实，真想明白了，哪有做不成之理呢？

好了，祝世界继续热闹。

4

每逢节日，独自在灯下，心中就有一种非常浓郁的寂寞，浓郁得无可排遣，自斟自饮生命的酒，别有一番酩酊。

人生作为过程总要逝去，似乎哪种活法都一个样。但就是不一样。我需要一种内在的沉静，可以以逸待劳地接收和整理一切外来印象。这样，我才觉得自己具有一种连续性和完整性。当我被过于纷繁的外部生活搅得不复安宁时，我就断裂了，破碎了，因而也就失去了吸收消化外来印象的能力。

世界是我的食物。人只用少量时间进食，大部分时间在消化。独处就是我消化世界。

5

活动和沉思，哪一种生活更好？

有时候，我渴望活动、漫游、交往、恋爱、冒险、成功。如果没有充分尝试生命的种种可能性就离开人世，未免太遗憾了。但是，我知道，我的天性更适合于过沉思的生活。我必须休养我的这颗自足的心灵，唯有带着这颗心灵去活动，我才心安理得并且确有收获。

如果没有好胃口，天天吃宴席有什么乐趣？如果没有好的感受力，频频周游世界有什么意思？反之，天天吃宴席的人怎么会有好胃口，频频周游世界的人怎么会有好的感受力？

心灵和胃一样，需要休息和复原。独处和沉思便是心灵的休养方式。当心灵因充分休息而饱满,又因久不活动而饥渴时,它就能最敏锐地品味新的印象。

所以,问题不在于两者择一。高质量的活动和高质量的宁静都需要,而后者实为前者的前提。

6

这么好的夜晚,宁静、孤独、精力充沛,无论做什么,都觉得可惜了,糟蹋了。我什么也不做,只是坐在灯前,吸着烟……

我从我的真朋友和假朋友那里抽身出来,回到了我自己。只有我自己。

这样的时候是非常好的。没有爱,没有怨,没有激动,没有烦恼,可是依然强烈地感觉到自己的生存,感到充实。这样的感觉是非常好的。

一个夜晚就这么过去了。可是我仍然不想睡觉。这是这样的一种时候,什么也不想做,包括睡觉。

7

在静与闹、孤独与合群之间,必有一个适合于我的比例或节奏。如果比例失调、节奏紊乱,我就会生病——太静则抑郁,太闹则烦躁。抑郁使我成为诗人,烦躁使我成为庸人。

倾听沉默

1

让我们学会倾听沉默——

因为在万象喧嚣的背后,在一切语言消失之处,隐藏着世界的秘密。倾听沉默,就是倾听永恒之歌。

因为我们最真实的自我是沉默的,人与人之间真正的沟通是超越语言的。倾听沉默,就是倾听灵魂之歌。

2

当少男少女由两小无猜的嬉笑转入羞怯的沉默时,最初的爱情来临了。

当诗人由热情奔放的高歌转入忧郁的沉默时,真正的灵感来临了。

沉默是神的来临的永恒仪式。

3

在两性亲昵中,从温言细语到甜言蜜语到花言巧语,语言愈夸张,爱情愈稀薄。达到了顶点,便会发生一个转折,双方恶言相向,爱变成了恨。

真实的感情往往找不到语言，真正的两心契合也不需要语言，谓之默契。

人生中最美好的时刻都是"此时无声胜有声"的，不独爱情如此。

4

世上一切重大的事情，包括阴谋与爱情、诞生与死亡，都是在沉默中孕育的。

在家庭中，夫妇吵嘴并不可怕，倘若相对无言，你就要留心了。

在社会上，风潮迭起并不可怕，倘若万马齐喑，你就要留心了。

艾略特说，世界并非在惊天动地的"砰"的一声中，而是在几乎听不见的"哧"的一声中完结的。末日的来临往往悄无声息。死神喜欢蹑行，当我们听见它的脚步声时，我们甚至来不及停住唇上的生命之歌，就和它打了照面。

5

在最深重的苦难中，没有呻吟，没有哭泣。沉默是绝望者最后的尊严。

在最可怕的屈辱中，没有诅咒，没有叹息。沉默是复仇者最高的轻蔑。

6

真正打动人的感情总是朴实无华的，它不出声，不张扬，埋得很深。沉默有一种特别的力量，当一切喧嚣静息下来后，它仍然在工作着，穿透可见或不可见的间隔，直达人心的最深处。

7

沉默是语言之母，一切原创的、伟大的语言皆孕育于沉默。但语言自身又会繁殖语言，与沉默所隔的世代越来越久远，其品质也越来越蜕化。

还有比一切语言更伟大的真理，沉默把它们留给了自己。

8

我们的内心经历往往是沉默的。讲自己不是一件随时随地可以进行的容易的事，它需要某种境遇和情绪的触发，一生难得有几回。那些喜欢讲自己的人多半是在讲自己所扮演的角色。

另一方面呢，我们无论讲什么，也总是在曲折地讲自己。

9

在社交场合我轻易不谈人生。只要一听到那些空洞的感叹，我就立即闭口。越是严肃的思想、深沉的情感，就越是难于诉诸语言。大音希声。这里甚至有一种神圣的羞怯，使得一个人难于启齿说出自己最隐秘的思绪，因为它是在默默中受孕的，从来不为人所知，于是便像要当众展示私生子一样的难堪。

10

语言是存在的家。沉默是语言的家。饶舌者扼杀沉默，败坏语言，犯下了双重罪过。

11

话语是一种权力——这个时髦的命题使得那些爱说话的人欣喜若狂,他们越发爱说话了,在说话时还摆出了一副大权在握的架势。

我的趣味正相反。我的一贯信念是:沉默比话语更接近本质,美比权力更有价值。在这样的对比中,你们应该察觉我提出了一个相反的命题:沉默是一种美。

12

自己对自己说话的需要。谁在说?谁在听?有时候是灵魂在说,上帝在听。有时候是上帝在说,灵魂在听。自己对自己说话——这是灵魂与上帝之间的交流,在此场合之外,既没有灵魂,也没有上帝。

如果生活只是对他人说话和听他人说话,神圣性就荡然无存。

所以,我怀疑现代哲学中的一切时髦的对话理论,更不必说现代媒体上的一切时髦的对话表演了。

13

沉默就是不说,但不说的原因有种种,例如:因为不让说而不说,那是顺从或者愤懑;因为不敢说而不说,那是畏怯或者怨恨;因为不便说而不说,那是礼貌或者虚伪;因为不该说而不说,那是审慎或者世故;因为不必说而不说,那是默契或者隔膜;因为不屑说而不说,那是骄傲或者超脱。这些都还不是与语言相对立的意义上的沉默,因为心中已经有了话,有了语言,只是不说出来罢了。倘若是因为不可说而不说,那至深之物不能浮现为语言,那至高物不能下降为语言，或许便是所谓存在的沉默了吧。

14

沉默是一口井，这井里可能藏着珠宝，也可能一无所有。

节省语言

1

智者的沉默是一口很深的泉源,从中汲出的语言之水也许很少,但滴滴晶莹,必含有很浓的智慧。

相反,平庸者的夸夸其谈则如排泄受堵的阴沟,滔滔不绝,遍地泛滥,只是污染了环境。

2

富者的健谈与贫者的饶舌不可同日而语。但是,言谈太多,对于创造总是不利的。时时有发泄,就削弱了能量的积聚。创造者必有酝酿中的沉默,这倒不是有意为之,而是不得不然,犹如孕妇不肯将未足月的胎儿娩出示人。当然,富者的沉默与贫者的枯索也不可同日而语,犹如同为停经,可以是孕妇,也可以是不孕症患者。

3

希腊哲人大多讨厌饶舌之徒。泰勒斯说:"多言不表明有才智。"喀隆说:"不要让你的舌头超出你的思想。"斯多噶派的芝诺说:"我们之所以有两只耳朵而只有一张嘴,是为了让我们多听少说。"一个青年向他滔滔不绝，他打断说："你的耳朵掉下来变成舌头了。"

每当遇到一个夸夸其谈的人，我就不禁想起芝诺的讽刺。世上的确有一种人，嘴是身上最发达的器官，无论走到哪里，几乎就只带着这一种器官，全部生活由说话和吃饭两件事构成。

多听当然不是什么都听，还须善听。对于思想者来说，听只是思的一种方式。他听书中的先哲之言，听自己的灵魂，听天籁，听无忌的童言。

少言是思想者的道德，唯有少言才能多思。舌头超出思想，那超出的部分只能是废话。如果你珍惜自己的思想，在表达的时候也必定会慎用语言，以求准确有力，让最少的话包含最多的内容。

4

我不会说，也说不出那些行话、套话，在正式场合发言就难免怯场，所以怕参加一切必须发言的会议。可是，别人往往误以为我是太骄傲或太谦虚。

5

我害怕说平庸的话，这种心理使我缄口。当我被迫说话时，我说出的往往的确是平庸的话。唯有在我自己感到非说不可的时候，我才能说出有价值的话。

6

他们围桌而坐，发言踊跃。总是有人在发言，没有冷场的时候，其余人也在交头接耳。那两位彼此谈得多么热烈，一边还打着手势，时而严肃地皱眉，时而露齿大笑。我注视着那张不停开合的嘴巴，诧异地想:"他们怎么会有这么多话可讲?"

7

对于人生的痛苦,我只是自己想,自己写,偶尔心血来潮,也会和一二知己说,但多半是用玩笑的口吻。

有些人喜欢在庄严的会场上、在大庭广众之中一本正经地宣说和讨论人生的痛苦,乃至于泣不成声,哭成一团。在我看来,那是多少有点儿滑稽的。

8

老是听别人发表同样的见解和感叹,我会感到乏味。不过我知道,在别人眼里我也许更乏味,他们从我这里甚至连见解和感叹也听不到,我不愿重复,又拿不出新的,于是只把沉默给他们。与人共享沉默未免太古怪,所以,我躲了起来……

9

他们因为我的所谓成功,便邀我参加各种名目的讨论。可是,我之所以成为今日之我,正是因为我从来不参加什么讨论。

10

健谈者往往耐不得寂寞,因为他需要听众。寡言者也需要听众,但这听众多半是他自己,所以他比较安于独处。

11

平时我受不了爱讲废话的人,可是,在某些社交场合,我却把这样的人视为救星。他一开口，我就可以心安理得地保持缄默，不必为自己不善于应酬而惶恐不安了。

12

讨论什么呢？我从来觉得，根本问题是不可讨论的，枝节问题又是不必讨论的。

13

人得的病只有两种，一种是不必治的，一种是治不好的。

人们争论的问题也只有两种，一种是用不着争的，一种是争不清楚的。

14

多数会议可以归入两种情况，不是对一个简单的问题发表许多复杂的议论，就是对一件复杂的事情做出一个简单的决定。

15

善演讲的人有三个特点，而我都缺乏。一是记忆力，名言佳例能够信手拈来，而我连自己写的东西也记不住。二是自信心，觉得自己是个人物，老生常谈也能说得绘声绘色，而我却连深思熟虑过的东西说起来也没有信心。三是表现欲，一面对听众就来情绪，而我却一上台就心慌。

所以，我想我还是应该少做讲演。最合理的次序是，读书和思考第一，写作第二，讲演第三，把读和思的精华写到书里，把书里的精华讲给人听，岂不皆大欢喜。

第四辑 都市里的外乡人

怀念土地

按照《圣经》的传说，上帝是用泥土造出人类的始祖亚当的："上帝用地上的泥土造人，将生气吹在他的鼻孔里，他就成了有灵的活人，名叫亚当。"上帝还对亚当说："你本是泥土，仍要归于泥土。"在中国神话传说中，女娲也是用泥土造人的："女娲抟黄土作人。"这些相似的传说说明了一个深刻的道理：土地是人类的生命之源。

其实，不但人类的生命，而且人类的精神，都离不开土地。就说说真、善、美吧，人类精神所追求的这些美好的理想价值，也无不孕育于大地的怀抱。如果大地上不是万象纷呈、万物变易，我们怎会有求真理的兴趣和必要，如果大地本身不是坚实如恒，我们又怎会有求真理的可能和信心？如果不曾领略土地化育和接纳万物的宽阔胸怀，我们懂得什么善良、仁慈和坚忍？如果没有欣赏过大地上山川和落日的壮丽，倾听过树林里的寂静和风声，我们对美会有什么真切的感受？精神的理想如同头上的天空，而天空也是属于大地的，唯有在辽阔的大地上方才会有辽阔的天空。可以说，一个人拥有的天空是和他拥有的大地成正比的。长年累月关闭在窄屋里的人，大地和天空都不属于他，不可能具有开阔的视野和丰富的想象力。对于每天夜晚守在电视机前的现代人来说，头上的星空根本不存在，星空曾经给予先哲的伟大启示已经成为失落的遗产。

我们都会说人是大自然之子的道理，可惜的是，能够记起大自然母亲的面貌的人越来越少了。从生到死，我们都远离土地而生活，就像一群远离母亲的孤儿。到各地走走，你会发现到处都在兴建雷同的城镇，千篇一律的商厦和水泥马路取代了祖先们修筑的土墙和小街，田野和村庄正在迅速消失。甚至在极偏僻的地方，你也难觅宁静的自然之趣和淳朴的民风，迎接你的总是同样的卡拉OK的喧闹和假民俗的做作。最可悲的是我们的孩子，他们在这样一种与大自然完全隔绝的生活模式中成长，压根儿没有过同大自然亲近的经验和对土地的记忆，因而也很难在他们身上唤起对大自然的真正兴趣了。有一位作家写到，她曾带几个孩子到野外去看月亮和海，可是孩子们对月亮和海毫无兴趣，心里惦记着的是及时赶回家去，不要误了他们喜欢的一个电视节目。

我们切不可低估这一事实的严重后果。一棵植物必须在土里扎下根，才能健康地生长。人也是这样，只是在外表上不像植物那么明显，所以很容易被我们忽视。我相信，远离土地是必定要付出可怕的代价的。倘若这种对大自然的麻木不仁延续下去，人类就不可避免地要发生精神上的退化。在电视机前长大的新一代人，当然读不进荷马和莎士比亚。始终在人造产品的包围下生活，人们便不再懂得欣赏神和半神的创造，这有什么奇怪呢？在我看来，不管现代人怎样炫耀自己的技术和信息，倘若对自己生命的来源和基础浑浑噩噩，便是最大的蒙昧和无知。人类的聪明在于驯服自然，在广袤的自然世界中为自己开辟出一个令自己惬意的人造世界。可是，如果因此而沉溺在这个人造世界里，与广袤的自然世界断了联系，就真是聪明反被聪明误了。自然的疆域无限，终身自拘于狭小人工范围的生活毕竟是可怜的。

1996 年 10 月

从挤车说到上海不是家

在上海出差，天天挤车，至今心有余悸。朋友说，住在上海，就得学会挤车。我怕不是这块料。即使恰好停在面前，我也常常上不了车，刹那间被人浪冲到了一边。万般无奈时，我只好退避三舍，旁观人群一次次冲刺，电车一辆辆开走。我发现，上海人挤车确实训练有素，哪怕打扮入时的姑娘，临阵也表现得既奋勇，又从容，令我不知该钦佩还是惋惜。

我无意苛责上海人，他们何尝乐意如此挤轧。我是叹惜挤轧败坏了上海人的心境，使得这些安分守己的良民彼此间却时刻准备着展开琐屑的战斗。几乎每回乘车，我都耳闻激烈的争吵。我自己慎之又慎，仍难免受到挑战。

有一回，车刚靠站，未待我挤下车，候车的人便蜂拥而上，堵住了车门。一个抱小孩的男子边往上挤，边振振有词地连声嚷道："还没有上车，你怎么下车?！"惊愕于这奇特的逻辑，我竟无言以答。

还有一回，我买票的钱被碰落在地上，便弯腰去拾。身旁是一个中年母亲带着她七八岁的女儿。女儿也弯腰想帮我拾钱，母亲却对我厉声喝道："当心点，不要乱撞人！"我感激地望一眼那女孩，悲哀地想：她长大了会不会变得像母亲一样蛮横自私？

上海人互不相让，面对外地人却能同仇敌忾。我看见一个农民模样的男子乘车，他坐在他携带的一只大包裹上，激起了公愤，呵斥声此起彼伏："上海就是被这种人搞坏了！""扣住他，不让他下车！"我厌恶盲流，但也鄙夷上海人的自大欺生。毕竟上海从来不是幽静的乐园，用不着摆出这副失乐园的愤激姿态。

写到这里，我该承认，我也是一个上海人。据说上海人的家乡意识很重，我却常常意识不到上海是我的家。诚然，我生于斯，长于斯，在这喧闹都市的若干小角落里，藏着只有我自己知道和铭记不忘的儿时记忆。当我现在偶尔尝到或想起从小熟悉的某几样上海菜蔬的滋味时，还会有一丝类似乡思的情绪掠过心头。然而，每次回到上海，我并无游子归家的亲切感。"家乡"这个词提示着生命的源头，家族的繁衍，人与土地的血肉联系。一种把人与土地隔绝开来的装置是不配被称作家乡的。上海太拥挤了，这拥挤于今尤甚，但并非自今日始。我始终不解，许多上海人为何宁愿死守上海，挤在鸽笼般窄小封闭的空间里，忍受最悲惨的放逐——被阳光和土地放逐。拥挤导致人与人的碰撞，却堵塞了人与自然的交流。人与人的碰撞只能触发生活的精明，人与自然的交流才能开启生命的智慧。所以，上海人多小聪明而少大智慧。

我从小受不了喧嚣和拥挤，也许这正是出于生命的自卫本能。受此本能驱策，当初我才趁考大学的机会离开了上海，就像一个寄养在陌生人家的孩子，长大后知道了自己的身世，便出发去寻找自己真正的家。我不能说我的寻找有了满意的结果。时至今日，无论何处，土地都在成为一个愈来愈遥远的回忆。我仅获得了一种海德格尔式的安慰："语言是存在的家。"如果一个人写出了他真正满意的作品，你就没有理由说他无家可归。一切都是身外之物，唯有作品不是。对家园的渴望使我终于找到了语言这个家。我设想，如果我是一个心满意足的上海人，我的归宿就会全然不同。

1989 年 4 月

侯家路

春节回上海，家人在闲谈中说起，侯家路那一带的地皮已被香港影视圈买下，要盖演艺中心，房子都拆了。我听了心里咯噔了一下。从记事起，我就住在侯家路的一座老房子里，直到小学毕业，那里藏着我的全部童年记忆。离开上海后，每次回去探亲，我总要独自到侯家路那条狭窄的卵石路上走走，如同探望一位久远的亲人一样也探望一下我的故宅。那么，从今以后，这个对于我很宝贵的仪式只好一笔勾销了。

侯家路是紧挨城隍庙的一条很老也很窄的路，那一带的路都很老也很窄，纵横交错，路面用很大的卵石铺成。从前那里是上海的老城，置身在其中，你会觉得不像在大上海，仿佛是在江南的某个小镇。房屋多为木结构，矮小而且拥挤。走进某一扇临街的小门，爬上黢黑的楼梯，再穿过架在天井上方的一截小木桥，便到了我家。那是一间很小的正方形屋子，上海人称作亭子间。现在回想起来，那间屋子可真是小呵，放一张大床和一张饭桌就没有空余之地了，但当时我并不觉得。爸爸一定觉得了，所以他自己动手，在旁边拼接了一间更小的屋子。逢年过节，他就用纸糊一只走马灯，挂在这间更小的屋子的窗口。窗口正对着天井上方的小木桥，我站在小木桥上，看透着烛光的走马灯不停地旋转，心中惊奇不已。现在回想起来，那时候爸爸妈妈可真是年轻呵，正享受着人生的美好时光，但当时我并不觉得。他们一定觉得了，所以爸爸要兴高采烈地做走马灯，妈妈的脸上总是漾着明朗的笑容。

也许人要到不再年轻的年龄，才会仿佛突然之间发现自己的父母也曾年轻过。这一发现令我倍感岁月的无奈。想想曾经多么年轻的他们已经老了或死了，便觉得摆在不再年轻的我面前的路缩短了许多。妈妈不久前度过了八十寿辰，但她把寿宴推迟到了春节举办，好让我们一家有个团聚的机会，我就是为此赶回上海来的。我还到苏州凭吊了爸爸的坟墓，自从他七年前去世后，这是我第一次给他上坟。对于我来说，侯家路是一个更值得流连的地方，因为那里珍藏着我的童年岁月，而在我的童年岁月中，我的父母永不会衰老和死亡。

我终于忍不住到侯家路去了。可是，不再有侯家路了。那一带已经变成一片废墟，一个巨大的工地。遭到覆灭命运的不只是侯家路，还有许多别的路，它们已经永远从地球上消失了。当然，从城市建设的眼光看，这些破旧房屋早就该拆除了，毫不足惜。不久后，这里将屹立起气派十足的豪华建筑，令一切感伤的回忆寒酸得无地自容。所以，我赶快拿起笔来，为侯家路也为自己保留一点儿私人的纪念。

1997 年 3 月

旅 + 游 = 旅游？

一、旅 + 游 = 旅游？

从前，一个"旅"字，一个"游"字，总是单独使用，凝聚着离家的悲愁。"山晓旅人去，天高秋气悲""浮云蔽白日，游子不顾反"。孑然一身，隐入苍茫自然，真有说不出的凄凉。

另一方面，庄子"游于濠梁之上"，李白"一生好入名山游"，"游"字又给人一种逍遥自在的感觉。

也许，这两种体验的交织，正是人生羁旅的真实境遇。我们远离了家、亲人、公务和日常所习惯的一切，置身于陌生的事物之中，感到若有所失。这"所失"使我们怅然，但同时也使我们获得一种解脱之感，因为我们发现，原来那失去的一切非我们所必需，过去我们固守着它们，反倒失去了更可贵的东西。在与大自然的交融中，那狭隘的乡恋被净化了。寄旅和漫游深化了我们对人生的体悟：我们无家可归，但我们有永恒的归宿。

不知从什么时候起，"旅""游"二字合到了一起。于是，现代人不再悲愁，也不再逍遥，而只是安心又仓促地完成着他们繁忙事务中的一项——"旅游"。

那么，请允许我说：我是旅人，是游子，但我不是"旅游者"。

二、现代旅游业

旅游业是现代商业文明的产物。在这个"全民皆商"、涨价成风的年头，也许我无权独独抱怨旅游也被纳入了商业轨道，成了最昂贵的消费之一。可悲的是，人们花了钱仍得不到真正的享受。

平时匆忙赚钱，攒够了钱，旅游去！可是，普天下的旅游场所，哪里不充斥着招揽顾客的吆喝声、假冒险的娱乐设施、凑热闹的人群？可怜在一片嘈杂中花光了钱，拖着疲惫的身子回家，又重新投入匆忙的赚钱活动。

一切意义都寓于过程。然而，现代文明是急功近利的文明，只求结果，藐视过程。人们手捧旅游图，肩挎照相机，按图索骥，专找图上标明的去处，在某某峰、某某亭"咔嚓"几下，留下"到此一游"的证据，便心满意足地离去。

每当我看到举着小旗、成群结队、掐着钟点的团体旅游，便生愚不可及之感。现代人已经没有足够的灵性独自面对自然。在人与人的挤压中，自然消隐不见了。

是的，我们有了旅游业。可是，恬静的陶醉在哪里？真正的精神愉悦在哪里？与大自然的交融在哪里？

三、名人与名胜

赫赫有名者未必优秀，默默无闻者未必拙劣。人如此，自然景观也如此。

人怕出名，风景也怕出名。人一出名，就不再属于自己，慕名者络绎来访，使他失去了宁静的心境以及和二三知友相对而坐的情趣。风景一出名，也就沦入凡尘，游人云集，使它失去了宁静的环境以及被真正知音赏玩的欣慰。

当世人纷纷拥向名人和名胜之时，我独爱潜入陋巷僻壤，去寻访不知名的人物和景观。

1988 年 10 月

车窗外

小时候喜欢乘车,尤其是火车,占据一个靠窗的位置,趴在窗户旁看窗外的风景。这爱好至今未变。

列车飞驰,窗外无物长驻,风景永远新鲜。

其实,窗外掠过什么风景,这并不重要。我喜欢的是那种流动的感觉。景物是流动的,思绪也是流动的,两者融为一片,仿佛置身于流畅的梦境。

当我望着窗外掠过的景物出神时,我的心灵的窗户也洞开了。许多似乎早已遗忘的往事、得而复失的感受、无暇顾及的思想,这时都不召自来,如同窗外的景物一样在心灵的窗户前掠过。于是我发现,平时我忙于种种所谓必要的工作,使得我的心灵的窗户有太多的时间是关闭着的,我的心灵世界还有太多的风景未被鉴赏。而此刻,这些平时遭到忽略的心灵景观在打开了的窗户前源源不断地闪现了。

所以,我从来不觉得长途旅行无聊,或者毋宁说,我有点儿喜欢这种无聊。在长途车上,我不感到必须有一个伴让我闲聊,或者必须有一种娱乐让我消遣。我甚至舍不得把时间花在读一本好书上,因为书什么时候都能读,白日梦却不是想做就能做的。

就因为贪图车窗前的这一份享受，凡出门旅行，我宁愿坐火车，不愿乘飞机。飞机太快地把我送到了目的地，使我来不及寂寞，因而来不及触发那种出神遐想的心境，我会因此感到像是未曾旅行一样。航行江海，我也宁愿搭乘普通轮船，久久站在甲板上，看波涛万古流涌，而不喜欢坐封闭型的豪华快艇。有一回，从上海到南通，我不幸误乘这种快艇，当别人心满意足地靠在舒适的软椅上看彩色录像时，我痛苦地盯着舱壁上那一个个窄小的密封窗口，真觉得自己仿佛遭到了囚禁。

我明白，这些仅是我的个人癖性，或许还是过了时的癖性。现代人出门旅行讲究效率和舒适，最好能快速到把旅程缩减为零，舒适到如同住在自己家里。令我不解的是，既然如此，又何必出门旅行呢？如果把人生譬作长途旅行，那么，现代人搭乘的这趟列车就好像是由工作车厢和娱乐车厢组成的，而他们的惯常生活方式就是在工作车厢里拼命干活和挣钱，然后又在娱乐车厢里拼命享受和把钱花掉，如此交替往复，再没有工夫和心思看一眼车窗外的风景了。

光阴蹉跎，世界喧嚣，我自己要警惕，在人生旅途上保持一份童趣和闲心是不容易的。如果哪一天我只是埋头于人生中的种种事务，不再有兴致趴在车窗旁看沿途的风光，倾听内心的音乐，那时候我就真正老了俗了，那样便辜负了人生这一趟美好的旅行。

1993 年 4 月

都市里的外乡人

我出生在都市，并且在都市里度过了迄今为止的大部分岁月。可是，我常常觉得，我只是都市里的一个外乡人。我的活动范围极其有限，基本上是坐在家里读书和写作，每周去一趟单位，偶尔到朋友家里串一串门，或者和朋友们去郊外玩一玩。在偌大的都市中，我最熟悉的仅是住宅附近的一两家普通商店，那已经足以应付我的基本生活需要了。其余的广大区域，尤其是使都市引以为自豪的那许多豪华商场和高级娱乐场所，对于我不过是一种观念的存在，是一些我无暇去探究的现代迷宫。

近些年来，我到过别的一些城市。我惊奇地发现，所到之处，即使是从前很偏僻的地方，都正在迅速涌现一个个新的都市。然而，这些新的都市是何其雷同！古旧的小街和城墙被拆除了，取而代之的是环城公路和通衢大道。格局相似的豪华商场向每一个城市的中心胜利进军，成为每一个城市的新的标记。可是，这些标记丝毫不能显示城市的特色，相反却证明了城市的无名。事实上，当你徘徊在某一个城市的街头时，如果单凭眼前的景观，你的确无法判断自己究竟身在哪一个城市。甚至人们的消闲方式也在趋于一致，夜幕降临之后，延安城里不再闻秧歌之声，时髦的青年男女纷纷走进

"兰花花"卡拉OK厅。

当然，都市化还可以有另一种模式。我到过欧洲的一些城市，例如世界大都会巴黎，那里在更新城市建筑的同时，把维护城市的历史风貌看得比一切都重要，几近于神圣不可侵犯。一个城市的建筑风格和民俗风情体现了这个城市的个性，它们源于这个城市的特殊的历史和文化传统。消灭了一个城市的个性，差不多就等于是消灭了这个城市的记忆。这样的城市无论多么繁华，对于它的客人都丧失了学习和欣赏的价值，对于它的主人也丧失了家的意义。其实，在一个失去了记忆的城市里，并不存在真正的主人，每一个居民都只是无家可归的外乡人而已。

就我的性情而言，我恐怕永远将是一个游离于都市生活的外乡人。不过，我无意反对都市化。我知道，虽然都市化会带来诸如人口密集、交通拥挤之类的弊端，但都市化本身毕竟是一个进步，它促进了经济和文化的繁荣。我只是希望都市化按照一种健康的方式进行。即使作为一个外乡人，我也是能够欣赏都市的美的。有时候，夜深人静之时，我独自漫步在灯火明灭的北京街头，望着被五光十色的聚光灯照亮的幢幢高楼，一种赞叹之情便会油然而生：在浩瀚宇宙的一个小小的角落，可爱的人类竟给自己造出了这么些精巧的玩具。我还庆幸于自己的发现：都市最美的时刻，是在白昼和夜生活的喧嚣都沉寂了下去的时候。

1998年1月

城市的个性和颜色

城市的颜色——这个题目是对想象力的一个诱惑。如果我是一个中学生，也许我会调动我的全部温情和幻想，给我所生活的城市涂上一种诗意的颜色。可是，我毕竟离那个年龄太远了。

十七岁的法国诗人兰波，年纪够轻了吧，而且对颜色极其敏感，居然能分辨出法语中五个元音有五种不同的颜色。然而，就在那个年龄，他却看不出巴黎的颜色，所看见的只是"所有的情趣都躲进了室内装潢和室外装饰""数百万人并不需要相认，他们受着同样的教育，从事同样的职业，也同样衰老"。那是一个多世纪以前的巴黎，那时巴黎已是世界艺术之都了，但这个早熟的孩子仍嫌巴黎没有个性。我到过今日的巴黎，在我这个俗人眼里，巴黎的个性足以登上世界大都市榜首。不过，我认为兰波的标准是正确的：城市的颜色在于城市的个性，城市没有个性，颜色就无从谈起。

我们来到一个城市，感官首先接触的是那里的建筑和环境。某些自然环境的色彩是鲜明的，例如海洋的蓝，森林的绿，沙漠的黄，或者，热带的红，寒带的白。但是，如果用这些自然环境特征代表城市的颜色，仍不免雷同，比如说，世界上有许多城市濒海，它们就都可以称作蓝色城市了。城市的个性更多地体现在建筑的个性上，当然，建筑的个性不限于建筑的风格，其中还凝聚着一个城市的历史、传统和风俗，因而是独特的人文环境的物化形式。这就不得不说到城市保护的老话题了。

我出生在上海，童年是在城隍庙附近的老城区度过的。在20世纪前半叶，上海成为中国最西化的都市，一块块租界内兴建了成片的高楼大厦和小洋房。可是，老城区仍保留了下来。低矮的木结构房屋，狭小的天井，没有大马路，只有纵横交错的一条条铺着蜡黄色大鹅卵石的窄巷，这一切会使你觉得不像在大上海，而像在某个江南小镇。你可以说那里是上海的贫民区，但一个开埠以前的上海可能就保藏在那里。现在，在全上海，再也找不到哪怕一条铺着蜡黄色大鹅卵石的老街了。外滩和旧租界的洋楼当然是舍不得拆的，所以，在日新月异的上海新面孔上，人们毕竟还能读出它的殖民地历史。

20世纪60年代，我在北京上大学。那时候，城墙已经残破，但所有的城门还在，城里的民居基本上是胡同和四合院。在我的印象里，当年的北京城是秋风落叶下一大片肃穆的青灰色，环抱着中心紫禁城的金黄色琉璃瓦和暗红色宫墙。现在，城墙已经荡然无存，城门也所剩无几，大多数城门成了一个抽象的地名，取而代之的是气势吓人的立交桥。与此相伴随的是，胡同和四合院正在迅速消失。紫禁城虽然安然无恙，但失去了和谐的衬托，在新式高楼的密林里成了一个孤立的存在。

我不是在怀旧，也丝毫不反对城市的发展。我想说的是，一个城市无论怎样繁华，都不能丢失自己的个性。在今日的西方发达国家，维护城市的历史风貌不但已成共识，而且已成法律。凡是历史悠久的街道和房屋，那里的居民尽可以在自己的屋子里实现现代化，但绝不允许对外观做一丝一毫改变。事实证明，只要合理规划，新城区的扩展与老建筑的保护完全可以并行不悖、相映成趣。城市的颜色——这是一个有趣的想象力游戏。我相信，即使同一个有鲜明特色的城市，不同的人对它的颜色也一定会有不同的判断，在其中交织进了自己的经历、性格和心情。但是，前提是这个城市有个性。如果千城一面，都是环城公路、豪华商场、立交桥、酒吧街，都是兰波说的室内装潢和室外装饰，游戏就玩不下去了。

巴黎的一个普通黄昏，我和一位朋友沿着塞纳河散步，信步走到河面的一座桥上。这座桥叫艺术桥，和塞纳河上的其他许多桥一样古老，兰波一定在上面行走过。桥面用原色的木板铺成，两边是绿色的铁栏杆。我们靠着栏杆，席地而坐，背后波光闪烁，暮霭中屹立着巴黎圣母院的巨大身影。桥的南端通往著名的法兰西学院。朋友翻看着刚刚买回的画册，突然高兴地指给我看毕沙罗的一幅风景画，画的正是从我们这个位置看到的北岸的景物。在我们近旁，一个姑娘也席地而坐，正在画素描。在我们面前，几个年轻人坐在木条凳上，自得其乐地敲着手鼓。一个姑娘走来，驻足静听良久，上前亲吻那个束着长发的男鼓手，然后平静地离去。又有两个姑娘走来，也和那个鼓手亲吻。这一切似乎很平常，而那个鼓手敲得的确好。倘若当时有人问我，巴黎是什么颜色，我未必能答出来，但是我知道，巴黎是有颜色的，一种非常美丽的颜色。

2002 年 11 月

南极素描

一、南极动物素描

企鹅——

像一群孩子，在海边玩过家家。它们模仿大人，有的扮演爸爸，有的扮演妈妈。没想到的是，那扮演妈妈的真的生出了小企鹅。可是，你怎么看，仍然觉得这些妈妈煞有介事带孩子的样子还是在玩过家家。

在南极的动物中，企鹅的知名度和出镜率稳居第一，俨然大明星。不过，那只是人类的炒作，企鹅自己对此浑然不知，依然一副憨态。我不禁想，如果企鹅有知，也摆出人类中那些大小明星的做派，那会是多么可笑的样子？我接着想，人类中那些明星的做派何尝不可笑，只是他们自己认识不到罢了。所以，动物的无知不可笑，可笑的是人的沾沾自喜的小知。人要不可笑，就应当进而达于大知。

贼鸥——

身体像黑色的大鸽子，却长着鹰的尖喙和利眼。人类没来由地把它们命名为贼鸥，它们蒙受了恶名，但并不因此记恨人类，仍然喜欢在人类的居处附近逗留。它们原是这片土地的主人，人类才是入侵者，可是这些入侵者却又断定它们是乞丐，守在这里是为了等候施舍。我当然不会相信这污蔑，因为我常常看见它们在峰巅筑的巢，它们的巢相隔很远，一座峰巅上往往只有一对贼鸥孤独地盘旋和孤独地哺育后代。于是我知道，它们的灵魂也与鹰相似，其中藏着人类梦想不到的骄傲。有一种海鸟因为体形兼有燕和鸥的特征，被命名为燕鸥。遵照此例，我给贼鸥改名为鹰鸥。

黑背鸥——

从头颅到身躯都洁白而圆润，唯有翼背是黑的，因此得名。在海面，它悠然自得地浮水，有天鹅之态。在岩顶，它如雕塑般一动不动，兀立在闲云里，有白鹤之象。在天空，它的一对翅膀时而呈对称的波浪形，优美地扇动，时而呈一字直线，轻盈地滑翔，恰是鸥的本色。我对这种鸟类情有独钟，因为它们安静、洒脱，多姿多态又自然而然。

南极燕鸥——

身体像鸥，却没有鸥的舒展。尾羽像燕，却没有燕的和平。这些灰色的小鸟总是成群结队地在低空飞舞，发出尖厉焦躁的叫声，像一群闯入白天的蝙蝠。它们喜欢袭击人类，对路过的人紧追不舍，用喙啄他的头顶，把屎拉在他的衣服上。我对它们的好斗没有异议，让我看不起它们的不是它们的勇敢，而是它们的怯懦，因为它们往往是依仗数量的众多，欺负独行的过路人。

海豹——

常常单独地爬上岸，懒洋洋地躺在海滩上。身体的颜色与石头相似，灰色或黑色，很容易被误认做一块石头。它们对我们这些好奇的入侵者爱答不理，偶尔把尾鳍翘一翘，或者把脑袋转过来瞅一眼，就算是屈尊打招呼了。它们的眼神非常温柔，甚至可以说妩媚。这眼神，这滑溜的身躯和尾鳍，莫非童话里的美人鱼就是它们？

可是，我也见过海豹群居的场面，挤成一堆，肮脏，难看，臭气熏天，像一个猪圈。

那么，独处的海豹是更干净，也更美丽的。

其他动物也是如此。

人也是如此。

海狗——

体态灵活像狗，但是不像狗那样与人类亲近。相反，它们显然对人类怀有戒心，一旦有人接近，就朝岩丛或大海撤退。又名海狼，这个名称也许更适合于它们的自由的天性。不过，它们并不凶猛，从不主动攻击人类。甚至在受到人类攻击的时候，它们也会适度退让。但是，你千万不要以为它们软弱可欺，真把它们惹急了，它们就毫不示弱，会对你穷追不舍。我相信，与人类相比，大多数猛兽是更加遵守自卫原则的。

黑和白——

南极的动物，从鸟类到海豹，身体的颜色基本上由二色组成：黑和白。黑是礁石的颜色，白是冰雪的颜色。南极是一个冰雪和礁石的世界，动物们为了向这个世界输入生命，便也把自己伪装成冰雪和礁石。

二、南极景物素描

冰盖——

在一定意义上，可以在南极洲和冰盖之间画等号。南极洲整个就是一块千古不化的巨冰，剩余的陆地少得可怜，可以忽略不计。正是冰盖使得南极洲成了地球上唯一没有土著居民的大陆。

冰盖无疑是南极最奇丽的景观。它横在海面上，边缘如刀切的截面，奶油般洁白，看去像一只冰淇淋蛋糕盛在蓝色的托盘上。而当日出或日落时分，太阳在冰盖顶上燃烧，恰似点燃了一支生日蜡烛。

可是，最美的往往也是最危险的。面对这个美丽的蛋糕，你会变成一个贪嘴的孩子，跃跃欲试要去品尝它的美味。一旦你受了诱惑与它亲近，它就立刻露出可怕的真相，显身为一个布满杀人陷阱的迷阵了。迄今为止，已有许多英雄葬身它的腹中，变成了永久的冰冻标本。

冰山——

伴随着一阵闷雷似的轰隆声，它从冰盖的边缘挣脱出来，犹如一艘巨轮从码头挣脱出来，开始了自己的航行。它的造型常常是富丽堂皇的，像一座漂移的海上宫殿、一艘豪华的游轮。不过，它的乘客不是人类中的达官贵人，而是海洋的宠儿。时而可以看见一只或两只海豹安卧在某一间宽敞的头等舱里，悠然自得，一副帝王气派。与人类的游轮不同，这种游轮不会返航，也无意返航。在无目的的航行中，它不断地减小自己的吨位，卸下一些构件扔进大海。最后，伴随着又一阵轰隆声，它爆裂成一堆碎块，渐渐消失在波涛里了。它的结束与它的开始一样精彩，可谓善始善终，而这正是造化的一切优秀作品的共同特点。

石头——

在南极的大陆和岛屿上,若要论数量之多,除了冰,就是石头了,它们几乎覆盖了冰盖之外的全部剩余陆地。若要论年龄,南极的石头也比冰年轻得多。冰盖深入到地下一百米至数千米,在许多万年里累积而成,其深埋的部分几乎永远不变,成了研究地球历史的考古资料库。相反,处在地表的石头却始终在风化之中,你在这里可以看到风化的各个环节,从完整的石峰,到或大或小的石块,到锋利的石片,到越来越细小的石屑,最后到亦石亦土的粉末,组成了一个展示风化过程的博物馆。

人们来这里,如果留心寻找色泽美丽的石头,多半会有一点儿收获。但是,我觉得漫山遍野的灰黑色石头更具南极的特征,它们或粗粝,或呈卵形,表面往往有浅色的苔斑,沉甸甸地躺在海滩上或山谷里,诉说着千古荒凉。

苔藓——

在有水的地方,必定有它们。在没有水的地方,往往也有它们。它们比人类更善于判断,何处藏着珍贵的水。它们给这块干旱的土地带来了生机,也带来了色彩。

南极短暂的夏天,气温相当于别处的早春。在最暖和的日子里,积雪融化成许多条水声潺潺的小溪流,把五线谱画满了大地。在这些小溪流之间,一簇簇苔藓迅速滋生,给五线谱填上绿色的音符,谱成了一支南极的春之歌。

在有些幽暗潮湿的山谷里,苔藓的生长极其茂盛。它们成簇或成片，看上去厚实、柔软、有弹性，令人不由得想俯下身去，把脸蛋贴在这丰乳一般的美丽生命上。

地衣——

这些外形像绿铁丝的植物，生命力也像铁丝一样顽强。当然啦，铁丝是没有生命的。我的意思是说，它们几乎像没有生命的东西一样活着，维持生命几乎不需要什么条件。在干旱的大石头和小石片上，没有水分和土壤，却到处有它们的踪影。它们与铁丝还有一个相似之处：据说它们一百年才长高一毫米，因此，你根本看不出它们在生长。

海——

不算最小的北冰洋，世界其余三大洋都在一个地方交汇，就是南极。但是，对于南极的海，我就不要妄加猜度了吧。我所见到的只是隶属于南极洲的一个小岛旁边的一小片海域，而且只见到它夏天的样子。在世界任何地方，大海都同样丰富而又单调，美丽而又凶暴。使这里的海的戏剧显得独特的是它的道具，那些冰盖、冰山和雪峰，以及它的演员，那些海豹、海狗和企鹅。

三、南极气象素描

日出——

再也没有比极地的太阳脾气更加奇怪的国王了。夏季，他勤勉得几乎不睡觉，回到寝宫匆匆打一个瞌睡，就急急忙忙地赶来上朝。冬季，他又懒惰得索性不起床，接连数月不理朝政，把文武百官撂在无尽的黑暗之中。

现在是南极的夏季,如果想看日出,你也必须像这个季节的极地太阳一样勤勉,半夜就到海边一个合适的地点等候。所谓半夜,只是习惯的说法,其实天始终是亮的。你会发现,和你一起等候的往往还有最忠实的岛民——企鹅,它们早已站在海边翘首盼望着了。

日出前那一刻的天空是最美的,仿佛一位美女预感到情郎的到来,脸颊上透出越来越鲜亮的红晕。可是,她的情郎——那极昼的太阳——精力实在是太旺盛了,刚刚从大海后或者冰盖后跃起,他的光亮已经强烈得使你不能直视了。那么,你就赶快掉转头去看海面上的壮观吧,礁石和波浪的一侧边缘都被旭日照亮,大海点燃了千万支蜡烛,在向早朝的国王致敬。而岸上的企鹅,这时都面向朝阳,胸脯的白羽毛镀了金一般鲜亮,一个个仿佛都穿上了金围裙。

月亮——

因为夜晚的短暂和晴天的稀少,月亮不能不是稀客。因为是稀客,一旦光临,就给人们带来了意外的惊喜。

她是害羞的,来时只是一个淡淡的影子,如同婢女一样不引人注意。直到太阳把余晖收尽,天色暗了下来,她才显身为光彩照人的美丽的公主。

可是,她是一个多么孤单的公主啊,我在夜空未尝找到过一颗星星,那众多曾经向她挤眉弄眼的追求者都上哪里去了?

云——

天空是一张大画布,南极多变的天气是一个才气横溢但缺乏耐心的画家,一边在这画布上涂抹着,一边不停地改变主意。于是,我们一会儿看到淡彩的白云,一会儿看到浓彩的锦霞,一会儿看到大泼墨的黑云。更多的时候,我们看到的是涂抹得不留空白的漫天乌云。而有的时候,我们什么也看不到了,天空已经消失在雨雪之雾里,这个烦躁的画家把整块画布都浸在洗笔的浑水里了。

风——

风是南极洲的真正主宰,它在巨大冰盖中央的制高点上扎下大本营,频频从那里出动,到各处领地巡视。它所到之处,真个是地动山摇、石颤天哭。它的意志不可违抗,大海遵照它的命令掀起巨浪,雨雪依仗它的威势横扫大地。

不过,我幸灾乐祸地想,这个暴君毕竟是寂寞的,它的领地太荒凉了,连一棵小草也不长,更没有擎天大树可以让它连根拔起,一展雄风。

在南极,不管来自东南西北什么方向,都只是这一种风。春风、和风、暖风等等是南极所不知道的概念。

雪——

风从冰盖中央的白色帐幕出动时,常常携带着雪。它把雪揉成雪沙、雪尘、雪粉、雪雾,朝水平方向劲吹,像是它喷出的白色气息。在风停歇的晴朗日子里,偶尔也飘扬过贺年卡上的那种美丽的雪花,你会觉得那是外邦的神偷偷送来的一件意外的礼物。

不错,现在是南极的夏季,气候转暖,你分明看见山峰和陆地上的积雪融化了。可是,不久你就会知道,融化始终是短暂的,山峰和陆地一次又一次重新变白,雪才是南极的本色。

暴风雪——

一头巨大的白色猛兽突然醒来了，在屋外不停地咆哮着和奔突着。一开始，出于好奇，我们跑到屋外，对着它举起了摄影器材，而它立刻就朝镜头猛扑过来。现在，我们宁愿紧闭门窗，等待着它重新入睡。

天气——

一个身怀绝技的魔术师，它真的能在片刻之间把万里晴空变成满天乌云，把灿烂阳光变成弥漫风雪。

极昼——

在一个慢性子的白昼后面，紧跟着一个急性子的白昼，就把留给黑夜的位置挤掉了。于是，我们不得不分别截取这两个白昼的一尾一首，拼接出一段睡眠的时间来。

极夜——

我对极夜没有体验。不过，我相信，在那样的日子里，每个人的心里一定都回响着上帝在创世第一天发出的命令："要有光！"

2000 年 12-2001 年 2 月

亲近自然

1

每年开春,仿佛无意中突然发现土中冒出了稚嫩的青草,树木抽出了小小的绿芽,那时候会有一种多么纯净的喜悦心情。记得小时候,在屋外的泥地里埋几粒黄豆或牵牛花籽,当看到小小的绿芽破土而出时,感觉到的也是这种心情。也许天下生命原是一家,也许我曾经是这么一棵树、一棵草,生命萌芽的欢欣越过漫长的进化系列,又在我的心里复苏了?

唉,人的心,进化的最高产物,世上最复杂的东西,在这小小的绿芽面前,才恢复了片刻的纯净。

2

现在,我们与土地的接触愈来愈少了。砖、水泥、钢铁、塑料和各种新型建筑材料把我们包围了起来。我们把自己关在宿舍或办公室的四壁之内。走在街上,我们同样被房屋、商店、建筑物和水泥路面包围着。我们总是活得那样匆忙,顾不上看看天空和土地。我们总是生活在眼前,忘掉了永恒和无限。我们已经不再懂得土地的痛苦和渴望,不再能欣赏土地的悲壮和美丽。

这熟悉的家、街道、城市，这熙熙攘攘的人群，有时候我会突然感到多么陌生，多么不真实。我思念被这一切覆盖着的永恒的土地，思念一切生命的原始的家乡。

3

一个人的童年，最好是在乡村度过。一切的生命，包括植物、动物、人，归根到底来自土地，生于土地，最后又归于土地。上帝对亚当说："你是用尘土造的，你还要归于尘土。"在乡村，那刚来自土地的生命仍能贴近土地，从土地汲取营养。童年是生命蓬勃生长的时期，而乡村为它提供了充满同样蓬勃生长的生命的环境。农村孩子的生命不孤单，它有许多同伴，它与树、草、野兔、家畜、昆虫进行着无声的谈话，它本能地感到自己属于大自然的生命共同体。相比之下，城里孩子的生命就十分孤单，远离了土地和土地上丰富的生命，与大自然的生命共同体断了联系。在一定意义上，城里孩子是没有童年的。

4

土地是洁净的，它接纳一切自然的污物，包括动物的粪便和尸体，使之重归洁净。真正肮脏的是它不肯接纳的东西——人类的工业废物。

5

在灯红酒绿的都市里，觅得一粒柳芽、一朵野花、一刻清静，人会由衷地快乐。在杳无人烟的荒野上，发现一星灯火、一缕炊烟、一点人迹，人也会由衷地快乐。自然和文明，人皆需要，二者不可缺一。

6

每到重阳,古人就登高楼、望天涯,秋愁满怀。今人一年四季关在更高的高楼里,对季节毫无感觉,不知重阳为何物。

秋天到了。可是,哪里是"红叶天""黄花地"?在我们的世界里,甚至已经没有了天和地。我们已经自我放逐于自然和季节。

7

现代人只能从一杯新茶中品味春天的田野。

8

旅游业发展到哪里,就败坏了哪里的自然风景。

我寻找一个僻静的角落,却发现到处都是广告喇叭、商业性娱乐设施和凑热闹的人群。

9

久住城市,偶尔来到僻静的山谷湖畔,面对连绵起伏的山和浩渺无际的水,会感到一种解脱和自由。然而我想,倘若在此定居,与世隔绝,心境也许就会变化。尽管看到的还是同样的山水景物,所感到的却不是自由,而是限制了。

人及其产品把我和自然隔离开来了,这是一种寂寞。千古如斯的自然把我和历史隔离开来了,这是又一种寂寞。前者是生命本身的寂寞,后者是野心的寂寞。那种两相权衡终于承受不了前一种寂寞的人,最后会选择归隐。现代人对两种寂寞都体味甚浅又都急于逃避,旅游业因之兴旺。

10

游览名胜,我往往记不住地名和典故。我为我的坏记性找到了一条好理由——

我是一个直接面对自然和生命的人。相对于自然,地理不过是细节。相对于生命,历史不过是细节。

11

我相信,终年生活在大自然中的人,是会对一草一木产生感情的,他会与它们熟识,交谈,会惦记和关心它们。大自然使人活得更真实也更本质。

敬畏自然

1

人类曾经以地球的主人自居，对地球为所欲为，结果破坏了地球上的生态环境，并且自食恶果。于是，人类开始反省自己的行为。

反省的第一个认识是，人不能用奴隶主对待奴隶的方式对待地球，人若肆意奴役和踩躏地球，实际上是把自己变成了地球的敌人，必将遭到地球的报复，就像奴隶主遭到奴隶的报复一样。地球是人的家，人应该为了自己的长远利益管好这个家，做地球的好主人，不要做败家子。

在这一认识中，主人的地位未变，只是统治的方式开明了一些。然而，反省的深入正在形成更高的认识：人作为地球主人的地位真的不容置疑吗？与地球上别的生物相比，人真的拥有特权吗？一位现代生态学家说：人类是作为绿色植物的客人生活在地球上的。若把这个说法加以扩展，我们便可以说，人是地球的客人。作为客人，我们在享受主人的款待时倒也不必羞愧，但同时我们应当懂得尊重和感谢主人。做一个有教养的客人，这可能是人对待自然的最恰当的态度吧。

2

在对待自然的态度上,现在大概不会有人公开赞成掠夺性的强盗行径了。但是,同为主张善待自然,出发点仍有很大分歧。一派强调以人类为中心,从人类长远利益出发合理利用自然。另一派反对人类中心论,认为从根本上说,自然是一个应该敬畏的对象。我的看法是,两派都有道理,但说的是不同层次上的道理,而低层次的道理要服从高层次的道理。合理利用自然是科学,不管考虑到人类多么长远的利益,合理的程度多么高,仍然是科学,而科学必有其界限。生态不仅是科学问题,而且是伦理问题,正是伦理为科学规定了界限。

3

人,栖居在大地上,来自泥土,也归于泥土,大地是人的永恒家园。如果有一种装置把人与大地隔绝开来,切断了人的来路和归宿,这样的装置无论多么奢华,算是什么家园呢?

人,栖居在天空下,仰望苍穹,因惊奇而探究宇宙之奥秘,因敬畏而感悟造物之伟大,于是有科学和信仰,此人所以为万物之灵。如果高楼蔽天,俗务缠身,人不再仰望苍穹,这样的人无论多么有钱,算是什么万物之灵呢?

人是自然之子,在自然的规定范围内,可制作,可创造,可施展聪明才智。但是,自然的规定不可违背。人不可背离土地,不可遮蔽天空,不可忤逆自然之道。老子曰:"人法地,地法天,天法道,道法自然。"此之谓也。

4

一位英国诗人吟道:"上帝创造了乡村,人类创造了城市。"创造城市,在大地上演绎五彩缤纷的人间故事,证明了人的聪明。可是,倘若人用自己的作品把自己与上帝的作品隔离开来,那就是愚昧。倘若人用自己的作品排挤和毁坏掉上帝的作品,那就是亵渎。

5

人习惯于以万物的主人自居,而把万物视为自己认知和利用的对象。海德格尔把这种对待事物的方式称作"技术的方式"。在这种方式统治下,自然万物都失去了自身的丰富性和本源性,缩减成了某种可以满足人的需要的功能,只剩下了功能化的虚假存在。他呼吁我们摆脱技术方式的统治,与万物平等相处。

其实,这也是现代许多诗性哲人的理想。在摆脱了认知和被认知、利用和被利用的关系之后,人不再是主体,物不再是客体,而都成了宇宙大家庭中的平等成员。那时候,一切存在者都回到了存在的本来状态,都在用自己的语言对我们说话。

在观赏者眼中,再美的花也只是花而已。唯有当观赏停止、交流和倾听开始之时,花儿才会对你显灵和倾谈。

6

在不同的人眼里,海呈现不同的面目。对于靠海为生的渔民来说,它是最熟悉的亲人和最危险的对手。对于远离故国的游子来说,它是乡愁。对于诗人来说,它是自由的元素。对于一般旅游者来说,它是风景。对于遇险者来说,它是死亡。

在不同的时刻,海也呈现不同的面目。它时而波澜不惊,时而恶浪滔天。

在我眼里，海是一个窗口，我从中瞥见了世界的本来面目。

看海，必须是独自一人。和别人在一起时，看不见海的真相。那海滩上嬉水的人群，那身边亲密的同伴，都会成为避难所，你的眼光和你的心躲在里面，逃避海的威胁。你必须无处可逃，听凭那莫名的力量把你吞灭，时间消失，空间消失，人类消失，城市和文明消失，你自己也消失，或者和海变成了一体，融入了千古荒凉之中。

瞥见了海的真相的人不再企图谈论海，因为他明白了康德说的道理：用人类理性发明的语词只能谈论现象，不能谈论世界的本质。

第五辑

习惯于失去

习惯于失去

出门时发现,搁在楼道里的那辆新自行车不翼而飞了。两年之中,这已是第三辆。我一面为世风摇头,一面又感到内心比前两次失窃时要平静得多。

莫非是习惯了?

也许是。近年来,我的生活中接连遭到惨重的失去,相比之下,丢辆把自行车真是不足挂齿。生活的劫难似乎使我悟出了一个道理:人生在世,必须习惯于失去。

一般来说,人的天性是习惯于得到,而不习惯于失去的。呱呱坠地,我们首先得到了生命。自此以后,我们不断地得到:从父母得到衣食、玩具、爱和抚育,从社会得到职业的训练和文化的培养。长大成人以后,我们靠着自然的倾向和自己的努力继续得到:得到爱情、配偶和孩子,得到金钱、财产、名誉、地位,得到事业的成功和社会的承认,如此等等。

当然,有得必有失,我们在得到的过程中也确实不同程度地经历了失去。但是,我们比较容易把得到看作是应该的、正常的,把失去看作是不应该的、不正常的。所以,每有失去,仍不免感到委屈。所失愈多愈大,就愈委屈。我们暗暗下决心要重新获得,以补偿所失。在我们心中的蓝图上，人生之路仿佛是由一系列的获得勾画出来的，而失去则是必须涂抹掉的笔误。总之，不管失去是一种多么频繁的现象，我们对它反正不习惯。

道理本来很简单：失去当然也是人生的正常现象。整个人生是一个不断地得而复失的过程，就其最终结果看，失去反比得到更为本质。我们迟早要失去人生最宝贵的赠礼——生命，随之也就失去了在人生过程中得到的一切。有些失去看似偶然，例如天灾人祸造成的意外损失，但也是无所不包的人生的题中应有之义。"人有旦夕祸福"，既然生而为人，就得有承受旦夕祸福的精神准备和勇气。至于在社会上的挫折和失利，更是人生在世的寻常遭际了。由此可见，不习惯于失去，至少表明对人生尚欠觉悟。一个只求得到不肯失去的人，表面上似乎富于进取心，实际上是很脆弱的，很容易在遭到重大失去之后一蹶不振。

为了习惯于失去，有时不妨主动地失去。东西方宗教都有布施一说。照我的理解，布施的本义是教人去除贪鄙之心，由不执着于财物，进而不执着于一切身外之物，乃至于这尘世的生命。如此才可明白，佛教何以把布施列为"六度"之首，即从迷惑的此岸渡向觉悟的彼岸的第一座桥梁。俗众借布施积善图报，寺庙靠布施敛财致富，实在是小和尚念歪了老祖宗的经。我始终把佛教看作古今中外最透彻的人生哲学，对它后来不伦不类的演变深不以为然。佛教主张"无我"，既然"我"不存在，也就不存在"我的"这回事了。无物属于自己，连自己也不属于自己，何况财物。明乎此理，人还会有什么得失之患呢？

当然，佛教毕竟是一种太悲观的哲学，不宜提倡。只是对于入世太深的人，它倒是一帖必要的清醒剂。我们在社会上尽可以积极进取，但是，内心深处一定要为自己保留一份超脱。有了这一份超脱，我们就能更加从容地品尝人生的各种滋味，其中也包括失去的滋味。

由丢车引发这么多议论，可见还不是太不在乎。如果有人嘲笑我阿Q精神，我乐意承认。试想，对于人生中种种不可避免的失去，小至破财，大至死亡，没有一点儿阿Q精神行吗？由社会的眼光看，盗窃是一种不义，我们理应与之做力所能及的斗争，而不该摆出一副哲人的姿态容忍姑息。可是，倘若社会上有更多的人了悟人生根本道理，世风是否会好一些呢？那么，这也许正是我对不义所做的一种力所能及的斗争吧。

1993年1月

消费 = 享受？

我讨厌形形色色的苦行主义。人活一世，生老病死，苦难够多的了，在能享受时凭什么不享受？享受实在是人生的天经地义。蒙田甚至把善于享受人生称作"至高至圣的美德"，据他说，恺撒、亚历山大都是视享受生活乐趣为自己的正常活动，而把他们呵叱风云的战争生涯看作非正常活动的。

然而，怎样才算真正享受人生呢？对此就不免见仁见智了。依我看，我们时代的迷误之一是把消费当作享受，而其实两者完全不是一回事。我并不想介入高消费能否促进繁荣的争论，因为那是经济学家的事，和人生哲学无关。我也无意反对汽车、别墅、高档家具、四星级饭店、KTV 包房等等，只想指出这一切仅属于消费范畴，而奢华的消费并非享受的必要条件，更非充分条件。

当然，消费和享受不是绝对互相排斥的，有时两者会发生重合。但是，它们之间的区别又是显而易见的。例如，纯粹泄欲的色情活动只是性消费，灵肉与共的爱情才是性的真享受；走马看花式的游览景点只是旅游消费，陶然于山水之间才是大自然的真享受；用电视、报刊、书籍解闷只是文化消费，启迪心智的读书和艺术欣赏才是文化的真享受。要而言之，真正的享受必是有心灵参与的，其中必定包含了所谓"灵魂的愉悦和升华"的因素。否则，花钱再多，也只能叫作消费。享受和消费的不同，正相当于创造和生产的不同。创造和享受属于精神生活的范畴，就像生产和消费属于物质生活的范畴一样。

以为消费的数量会和享受的质量成正比，实在是一种糊涂看法。苏格拉底看遍雅典街头的货摊，惊叹道："这里有多少我不需要的东西呵！"每个稍有悟性的读者读到这个故事，都不禁要会心一笑。塞涅卡说得好："许多东西，仅当我们没有它们也能对付时，我们才发现它们原来是多么不必要的东西。我们过去一直使用着它们，这并不是因为我们需要它们，而是因为我们拥有它们。"另一方面呢，正因为我们拥有了太多的花钱买来的东西，便忽略了不用花钱买的享受。"清风朗月不用一钱买"，可是每天夜晚守在电视机前的我们哪里还想得起它们？"何处无月，何处无竹柏，但少闲人如吾两人耳。"在人人忙于赚钱和花钱的今天，这样的闲人更是到哪里去寻？

那么，难道不存在纯粹肉体的、物质的享受了吗？不错，人有一个肉体，这个肉体也是很喜欢享受，为了享受也是很需要物质手段的。可是，仔细想一想，我们便会发现，人的肉体需要是有被它的生理构造所决定的极限的，因而由这种需要的满足而获得的纯粹肉体性质的快感差不多是千古不变的，无非是食色温饱健康之类。殷纣王"以酒为池，悬肉为林"，但他自己只有一只普通的胃。秦始皇筑阿房宫，"东西五百步，南北五十丈"，但他自己只有五尺之躯。多么热烈的美食家，他的朵颐之快也必须有间歇，否则会消化不良。多么勤奋的登徒子，他的床笫之乐也必须有节制，否则会肾虚。每一种生理欲望都是会餍足的，并且严格地遵循着过犹不及的法则。山珍海味，挥金如土，更多的是摆阔气。藏娇纳妾，美女如云，更多的是图虚荣。万贯家财带来的最大快乐并非直接的物质享受，而是守财奴清点财产时的那份欣喜，败家子挥霍财产时的那份痛快。凡此种种，都已经超出生理满足的范围了，但称它们为精神享受未免肉麻，它们至多只是一种心理满足罢了。

我相信人必定是有灵魂的，而灵魂与感觉、思维、情绪、意志之类的心理现象必定属于不同的层次。灵魂是人的精神"自我"的栖居地，所寻求的是真挚的爱和坚实的信仰，关注的是生命意义的实现。幸福只是灵魂的事，它是爱心的充实，是一种活得有意义的鲜明感受。肉体只会有快感，不会有幸福感。奢侈的生活方式给人带来的至多是一种浅薄的优越感，也谈不上幸福感。当一个享尽人间荣华富贵的幸运儿仍然为生活的空虚苦恼时，他听到的正是他的灵魂的叹息。

1995 年 1 月

精神栖身于茅屋

如果你爱读人物传记,你就会发现,许多优秀人物生前都非常贫困。就说说那位最著名的印象派画家凡·高吧,现在他的一幅画已经卖到了几千美元,可是,他活着时,他的一张画连一餐饭钱也换不回。他经常挨饿,一生穷困潦倒,终致精神失常,在三十七岁时开枪自杀了。要论家境,他的家族是当时欧洲最大的画商,几乎控制着全欧洲的美术市场。作为一名画家,他有得天独厚的便利条件,完全可以像那些平庸画家那样迎合时尚以谋利,成为一个富翁,但他不屑于这么做。他说,他可不能把他唯一的生命耗费在给非常愚蠢的人画非常蹩脚的画上面,做艺术家并不意味着卖好价钱,而是要去发现一个未被发现的新世界。确实,凡·高用他的作品为我们发现了一个全新的世界,一个万物在阳光中按照同一节奏舞蹈的世界。另一个荷兰人斯宾诺莎是名垂史册的大哲学家,他为了保持思想的自由,宁可靠磨镜片的收入维持最简单的生活,谢绝了海德堡大学以不触犯宗教为前提要他去当教授的聘请。

我并不是提倡苦行僧哲学。问题在于,如果一个人太看重物质享受,就必然要付出精神上的代价。人的肉体需要是很有限的,无非是温饱,超于此的便是奢侈,而人要奢侈起来却是没有尽头的。

温饱是自然的需要,奢侈的欲望则是不断膨胀的市场刺激起来的。你本来习惯于骑自行车,不觉得有什么欠缺,可是,当你看到周围不少人开上了汽车,你就会觉得你缺汽车,有必要也买一辆。富了总可以更富,事实上也必定有人比你富,于是你永远不会满足,不得不去挣越来越多的钱。这样,赚钱便成了你的唯一目的。即使你是画家,你哪里还顾得上真正的艺术追求;即使你是学者,你哪里还会在乎科学的良心?

所以,自古以来,一切贤哲都主张一种简朴的生活方式,目的就是为了不当物质欲望的奴隶,保持精神上的自由。古罗马哲学家塞涅卡说得好:"自由人以茅屋为居室,奴隶才在大理石和黄金下栖身。"柏拉图也说:"胸中有黄金的人是不需要住在黄金屋顶下面的。"或者用孔子的话说:"君子居之,何陋之有?"的确,一个热爱精神事物的人必定是淡然于物质的奢华的,而一个人如果安于简朴的生活,他即使不是哲学家,也相去不远了。

1996 年 10 月

小康胜大富

在物质生活上，我抱中庸的态度。我当然不喜欢贫穷，人穷志短，为衣食住行操心是很毁人的。但我也从不梦想大富大贵，内心里真的觉得，还是小康最好。

说这话也许有酸葡萄之嫌，那么我索性做一回狐狸，断言大富大贵这颗葡萄是酸的，不但是酸的，常常还是苦的，有时竟是有毒的。我的证据是许多争吃这颗葡萄的人，他们的日子过得并不快活，并且有一些人确实中毒身亡了。我有一个感觉：暴富很可能是不祥之兆。天下诚然也有祥云笼罩的发家史，不过那除了真本事还必须加上好运气，不是单凭人力可以造成的。大量触目惊心的权钱交易案例业已证明，对于金钱的贪欲会使人不顾一切，甚至不要性命。千万不要以为，这些一失足成千古恨的人是天生的坏人。事实上，他们与我们中间许多人的区别只在于，他们恰好处在一个直接面对巨大诱惑的位置上。任何一个人，倘若渴慕奢华的物质生活而不能自制，一旦面临类似的诱惑，都完全可能走上同样的道路。

我丝毫不反对美国的比尔·盖茨们和中国的李嘉诚们凭借自己的能力，在给人类带来巨大福利的同时，自己也成为富豪。但是，让我们记住，在这个世界上，富豪终究是少数，多数人不论从事的是什么职业，努力的结果充其量也只是小康而已。我知道自己就属于这多数人，并且对此心安理得。"知足常乐"是中国的古训，我认为在金钱的问题上，这句话是对的。以挣钱为目的，挣多少算够了，这个界限无法确定。事实上，凡是以挣钱为目的的人，他永远不会觉得够了，因为富了终归可以更富，一旦走上了这条路，很少有人能够自己停下来。商界的有为之士也并非把金钱当作最终目的，他们另有更高的抱负，不过要坚持这抱负可不容易。我有不少从商的朋友，在我看来，他们的生活是过于热闹、繁忙和复杂了。相比之下，我就更加庆幸我能过一种安静、悠闲、简单的生活。他们有时也会对我的生活表示羡慕，开玩笑要和我交换。当然，他们不是真想换，即使真想换，我也不会答应。如果我做着自己喜欢做的事情，既能从中获得身心的愉快，又能借此保证衣食无忧，那么，即使你出再大的价钱，我也不肯把这么好的生活卖给你。

金钱能带来物质享受，但算不上最高的物质幸福。最高的物质幸福是什么？我赞成一位先哲的见解：对人类社会来说，是和平；对个人来说，是健康。在一个时刻遭受战争和恐怖主义威胁的世界上，经济再发达又有什么用？如果一个人的生命机能被彻底毁坏了，钱再多又有什么用？所以，我在物质上的最高奢望就是，在一个和平的世界上，有一个健康的身体，过一种小康的日子。在我看来，如果天下绝大多数人都能过上这种日子，那就是一个非常美好的世界了。

2001 年 7 月

简单生活

1

在五光十色的现代世界中，让我们记住一个古老的真理：活得简单才能活得自由。

2

自古以来，一切贤哲都主张过一种简朴的生活，以便不为物役，保持精神的自由。

事实上，一个人为维持生存和健康所需要的物品并不多，超乎此的属于奢侈品。它们固然提供享受，但更强求服务，反而成了一种奴役。

现代人是活得愈来愈复杂了，结果得到许多享受，却并不幸福，拥有许多方便，却并不自由。

3

一切奢侈品都给精神活动带来不便。

4

有钱又有闲当然幸运，倘不能，退而求其次，我宁做有闲的穷人，不做有钱的忙人。我爱闲适胜于爱金钱。金钱终究是身外之物，闲适却使我感到自己是生命的主人。

5

只有一次的生命是人生最宝贵的财富，但许多人宁愿用它来换取那些次宝贵或不甚宝贵的财富，把全部生命耗费在学问、名声、权力或金钱的积聚上。他们临终时当如此悔叹："我只是使用了生命，而不曾享受生命！"

6

人们不妨赞美清贫，却不可讴歌贫困。人生的种种享受是需要好的心境的，而贫困会剥夺好的心境，足以扼杀生命的大部分乐趣。

金钱的好处便是使人免于贫困。

但是，在提供积极的享受方面，金钱的作用极其有限。人生最美好的享受，包括创造、沉思、艺术欣赏、爱情、亲情，等等，都非金钱所能买到。原因很简单，所有这类享受皆依赖于心灵的能力，而心灵的能力是与钱包的鼓瘪毫不相干的。

7

智者的共同特点是：一方面，最少的物质就能使他们满足；另一方面，再多的物质也不能使他们满足。

8

一个人可以凭聪明、勤劳和运气挣许多钱，但如何花掉这些钱却要靠智慧了。

如何花钱比如何挣钱更能见出一个人的品位高下。

9

金钱，消费，享受，生活质量——当我把这些相关的词排列起来时，我忽然发现它们有一种递减关系：金钱与消费的联系最为紧密，与享受的联系要弱一些，与生活质量的联系就更弱。因为至少，享受不限于消费，还包括创造，生活质量不只看享受，还要看承受苦难的勇气。在现代社会里，金钱的力量有目共睹，但是这种力量肯定没有大到足以修改我们对生活的基本理解。

不占有

1

我们总是以为，已经到手的东西便是属于自己的，一旦失去，就觉得蒙受了损失。其实，一切皆变，没有一样东西能真正占有。得到了一切的人，死时又交出一切。不如在一生中不断地得而复失，习以为常，也许能更为从容地面对死亡。

另一方面，对于一颗有接受力的心灵来说，没有一样东西会真正失去。

2

我失去了的东西，不能再得到了。我还能得到一些东西，但迟早还会失去。我最后注定要无可挽救地失去我自己。既然如此，我为什么还要看重得与失呢？到手的一切，连同我的生命，我都可以拿它们来做试验，至多不过是早一点儿失去罢了。

3

一切外在的欠缺或损失，包括名誉、地位、财产，等等，只要不影响基本生存，实质上都不应该带来痛苦。如果痛苦，只是因为你在乎，愈在乎就愈痛苦。只要不在乎，就一根毫毛也伤不了。

4

守财奴的快乐并非来自财产的使用价值，而是来自所有权。所有权带来的心理满足远远超过所有物本身提供的生理满足。一件一心盼望获得的东西，未必要真到手，哪怕它被放到月球上，只要宣布它属于我了，就会产生一种愚蠢的欢乐。

5

耶稣说："富人要进入天国，比骆驼穿过针眼还要困难。"对耶稣所说的富人，不妨做广义的解释，凡是把自己所占有的世俗的价值，包括权力、财产、名声等等，看得比精神的价值更宝贵而不肯舍弃的人，都可以包括在内。如果心地不明，我们在尘世所获得的一切就都会成为负担，把我们变成负重的骆驼，而把通往天国的路堵塞成针眼。

6

大损失在人生中的教化作用：使人对小损失不再计较。

7

"无穷天地，那驼儿用你精细。"张养浩此言可送天下精细人做座右铭。

数学常识：当分母为无穷大时，不论分子为几，其值均等于零。而你仍在分子上精细，岂不可笑？

第六辑

活着的滋味

永远未完成

一

　　高鹗续《红楼梦》，金圣叹腰斩《水浒传》，其功过是非，累世迄无定论。我们只知道一点：中国最伟大的两部古典小说处在永远未完成之中，没有一个版本有权自命是唯一符合作者原意的定本。

　　舒伯特最著名的交响曲只有两个乐章，而非如同一般交响曲那样有三至四个乐章，遂被后人命名为《未完成》。好事者一再试图续写，终告失败，从而不得不承认：它的"未完成"也许比任何"完成"更接近完美的形态。

　　卡夫卡的主要作品在他生前均未完成和发表，他甚至在遗嘱中盼咐把它们全部焚毁。然而，正是这些他自己不满意的未完成之作，死后一经发表，便奠定了他在世界文学史上的巨人地位。

　　凡大作家，哪个不是在死后留下了许多未完成的手稿？即使生前完成的作品，他们何尝不是常怀一种未完成的感觉，总觉得未尽人意，有待完善？每一个真正的作家都有一个梦：写出自己最好的作品。可是，每写完一部作品。他又会觉得那似乎即将写出的最好的作品仍未写出。也许，直到生命终结，他还在为未能写出自己最好的作品而抱憾。然而，正是这种永远未完成的心态驱使着他不断超越自己，取得了那些自满之辈不可企及的成就。在这个意义上，每一个真正的作家一辈子只是在写一部作品——他的生命之作。只要他在世一日，这部作品就不会完成。

而且，一切伟大的作品在本质上是永远未完成的，它们的诞生仅是它们生命的开始，在今后漫长的岁月中，它们仍在世世代代读者心中和在文化史上继续生长，不断被重新解释，成为人类永久的精神财富。

相反，那些平庸作家的趋时之作，不管如何畅销一时，绝无持久的生命力。而且我可以断言，不必说死后，就在他们活着时，你去翻检这类作家的抽屉，也肯定找不到积压的未完成稿。不过，他们也谈不上完成了什么，而只是在制作和销售罢了。

二

无论在文学作品中，还是在现实生活中，最动人心魄的爱情似乎都没有圆满的结局。由于社会的干涉、天降的灾祸、机遇的错位等外在困境，或由于内心的冲突、性格的悲剧、致命的误会等内在困境，有情人终难成为眷属。然而，也许正因为未完成，我们便在心中用永久的怀念为它们罩上了一层圣洁的光辉。终成眷属的爱情则不免黯然失色，甚至因终成眷属而寿终正寝。

这么说来，爱情也是因未完成而成其完美的。

其实，一切真正的爱情都是未完成的。不过，对于这"未完成"，不能只从悲剧的意义上做狭隘的理解。真正的爱情是两个心灵之间不断互相追求和吸引的过程，这个过程不应该因为结婚而终结。

以婚姻为爱情的完成，这是一个有害的观念，在此观念支配下，结婚者自以为大功告成，已经获得了对方，不需要继续追求了。可是，求爱求爱，爱即寓于追求之中，一旦停止追求，爱必随之消亡。相反，好的婚姻则应当使爱情始终保持未完成的态势。也就是说，相爱双方之间始终保持着必要的距离和张力，各方都把对方看作独立的个人，因而是一个永远需要重新追求的对象，绝不可能一劳永逸地占有。在此态势中，彼此才能不断重新发现和欣赏，而非互相束缚和厌倦，爱情才能获得继续生长的空间。

当然，再好的婚姻也不能担保既有的爱情永存，杜绝新的爱情发生的可能性。不过，这没有什么不好。世上没有也不该有命定的姻缘。人生魅力的前提之一恰恰是，新的爱情的可能性始终向你敞开着，哪怕你并不去实现它们。如果爱情的天空注定不再有新的云朵飘过，异性世界对你不再有任何新的诱惑，人生岂不太乏味了？靠闭关自守而得以维持其专一长久的爱情未免可怜，唯有历尽诱惑而不渝的爱情才富有生机，真正值得自豪。

三

弗罗斯特在一首著名的诗中叹息：林中路分为两股，走上其中一条，把另一条留给下次，可是再也没有下次了。因为走上的这一条路又会分股，如此至于无穷，不复有可能回头来走那条未定的路了。

这的确是人生境况的真实写照。每个人的一生都包含着许多不同的可能性，而最终得到实现的仅是其中极小的一部分，绝大多数可能性被舍弃了，似乎浪费掉了。这不能不使我们感到遗憾。

但是，真的浪费掉了吗？如果人生没有众多的可能性，人生之路沿着唯一命定的轨迹伸展，我们就不遗憾了吗？不，那样我们会更受不了。正因为人生的种种可能性始终处于敞开的状态，我们才会感觉到自己是命运的主人，从而踌躇满志地走自己正在走着的人生之路。绝大多数可能性尽管未被实现，却是现实人生不可缺少的组成部分，正是它们给那极少数我们实现了的可能性罩上了一层自由选择的光彩。这就好像尽管我们未能走遍树林里纵横交错的无数条小路，然而，由于它们的存在，我们即使走在其中一条上也仍能感受到曲径通幽的微妙境界。

　　回首往事，多少事想做而未做。瞻望前程，还有多少事准备做。未完成是人生的常态，也是一种积极的心态。如果一个人感觉到活在世上已经无事可做，他的人生恐怕就要打上句号了。当然，如果一个人在未完成的心态中和死亡照面，他又会感到突兀和委屈，乃至于死不瞑目。但是，只要我们认识到人生中的事情是永远做不完的，无论死亡何时到来，人生永远未完成，那么，我们就会在生命的任何阶段上与死亡达成和解，在积极进取的同时也保持着超脱的心境。

1993 年 3 月

时光村落里的往事
——蓝蓝《人间情书》序

一

人分两种，一种人有往事，另一种人没有往事。

有往事的人爱生命，对时光流逝无比痛惜，因而怀着一种特别的爱意，把自己所经历的一切珍藏在心灵的谷仓里。

世上什么不是往事呢？此刻我所看到、听到、经历到的一切，无不转瞬即逝，成为往事。所以，珍惜往事的人便满怀爱怜地注视一切，注视即将被收割的麦田，正在落叶的树，最后开放的花朵，大路上边走边衰老的行人。这种对万物的依依惜别之情是爱的至深源泉。由于这爱，一个人才会真正用心在看、在听、在生活。

是的，只有珍惜往事的人才真正在生活。

没有往事的人对时光流逝毫不在乎，这种麻木使他轻慢万物，凡经历的一切都如过眼烟云，随风飘散，什么也留不下。他根本没有想到要留下。他只是貌似在看、在听、在生活罢了，实际上早已是一具没有灵魂的空壳。

二

珍惜往事的人也一定有一颗温柔爱人的心。

当我们的亲人远行或故世之后,我们会不由自主地百般追念他们的好处,悔恨自己的疏忽和过错。然而,事实上,即使尚未生离死别,我们所爱的人何尝不是在时时刻刻离我们而去呢?

浩渺宇宙间,任何一个生灵的降生都是偶然的,离去却是必然的;一个生灵与另一个生灵的相遇总是千载一瞬,分别却是万劫不复。说到底,谁和谁不同是这空空世界里的天涯沦落人?

在平凡的日常生活中,你已经习惯了和你所爱的人相处,仿佛日子会这样无限延续下去。忽然有一天,你心头一惊,想起时光在飞快流逝,正无可挽回地把你、你所爱的人以及你们共同拥有的一切带走。于是,你心中升起一股柔情,想要保护你的爱人免遭时光劫掠。你还深切感到,平凡生活中这些最简单的幸福也是多么宝贵,有着稍纵即逝的惊人的美……

三

人是怎样获得一个灵魂的?

通过往事。

正是被亲切爱抚着的无数往事使灵魂有了深度和广度,造就了一个丰满的灵魂。在这样一个灵魂中,一切往事都继续活着:从前的露珠在继续闪光,某个黑夜里飘来的歌声在继续回荡,曾经醉过的酒在继续芳香,早已死去的亲人在继续对你说话……你透过活着的往事看世界,世界别具魅力。活着的往事——这是灵魂之所以具有孕育力和创造力的秘密所在。

在一切往事中,童年占据着最重要的篇章。童年是灵魂生长的源头。我甚至要说,灵魂无非就是一颗成熟了的童心,因为成熟而不会再失去。圣埃克苏佩里创作的童话中的小王子说得好:"使沙漠显得美丽的,是它在什么地方藏着一口水井。"我相信童年就是人生沙漠中的这样一口水井。始终携带着童年走人生之路的人是幸福的,由于心中藏着永不枯竭的爱的源泉,最荒凉的沙漠也化作了美丽的风景。

四

"上帝创造了乡村,人类创造了城市。"这是英国诗人库柏的诗句。我要补充说:在乡村中,时间保持着上帝创造时的形态,它是岁月和光阴;在城市里,时间却被抽象成了日历和数字。

在城市里,光阴是停滞的。城市没有季节,它的春天没有融雪和归来的候鸟,秋天没有落叶和收割的庄稼。只有敏感到时光流逝的人才有往事,可是,城里人整年被各种建筑物包围着,他对季节变化和岁月交替会有什么敏锐的感觉呢?

何况在现代商业社会中,人们活得愈来愈匆忙,哪里有工夫去注意草木发芽、树叶飘落这种小事!哪里有闲心用眼睛看,用耳朵听,用心灵感受!时间就是金钱,生活被简化为尽快地赚钱和花钱。沉思未免奢侈,回味往事简直是浪费。一个古怪的矛盾:生活节奏加快了,然而没有生活。天天争分夺秒,岁岁年华虚度,到头来发现一辈子真短。怎么会不短呢?没有值得回忆的往事,一眼就望到了头。

五

就在这样一个愈来愈没有往事的世界上,一个珍惜往事的人悄悄写下了她对往事的怀念。这是一些太细小的往事,就像她念念不忘的小花、甲虫、田野上的炊烟、井台上的绿苔一样细小。可是,在她心目中,被时光带来又带走的一切都是造物主写给人间的情书,她用情人的目光从中读出了无穷的意味,并把它们珍藏在忠贞的心中。

这就是摆在你们面前的这本《人间情书》。你们将会发现,我的序中的许多话都是蓝蓝说过的,我只是稍作概括罢了。

蓝蓝上过大学,出过诗集,但我觉得她始终只是个乡下孩子。她的这本散文集也好像是乡村田埂边的一朵小小的野花,在温室鲜花成为时髦礼品的今天也许是很不起眼的。但是,我相信,一定会有读者喜欢它,并且想起泰戈尔的著名诗句——

"我的主,你的世纪,一个接着一个,来完成一朵小小的野花。"

1993 年 1 月

世上本无奇迹

《鲁滨孙漂流记》出版二百周年之际，弗吉尼亚·伍尔夫发表感想说，她觉得这本书像是一部万古常新的无名氏作品，而不像是若干年前某个人的精心之作，因此，要庆祝它的生日，就像庆祝史前巨石柱的生日一样令人感到奇怪。这话道出了我们读某些经典名著时的共同感觉。当然，即使在经典名著中，这样的作品也是不多的，而《鲁滨孙漂流记》也许是最有代表性的一部。

故事本身是尽人皆知的，它涉及一桩奇遇：鲁滨孙在荒无人烟的孤岛上生活了二十八年，终于活着回到了人群中。可是，知道这个故事与读这本书完全是两回事。如果你仅仅知道故事梗概而不去读这本书，你将错过最重要的东西。一部伟大的小说，其所以伟大之处不在故事本身，而在对故事的叙述。在笛福笔下，鲁滨孙的孤岛奇遇是由许许多多丝毫不是奇遇的具体事件和平凡细节组成的，他只是从容道来，丝毫不加渲染，一切都好像是事情自己在那里发生着。他的叙事语言朴实、准确，宛若自然天成，因此极有力量，使我们几乎不可能怀疑他所叙述的事情的真实性。我们仿佛身临其境地看到，只身落在荒岛上的鲁滨孙怎样由惊恐而到渐渐适应，在习惯了孤独以后，又怎样因为在沙滩上发现人的脚印而感到新的惊恐。我们看到他为了排除寂寞，怎样辛勤地营建自己的小窝，例如怎样花费四十二天工夫把一棵大树做成一块简陋的搁板。我们会觉得，这一切都是十分真实的，倘若我们落入那个境遇里，我们也会那样反应和那样做。鲁滨孙能够在孤岛上活下来，靠的不是超自然的奇迹，而是生存本能和一点儿好运气罢了。

在过去的评论中，人们常常强调笛福是资产阶级的代言人，小说的主旨是鼓吹勤劳求生和致富。在我看来，即使这部小说含有道德训诫的意思，也绝非如此肤浅。在现实生活中，笛福是一个很入世的人，曾经经商、从政、办刊物，在每一个领域都折腾得很厉害，大起大落，最后失败得也很惨，是一个喜欢折腾又历尽坎坷的人。他自己总结说："谁也没有经受过这么多命运的拨弄，我曾经十三回穷了又富，富了又穷。"到了晚年，他才开始写小说。使我感到有趣的是，就是这样一个人，却借了鲁滨孙的眼光，表达了对俗世的一种超脱和批评的立场。在远离世界并且毫无返回希望的情形下，鲁滨孙发现自己看世界的眼光完全变了。他的眼光的变化，我认为最有价值的是两点。一是对财富的看法。由于他碰巧落在一个物产丰富的岛上，加上他的勤勉，他称得上很富有了。可是他发现，财富再多，他所能享受的也只是自己能够使用的部分，而这个部分是非常有限的，其余多出的部分对于他没有任何实际价值。由此他意识到，世人的贪婪乃是出于虚荣，而非出于真实的需要。另一个是对宗教的看法。如果说他还是一个基督徒的话，他的宗教信仰也变得极其单纯了，仅限于从上帝的仁慈中寻求活下去的勇气和安宁的心境。由此他回想人世间宗教上的一切烦琐的争执，看破了它们的毫无意义。我相信在这两点认识中包含着某种基本的真理。世上种种纷争，或是为了财富，或是为了教义，不外乎利益之争和观念之争。

当我们身在其中时，我们不免很看重。但是，我们每一个人都迟早要离开这个世界，并且绝对没有返回的希望。在这个意义上，我们不妨也用鲁滨孙的眼光来看一看世界，这会帮助我们分清本末。我们将发现，我们真正需要的物质产品和真正值得我们坚持的精神原则都是十分有限的，在单纯的生活中包含着人生的真谛。

孤岛遐想是现代人喜欢做的一个游戏。只身一人漂流到了一座孤岛上，这种情景对于想象力是一个刺激。不过，我们的想象力往往底气不足，如果没有某种浪漫的奇迹来救助，便难以为继。最后，也就只好满足于带什么书去读、什么音乐去听之类的小情调而已。在鲁滨孙的孤岛上也没有奇迹。那里不是桃花源，没有乌托邦式的社会实验。那里不是伊甸园，没有女人和艳遇。鲁滨孙在他的孤岛上所做的事情在人类历史上其实是经常发生的，这就是凭借从一个文明社会中抢救出的少许东西，重新开始建立这个文明社会。世上本无奇迹，但世界并不因此而失去了魅力。我甚至相信，人最接近上帝的时刻不是在上帝向人显示奇迹的时候，而是在人认识到世上并无奇迹却仍然对世界的美丽感到惊奇的时候。

1998 年 1 月

父亲的死

一个人无论在多大年龄上没有了父母,他都成了孤儿。他走入这个世界的门户,他走出这个世界的屏障,都随之塌陷了。父母在,他的来路是眉目清楚的,他的去路则被遮掩着。父母不在了,他的来路就变得模糊,他的去路反而敞开了。

我的这个感觉,是在父亲死后忽然产生的。我说忽然,因为父亲活着时,我丝毫没有意识到父亲的存在对于我有什么重要。从少年时代起,我和父亲的关系就有点儿疏远。那时候家里子女多、负担重,父亲心情不好,常发脾气。每逢这种情形,我就当他面抄起一本书,头也不回地跨出家门,久久躲在外面看书,表示对他的抗议。后来我到北京上学,第一封家信洋洋洒洒数千言,对父亲的教育方法进行了全面批判。听说父亲看了后,只是笑一笑,对弟妹们说:"你们的哥哥是个理论家。"

年纪渐大,子女们也都成了人,父亲的脾气是愈来愈温和了。然而,每次去上海,我总是忙于会朋友,很少在家。就是在家,和父亲好像也没话可说,仍然有一种疏远感。有一年他来北京,一个天气晴朗的日子,他突然提议和我一起去游香山。我有点儿惶恐,怕一路上两人相对无言,彼此尴尬,就特意把一个小侄子也带了去。

我实在是个不孝之子,最近十余年里,只给家里写过一封信。那是在妻子怀孕以后,我知道父母一直盼我有个孩子,便把这件事当作好消息报告了他们。我在信中说,我和妻子都希望生个女儿。父亲立刻给我回了信,说无论生男生女,他都喜欢。他的信确实洋溢着欢喜之情,我心里明白,他也是在为好不容易收到我的信而高兴。谁能想到,仅仅几天之后,就接到了父亲的死讯。

父亲死得很突然。他身体一向很好,谁都断言他能长寿。那天早晨,他像往常一样提着菜篮子,到菜场取奶和买菜。接着,步行去单位处理一件公务。然后,因为半夜里曾感到胸闷难受,就让大弟陪他到医院看病。一检查,广泛性心肌梗死,立即抢救,同时下了病危通知。中午,他对守在病床旁的大弟说,不要大惊小怪,没事的。他真的不相信他会死。可是,一小时后,他就停止了呼吸。

父亲终于没能看到我的孩子出生。如我所希望的,我得到了一个可爱的女儿。谁又能想到,我的女儿患有绝症,活到一岁半也死了。每次想到我那封报喜的信和父亲喜悦的回应,我总感到对不起他。好在父亲永远不会知道这幕悲剧了,这于他又未尝不是件幸事。但我自己做了一回父亲,体会了做父亲的心情,才内疚地意识到父亲其实一直有和我亲近一些的愿望,却被我那么矜持地回避了。

短短两年里,我被厄运纠缠着,接连失去了父亲和女儿。父亲活着时,尽管我也时常沉思死亡的问题,但总好像和死还隔着一道屏障。父母健在的人,至少在心理上会有一种离死尚远的感觉。后来我自己做了父亲,却未能为女儿做好这样一道屏障。父亲的死使我觉得我住的屋子塌了一半,女儿的死又使我觉得我自己成了一间徒有四壁的空屋子。我一向声称一个人无须历尽苦难就可以体悟人生的悲凉,现在我知道,苦难者的体悟毕竟是有着完全不同的分量的。

1992 年 3 月

古驿道上的失散

杨绛先生出新书,书名叫《我们仨》。书出之前,已听说她在写回忆录并起好了这个书名,当时心中一震。这个书名实在太好,自听说后,我仿佛不停地听见杨先生说这三个字的声音,像在拉家常,但满含自豪的意味。这个书名立刻使我感到,这位老人在给自己漫长的一生做总结时,人世的种种沉浮荣辱都已淡去,她一生一世最重要的成就只是这个三口之家。可是,这个令她如此自豪的家,如今只有她一人存留世上了。在短短两年间,女儿钱瑗和丈夫钱锺书先后病逝。我们都知道这个令人唏嘘的事实,却不敢想象那时已年近九旬的杨先生是如何度过可怕的劫难的,现在她又将如何回首凄怆的往事。

回忆录分作三部。其中,第二部是全书的浓墨之处,正是写那一段不堪回首的日子的。第一部仅几百字,记一个真实的梦,引出第二部的"万里长梦"。第三部篇幅最大,回忆与钱先生结缡以来及有了女儿后的充满情趣的岁月。前者只写梦,后者只写实,唯有第二部的"万里长梦",是梦非梦,亦实亦虚,似真似幻。作者采用这样的写法,也许是要给可怕的经历裹上一层梦的外衣,也许是真正感到可怕的经历像梦一样不真实,也许是要借梦说出比可怕的经历更重要的真理。

长梦始于钱先生被一辆来路不明的汽车接走,"我"和阿瑗去寻找,自此一家人走上了一条古驿道,在古驿道上相聚,直至最后失散。这显然是喻指从钱先生住院到去世——其间包括钱瑗的住院和去世——的四年半历程。古驿道上的氛围扑朔迷离乃至荒诞,很像是梦境。然而,"我"在这条道上奔波的疲惫和焦虑是千真万确的,那正是作者数年中奔波于家和两所医院之间境况的写照。一家三口在这条道上的失散也是千真万确的,"梦"醒之后,三里河寓所里分明只剩她孑然一身了。为什么是古驿道呢?因为这是一条自古以来人人要走上的驿道,在这条道上,人们为亲人送行,后亡人把先亡人送上不归路。这条道上从来是一路号哭和泪雨,但在作者笔下没有这些。她也不去描绘催人泪下的细节或裂人肝胆的场面,她的用笔一如既往地节制,却传达了欲哭无泪的大悲恸。

杨先生的确以"我们仨"自豪:"我们仨是不寻常的遇合""我们仨都没有虚度此生,因为是我们仨"。这样的话绝不是寻常家庭关系的人能够说出。这样的话也绝不是寻常生命态度的人能够说出。给她的人生打了满分的不是钱先生和她自己的卓著文名,而是"我们仨"的遇合,可见分量之重,从而使最后的失散更显得不可思议。第二部的标题是"我们仨失散了",第三部的首尾也一再出现此语,这是从心底发出的叹息,多么单纯,又多么凄惶。读整本书时,我听到的始终是这一声仿佛轻声自语的叹息:"我们仨失散了,失散了,就这么轻易地失散了……"

失散在古驿道上,这是人世间最寻常的遭遇,但也是最哀痛的经验。《浮生六记》中的沈复和陈芸,一样的书香人家,恩爱夫妻,到头来也是昨欢今悲,生死隔绝。中道相离也罢,白头到老也罢,结果都是一样的。夫妇之间，亲子之间，情太深了，怕的不是死，而是永不再聚的失散，以至于真希望有来世或者天国。佛教说诸法因缘生，教导我们看破无常，不要执着。可是，千世万世只能成就一次的佳缘，不管是遇合的，还是修来的，叫人怎么看得破。更可是，看不破也得看破，这是唯一的解脱之道。我觉得钱先生一定看破了，女儿病危，他并不知情，却忽然在病床上说了这样神秘的话："叫阿圆回去，叫她回到她自己家里去。"杨先生看破了没有？大约正在看破。《我们仨》结尾的一句话是："我清醒地看到以前当作我们家的寓所，只是旅途上的客栈而已。家在哪里，我不知道。我还在寻觅归途。"很可能所有仍正常活着的人都不知道家究竟在哪里，但是，其中有一些人已经看明白，它肯定不在我们暂栖的这个世界上。

2003 年 7 月

生病与觉悟

一个人突然病了，不一定要是那种很快就死的绝症，但也不是无关痛痒的小病，他发现自己患的是一种像定时炸弹一样威胁着生命的病，例如心脏病、肝硬化之类，在那种情形下，他眼中的世界也会发生很大的变化。他会突然意识到，这个他如此习以为常的世界其实并不属于他，他随时都会失去这个世界。他一下子看清了他在这个世界上的可能性原来非常有限，这使他感到痛苦，同时也使他感到冷静。这时候，他就比较容易分清哪些事情是他无须关注、无须参与的，即使以前他对这些事情非常热衷和在乎。如果他仍然是一个热爱生命的人，那么，他并不会因此而自暴自弃，相反会知道自己在世上还该做些什么事了，这些事对于他是真正重要的，而在以前未生病时很可能是被忽略了的。一个人在健康时，他在世界上的可能性似乎是无限的，那时候他往往眼花缭乱，主次不分。疾病限制了他的可能性，从而恢复了他的基本的判断力。

可是，我们每个人岂不都是患着一种必死但不会很快就死的病吗？生命本身岂不就是这种病吗？柏拉图曾经认为，如果不考虑由意外事故造成的非正常死亡，每个人的寿命在出生时就已确定，而这意味着那种最终导致他死亡的疾病一开始即潜在于他的体内，将伴随着他的生命一起生长，不可能用药物把它征服。我觉得，这个看法有其可信之处。当然，寿命是否定数，大约是永远无法证实的。然而，无论谁最后都必定死于某一种病或某几种病的并发症，这却是不争的事实。所以，我们不妨时常用一个这样的病人的眼光看一看世界，想一想倘若来日不多，自己在这世界上最想做成的事情是哪些，这将使我们更加善于看清自己的志业所在。人们嘲笑那些未病时不爱惜健康、生了病才后悔的人为不明智，这固然不错。不过，我相信，比明智更重要的是上述那样一种觉悟，因为说到底，无论我们怎样爱惜健康，也不可能永久保住它，而健康的全部价值便是使我们得以愉快地享受人生，其最主要的享受方式就是做我们真正喜欢做的事。

1998 年 2 月

老同学相聚

北大百年校庆，沸沸扬扬，颇热闹了一阵。我一向不喜热闹，所以未曾躬临诸般盛况。唯一的例外，是参加了一次同年级老同学的聚会。很不容易的是，在几位热心人的张罗下，全年级五十名同学，毕业了整整三十年，分散在各地，到会的居然达四十人之众。

阔别三十年，可以想象，当年的同学少年，如今都已年过半百，鬓毛渐衰了。所以，乍一见面，彼此间不免有些陌生。那三十年的日子，原是一天天过的，虽然不可避免地在每个人身上留下了痕迹，但那过程相当漫长，自己或经常见面的人往往不知不觉。而现在，过程一下子被完全省略了，于是每个人都从别人身上看到了岁月的无情印记，如镜子一样鲜明。久别后的重逢，遂因此而令人惆怅、惊愕，需要做心理上的调整。不过，这调整并不难做。我发现，只要是老同学相聚，用不了多一会儿，陌生感便会消失，当年那种熟悉的氛围又会重现。随陌生感一起消失的，是绵亘在彼此之间的别后岁月，你几乎会产生一种错觉，仿佛时光倒转，离别从未发生，仍然是当年的那些同学，仍然是上学时的那种情境。此刻，坐在这里听他们一个个讲述着三十年里的人生经历，我并没有听进去所讲述的具体内容，却从各异的谈吐中清晰地辨认出了每个人当年的性格和模样。

让专家学者们去做论述北大传统的辉煌文章吧,对于我来说,北大之所以值得怀念,首先是因为它是我度过青春岁月的地方。也正因为这个原因,与老同学相见使我感到异常亲切。尤其是同宿舍的几位同学,曾经朝夕相处许多年,见到了他们,我心中充满莫名的感动。当时在全年级,我年龄最小,赵君年龄最大,比我大整整十岁,总是像兄长一样关心我。三十年后的今天,他见了我的第一句话是:"小周,要注意身体。"我听了几乎要掉泪。还有董君,聚会时始终微笑而友好地注视着我,使我想起进北大时我还在长个子,他常常喜欢用手来量一量我是否又长高了一些。我忽然明白了,在老同学眼里,我仍然是从前的那个我,我们之间的关系仍然是从前的那种关系。毕业以后,人们各奔东西,每个人都走过了许多坎坷,发生了种种变化。但是,在短暂的重逢时刻,人们还来不及互相体会别后岁月所包含的这一切,这一切便等于不存在。老同学的相聚提供了一个机会,使每个人得以用老同学的眼睛来看自己,跳过一大截岁月看到了已被自己淡忘的学生时代。

那么,老同学就是互相的青春岁月的证人,彼此不自觉地寄存着若干证据,而在久别以后的相聚时刻,他们得以暂时地把所寄存的证据互相交还。当然,久别是必要的,因为经常会面肯定会冲淡对早年同学生活的记忆。当然,相聚也是必要的,否则我们根本无从知道彼此还保存着如此珍贵的记忆。所以,老同学——以及一切曾经共度青春岁月的人们——久别以后的相聚是人生一种难得的经验。

1998 年 5 月

寂 寞

1

生命是短暂的。可是，在短暂的一生中，有许多时间你还得忍，忍着它们慢慢地流过去，直到终于又有事件之石激起生命的浪花。

人生中辉煌的时刻并不多，大多数时间都是在对这种时刻的回忆和期待中度过的。

2

看破红尘易，忍受孤独难。在长期远离人寰的寂静中，一个人不可能做任何事，包括读书、写作、思考，甚至包括禅定，因为连禅定也是一种人类活动，唯有在人类的氛围中才能进行。难怪住在冷清古寺里的那位老僧要自叹："怎生教老僧禅定？"

3

"尽道便休官，林下何曾见，至今寂寞彭泽县。"原因在于，人们尽管慕林下高洁之名，却难耐林下寂寞之实。即使淡于功名的人，也未必受得了长期与世隔绝。所以，在世上忙碌着的不都是热衷功名之徒。

4

"喜山林眼界高，嫌市井人烟闹。"我也如此。不过，我相信世上多的是一辈子住城市而从不嫌吵闹的老百姓，却找不到一个一辈子住山林而从不觉寂寞的知识分子。

5

寂寞是决定人的命运的情境。一个人忍受不了寂寞，就寻求方便的排遣办法，去会朋友、谈天、打牌、看电视，他于是成为一个庸人。靠内心的力量战胜寂寞的人，必是哲人和圣徒。

6

人生了病，会变得更有人情味一些。一方面，与种种事务疏远了，功名心淡漠了，纵然是迫不得已，毕竟有了一种闲适的心境。另一方面，病中寂寞，对亲友的思念更殷切了，对爱和友谊的体味更细腻了。疾病使人更轻功利也更重人情了。

7

每到岁末年初，心中就会升起一种惆怅。中国人过年总是图个热闹，那热闹反而使我倍感寂寞，因为对我而言，过年无非意味着又一段生命的日子永远流失了，而在觥筹交错、人声鼎沸之中，这件最重要的事情遭到了一致的忽略。我甚至觉得我的旧岁如同一个逝者，我必须远避尘嚣，独自来追念它，否则便是对逝者的亵渎。

无 聊

1

无聊是对欲望的欲望。当一个人没有任何欲望而又渴望有欲望之时,他便感到无聊。

2

叔本华把无聊看作欲望满足之后的一种无欲望状态,可说是只知其一不知其二。完全无欲望是一种恬静状态,无聊却包含着不安的成分。人之所以无聊不是因为无欲望,而是因为不能忍受这无欲望的状态,因而渴望有欲望。

3

时间就是生命,时间是我们的全部所有。谁都不愿意时间飞速流逝,一下子就到达生命的终点。可是大家似乎又都在"消磨"时间,也就是说,想办法把时间打发掉。如此宝贵的时间似乎又是一个极其可怕的东西,因而人们要用种种娱乐、闲谈、杂务隔开自己与时间,使自己不至于直接面对这空无所有而又确实在流逝着的时间。

4

在有些人眼里，人生是一碟乏味的菜，为了咽下这碟菜，少不了种种作料、种种刺激。他们的日子过得真热闹。

5

无聊：缺乏目的和意义。

无聊的天性：没有能力为自己设立一个目的，创造一种意义。

伟大天性的无聊时刻：对自己所创造的意义的突然看破。

6

如果消遣也不能解除你的无聊，你就有点儿深刻了。

7

无聊、寂寞、孤独是三种不同的心境。无聊是把自我消散于他人之中的欲望，它寻求的是消遣。寂寞是自我与他人共在的欲望，它寻求的是普通的人间温暖。孤独是把他人接纳到自我之中的欲望，它寻求的是理解。

无聊者自厌，寂寞者自怜，孤独者自足。

庸人无聊，天才孤独，人人都有寂寞的时光。

无聊是喜剧性的，孤独是悲剧性的，寂寞是中性的。

无聊属于生物性的人，寂寞属于社会性的人，孤独属于形而上的人。

往事的珍宝

1

往事付流水。然而，人生中有些往事是岁月带不走的，仿佛愈经冲洗就愈加鲜明，始终活在记忆中。我们生前守护着它们，死后便把它们带入了永恒。

2

人生中一切美好的时刻，我们都无法留住。人人都生活在流变中，人人的生活都是流变。那么，一个人的生活是否精彩，就并不在于他留住了多少珍宝，而在于他有过多少想留而留不住的美好的时刻，正是这些时刻组成了他的生活中的流动的盛宴。留不住当然是悲哀，从来没有想留住的珍宝却是更大的悲哀。

3

既然一切美好的价值都会成为过去，我们就必须承认过去的权利，过去不是空无，而是一切美好价值存在的唯一可能的形式。

4

逝去的感情事件，无论痛苦还是欢乐，无论它们一度如何使我们激动不宁，隔开久远的时间再看，都是美丽的。我们还会发现，痛苦和欢乐的差别并不像当初想象的那么大。欢乐的回忆夹着忧伤，痛苦的追念掺着甜蜜，两者又都同样令人惆怅。

5

人生中有些事情很小，但可能给我们造成很大的烦恼，因为离得太近。人生中有些经历很重大，但我们当时并不觉得，也因为离得太近。距离太近时，小事也会显得很大，使得大事反而显不出大了。隔开一定距离，事物的大小就显出来了。

我们走在人生的路上，遇到的事情是无数的，其中多数非自己所能选择，它们组成了我们每一阶段的生活，左右着我们每一时刻的心情。我们很容易把正在遭遇的每一件事情都看得十分重要。然而，事过境迁，当我们回头看走过的路时便会发现，人生中真正重要的事情是不多的，它们奠定了我们的人生之路的基本走向，而其余的事情不过是路边的一些令人愉快或不愉快的小景物罢了。

6

人心中应该有一些有分量的东西，使人沉重的往事是不会流失的。

7

逝去的事件往往在回忆中获得了一种当时并不具备的意义，这是时间的魔力之一。

8

一切都会成为往事,记忆是每个人唯一能够留住的财富,这财富仅仅属于他,任何人无法剥夺,他也无法转让给任何人。一个人的记忆对于另一个人永远是一种异己的东西。可是,这并不意味着记忆是可靠的财富。相反,它几乎不可避免地会变形和流失,在最好的情况下,则会如同有生命之物一样生长成一种新的东西。

9

我想起一连串往事。我知道它们是我的往事,现在的我与那时的我是同一个我。但我知道这一点,并非靠直接的记忆,而是靠对记忆的记忆,记忆的无限次乘方。记忆不断重复,成了信念,可是离真实事件愈来愈远,愈来愈间接了。自我的统一性包含着这种间接性的骗局。

10

钟嗣成《凌波仙》:"当时事,仔细思,细思量不是当时。"

的确如此。在我们的记忆中找不到真正的"当时",我们无法用记忆来留住逝去的人和事。李商隐诗:"此情可待成追忆,只是当时已惘然。"事实是,不但当时,而且后来的追忆也是惘然的。

逆旅和聚散

1

人在孤身逆旅中最易感怀人生，因为说到底，人生在世也无非是孤身逆旅罢了。

2

有邂逅才有人生魅力。有时候，不必更多，不知来自何方的脉脉含情的一瞥，就足以驱散岁月的阴云，重新唤起我们对幸福的信心。

3

聚散乃人生寻常事，却也足堪叹息。最可叹的是散时视为寻常，不料再聚无日，一别竟成永诀。或者青春相别，再见时皆已白头，彼此如同一面镜子，瞬间照出了岁月的无情流逝。

4

月亏了能再盈，花谢了能再开。可是，人别了，能否再见却属未知。这是一。开谢盈亏，花月依旧，几度离合，人却老了。这是二。人生之所以"最苦别离",就因为离别最使人感受到人生无常。

5

离别的场合,总有一个第三者在场——莫测的命运,从此就有了无穷的牵挂。

6

"断肠人忆断肠人"——一个"忆"字,点出了离别之苦的所在。离别之苦,就苦在心中有许多生动的记忆,眼前却看不见人。情由忆生,记忆越生动,眼前的空缺就越鲜明,人就越被思念之苦折磨,叫人如何不断肠。

7

单思或酸或辣,相思亦苦亦甜,思念的滋味最是一言难尽。

8

相思是一篇冗长的腹稿,发表出来往往很短。

9

失眠的滋味,春秋有别。春夜是小夜曲,秋夜是安魂曲。春夜听鸟鸣,秋夜听鬼哭。春夜怀人,秋夜悲己。春夜是色,秋夜是空。

从零开始与未完成

1

人生似乎有两个大忌。一是突遭变故，不得不从零开始，重建生活或事业。二是壮年身死，撇下未完成的生活或事业，含恨撒手人寰。

可是，仔细想想，变故有大小，谁能完全躲避得了？寿命有长短，几人可称寿终正寝？

所以，从零开始与未完成是人生的常态。

所以，人应该具备两个觉悟：一是勇于从零开始，二是坦然于未完成。

2

从头开始是人生经常可能遇到的境况。大至地震、战争、国破家亡、死里逃生、事业一败涂地，小至丧偶、失恋、经济破产、钱财被窃、身上一文不名。凡此种种，皆会使你不同程度地产生一种废墟感。当此之时，最健康的心态便是忘掉你曾经拥有的一切，忘掉你所遭受的损失，就当你是赤条条刚来到这个世界，你对自己说："那么好吧，让我从头开始吧！"你不是坐在废墟上哭泣，而是拍拍屁股，朝前走去，来到一块空地，动手重建。你甚至不是重建那失去了的东西，因为那样你还是惦记着你的损失，你仍然把你的心留在了废墟上。不，你是带着你的心一起朝前走，你虽破产却仍是一个创业者，你虽失恋却仍是一个初恋者，真正把你此刻孑然一身所站立的地方当作了你的人生的起点。

也许这近于某种禅境。我必须承认的是，我自己达不到这种境界。一个人要达到这种无牵无挂的境界，上者必须大觉大悟，下者必须没心没肺，而我则上下两头皆够不着。

3

刚刚发生了一场灾祸，例如你最亲的亲人死了，火灾或盗贼使你失去了几乎全部财产，等等，那时候你会有一种奇异的一身轻的感觉，仿佛回到了天地间赤条条一身的原初状态。

4

在人生的某个时期，行动的愿望是如此强烈，一心要打破现状、改变生活、增加体验，往往并不顾忌后果是正是负，只要绝对数字大就行。

5

习惯的定义：人被环境同化，与环境生长在一起，成为环境的一部分。所谓环境，包括你所熟悉的地方、人、事业。在此状态下，生命之流失去落差，渐趋平缓，终成死水一潭。

那么，为了自救，告别你所熟悉的环境吧，到陌生的地方去，和陌生的人来往，从事陌生的事业。

人一生中应当有意识地变换环境。能否从零开始,重新开创一种生活,这是测量一个人心灵是否年轻的可靠尺度。

6

有时候,专长＝习惯＝惰性。

习惯的力量是巨大的。一个人对任何做惯了的事情都可能入迷,哪怕这事情本身既乏味又没有意义。因此,应该经常有意识地跳出来,审视一下自己所做的事情,想一想它们是否真有某种意义。

7

分到一套房间,立即兴致勃勃地投入装修。缺一卷墙纸,托人买了来,可是兴奋已逝,于是墙上永远袒露着未裱糊的一角。

世上事大抵如此,永远未完成,而在未完成中,生活便正常地进行着。所谓不了了之,不了就是了之,未完成是生活的常态。

8

一个作家在创作旺盛时期就死了。人们叹息:他本来还可以做许多事的……

可是,想做的事情未做完就死,这几乎是必然的。不要企求把事情做完,总是有爱做的事情要做,总是在做着爱做的事情,就应该满意了。

9

一天是很短的。早晨的计划,晚上发现只完成很小一部分。一生也是很短的。年轻时的心愿,年老时发现只实现很小一部分。

今天的计划没完成，还有明天。今生的心愿没实现，却不再有来世了。所以，不妨榨取每一天，但不要苛求绝无增援力量的一生。要记住：人一生能做的事情不多，无论做成几件，都是值得满意的。

10

世上事了犹未了，又何必了。这种心境，完全不是看破红尘式的超脱，而更像是一种对人生悲欢的和解和包容。

11

人生的一切矛盾都不可能最终解决，而只是被时间的流水卷走罢了。

第七辑

徘徊在人生的空地上

空　地

> 不要试图去填满生命的空白,
> 因为,音乐就来自那空白深处。
>
> ——泰戈尔

　　人生难免无聊。无聊是意义的空白。然而,如果没有这空白,我们又怎么会记起我们对于意义的渴望呢?当情人不在场的时候,对情人的思念便布满了爱情的空间。

　　我们的生命是短暂的,但这短暂的生命也是过于拥挤了。我们的日程表排得满满的。我们把太多的光阴抛洒在繁忙的职场里和喧闹的市场上,太热心于做事和交际。突然,这里有了一块空地。我们无事可做,无人做伴,只好在这空地上徘徊。我们看见脚下有青草破土而出,感觉到心中有一种情绪也像青草一样滋生。在屋顶覆盖和行人密集的地方,是不会有青草生长的。那么,这岂不证明,当我们怅然徘徊的时候,我们是领受了更为充足的阳光和空气?

　　所以,人生也难得无聊。

　　应一位朋友之约,我写了几篇论无聊的文章。如果我的论说给人留下一种沉重的印象,那绝非我的本意。我恰好在我生命中一个极其沉重的时刻写这些文章，使得我的笔也显沉重了。再说，认真论无聊，这本身近于无聊。也许，论说无聊的最好方式是，三五好友，平时各自认真做事，做得十分顺利，告了一个段落，带着心满意足但又暂时没了着落的一种心情，非常偶然地聚到一起闲扯起来。这时节，个个说话都才气横溢，妙语迭出，可是句句话又似乎都无的放矢，不着边际。若有有心人偷加记录，敷衍成篇，庶几是一篇传无聊之神韵的佳作。可惜的是，好友星散，各自做事似又不太顺利，这样的机会也不易得了。

于是我又想，人生还是无聊的时候居多。空地似乎望不到边，使人无心流连，只思走出。走呵走，纵然走不出无聊，走本身却不无聊，留下了一串深沉的脚印。

1991 年 2 月

从生存向存在的途中

兽和神大约都不会无聊。兽活命而已,只有纯粹的生存。神充实自足,具备完满的存在。兽人神三界,唯有夹在中间的人才会无聊,才可能有活得没意思的感觉和叹息。

无聊的前提是闲。当人类必须为生存苦斗的时候,想必也无聊不起来。我们在《诗经》或荷马史诗里几乎找不到无聊这种奢侈的情绪。要能闲得无聊,首先必须仓廪实、衣食足,不愁吃穿。吃穿有余,甚至可以惠及畜生,受人豢养的猫狗之类宠物也会生出类似无聊的举态,但它们已经无权称作兽。

当然,物质的进步永无止境,仓廪再实,衣食再足,人类未必闲得下来。世上总有闲不住的阔人、忙人和勤人,另当别论。

一般来说,只要人类在求温饱之余还有精力,无聊的可能性就存在了。席勒用剩余精力解释美感的发生。其实,人类特有的一切好东西坏东西,其发生盖赖于此,无聊也不例外。

有了剩余精力,不释放出来是很难受的。"饱食终日,无所用心,难矣哉!"孔子就很明白这难受劲儿,所以他劝人不妨赌博下棋,也比闲着什么事不做好。"难矣哉",林语堂解为"真难为他们""真亏他们做得出来",颇传神,比别的注家高明。闲着什么事都不做,是极难的，一般人无此功夫。所谓闲，是指没有非做不可的事，遂可以自由支配时间，做自己感兴趣的事。闲的可贵就在于此。兴趣有雅俗宽窄之别，但大约人人都有自己感兴趣的事。麻将扑克是一种兴趣，琴棋诗画是一种兴趣，拥被夜读是一种兴趣，坐在桌前，点一支烟，沉思遐想，也是一种兴趣。闲了未必无聊，闲着没事干才会无聊。有了自由支配的时间，却找不到兴趣所在，或者做不成感兴趣的事，剩余精力茫茫然无所寄托，这种滋味就叫无聊。

闲是福气，无聊却是痛苦。勤勤恳恳一辈子的公务员，除了公务别无兴趣，一旦退休闲居，多有不久便弃世的，致命的因素正是无聊。治狱者很懂得无聊的厉害，所以对犯人最严重的惩罚不是苦役而是单独监禁。苦役是精力的过度释放，单独监禁则是人为地堵塞释放精力的一切途径，除吃睡外不准做任何事。这种强制性的无聊，其痛苦远在苦役之上。在自由状态下，多半可以找到法子排遣无聊。排遣的方式因人而异，最能见出一个人的性情。愈浅薄的人，其无聊愈容易排遣，现成的法子有的是。"不有博弈者乎？"如今更好办，不有电视机乎？面对电视机一坐几个钟点，天天坐到头昏脑涨然后上床去，差不多是现代人最常见的消磨闲暇的方式——或者说，糟蹋闲暇的方式。

时间就是生命。奇怪的是，人人都爱惜生命，不愿其速逝，却害怕时间，唯恐其停滞。我们好歹要做点什么事来打发时间，一旦无所事事，时间就仿佛在我们面前停住了。我们面对这脱去事件外衣的赤裸裸的时间，发现它原来空无所有，心中隐约对生命的实质也起了恐慌。无聊的可怕也许就在于此，所以要加以排遣。

但是，人生中有些时候，我们会感觉到一种无可排遣的无聊。我们心不在焉，百事无心，觉得做什么都没意思，并不是疲倦了，因为我们有精力,只是茫无出路。并不是看透了,因为我们有欲望,只是空无对象。这种心境无端而来,无端而去,昙花一现,却是一种直接暴露人生根底的深邃的无聊。

人到世上,无非活一场罢了,本无目的可言。因此,在有了超出维持生存以上的精力以后,这剩余精力投放的对象却付诸阙如。人必须自己设立超出生存以上的目的。活不成问题了,就要活得有意思,为生命加一个意义。然而,为什么活着?这是一个危险的问题。若问为什么吃喝劳作,我们很明白,是为了活。活着又为了什么呢?这个问题追究下去,没有谁不糊涂的。

对此大致有两类可能的答案。一类答案可以归结为:活着为了吃喝劳作——为了一己的、全家的或者人类的吃喝劳作,为了吃喝得更奢侈,劳作得更有效,如此等等。这类答案虽然是多数人实际所奉行的,作为答案却不能令人满意,因为它等于说活着为了活着,不成其为答案。

如果一切为了活着,活着就是一切,岂不和动物没有了区别?一旦死去,岂不一切都落了空?这是生存本身不能作为意义源泉的两个重要理由。一件事物的意义须从高于它的事物那里求得,生命也是如此。另一类答案就试图为生命指出一个高于生命的意义源泉,它应能克服人的生命的动物性和暂时性,因而必定是一种神性的不朽的东西。不管哲学家们如何称呼这个东西,无非是神的别名罢了。其实,神只是一个记号,记录了我们追问终极根据而不可得的迷惘。例如,从巴门尼德到雅斯贝尔斯,都以"存在"为生命意义之源泉,可是他们除了示意"存在"的某种不可言传的超越性和完美性之外,还能告诉我们什么呢?

我们往往乐于相信,生命是有高出生命本身的意义的,例如真善美之类的精神价值。然而，真善美又有什么意义？可以如此无穷追问下去，但我们无法找到一个终极根据，因为神并不存在。其实，神只是一个表示神秘莫测的记号，记录了我们追问终极根据而不可得的迷惘。摆脱这个困境的唯一办法是把一切精神价值的落脚点引回到地面上来，看作人类生存的工具。各派无神论哲学家归根到底都是这样做的。但是，这样一来，我们又陷入了我们试图逃避的同义反复：活着为了活着。

也许关键在于，这里作为目的的活，与动物并不相同。人要求有意义的活，意义是人类生存的必要条件。因此，上述命题应当这样展开：活着为了寻求意义，而寻求意义又是为了觉得自己是在有意义地活着。即使我们所寻求的一切高于生存的目标，到头来是虚幻的，寻求本身就使我们感到生存是有意义的，从而能够充满信心地活下去。凡真正的艺术家都视创作为生命，不创作就活不下去。超出这一点去问海明威为何要写作、毕加索为何要画画，他们肯定说不出一个所以然来。人类迄今所创造的灿烂文化如同美丽的云景，把人类生存的天空烘托得极其壮观。然而，若要追究云景背后有什么，便只能堕入无底的虚空里了。

人，永远走在从生存向存在的途中。他已经辞别兽界，却无望进入神界。他不甘于纯粹的生存，却达不到完美的存在。他有了超出生存的精力，却没有超出生存的目标。他寻求，却不知道寻求什么。人是注定要无聊的。

可是，如果人真能够成为神，就不无聊了吗？我想象不出，上帝在完成他的创世工作之后，是如何消磨他的星期天的。《圣经》对此闭口不谈，这倒不奇怪，因为上帝是完美无缺的，既不能像肉欲犹存的人类那样用美食酣睡款待自己，又不能像壮心不已的人类那样不断进行新的精神探险，他实在没事可干了。他的绝对的完美便是他的绝对的空虚。人类的无聊尚可药治，上帝的无聊宁有息日？

不，我不愿意成为神。虽然人生有许多缺憾，生而为人仍然是世上最幸运的事。人生最大的缺憾便是终有一死。生命太短暂了，太珍贵了，无论用它来做什么都有点儿可惜。总想做最有意义的事，足以使人不虚此生、死而无憾的事，却没有一件事堪当此重责。但是，人活着总得做点什么。于是．我们便做着种种微不足道的事。

人生终究还是免不了无聊。

1991 年 1 月

没有目的的旅行

没有比长途旅行更令人兴奋的了,也没有比长途旅行更容易使人感到无聊的了。

人生,就是一趟长途旅行。

一趟长途旅行。意味着奇遇、巧合、不寻常的机缘、意外的收获,以及陌生而新鲜的人和景物。总之,意味着种种打破生活常规的偶然性和可能性。所以,谁不是怀着朦胧的期待和莫名的激动踏上旅程的?

然而,一般规律是,随着旅程的延续,兴奋递减,无聊递增。

我们从记事起就已经身在这趟名为"人生"的列车上了。一开始,我们并不关心它开往何处。孩子们不需要为人生安上一个目的,他们扒在车窗边,小脸蛋紧贴玻璃,窗外掠过的田野、树木、房屋、人畜无不可观,无不使他们感到新奇。无聊与他们无缘。

不知从何时起,车窗外的景物不再那样令我们陶醉了。这是我们告别童年的一个确切标志,我们长大成人了。我们开始需要一个目的,而且往往也就有了一个也许清晰但多半模糊的目的。我们相信列车将把我们带往一个美妙的地方,那里的景物远比沿途的景物优美。我们在心里悄悄给那地方冠以美好的名称,名之为"幸福""成功""善""真理",等等。

不幸的是,一旦我们开始憧憬一个目的,无聊便接踵而至。既然生活在远处,近处的就不是生活。既然目的最重要,过程就等而下之。我们的心飞向未来,只把身体留在现在,视正在经历的一切为必不可免的过程,耐着性子忍受。

列车在继续行进,但我们愈来愈意识到自己身寄逆旅,不禁暗暗计算日程,琢磨如何消磨途中的光阴。好交际者便找人攀谈,胡侃神聊,不厌其烦地议论天气、物价、新闻之类的无聊话题。性情孤僻者则躲在一隅,闷头吸烟,自从无烟车厢普及以来,就只是坐着发呆、瞌睡、打呵欠。不学无术之徒掏出随身携带的通俗无聊小报和杂志,读了一遍又一遍。饱学之士翻开事先准备的学术名著,想聚精会神研读,终于读不进去,便屈尊向不学无术之徒借来通俗报刊,图个轻松。先生们没完没了地打扑克。太太们没完没了地打毛衣。凡此种种,雅俗同归,都是在无聊中打发时间,以无聊的方式逃避无聊。

当然,会有少数幸运儿因了自身的性情,或外在的机缘,对旅途本身仍然怀着浓厚的兴趣。一位诗人凭窗凝思,浮想联翩,笔下灵感如泉涌。一对妙龄男女隔座顾盼,两情款洽,眉间秋波频送。他们都乐在其中,不觉得旅途无聊。愈是心中老悬着一个遥远目的地的旅客,愈不耐旅途的漫长,容易百无聊赖。由此可见,无聊生于目的与过程的分离,乃是一种对过程疏远和隔膜的心境。孩子或者像孩子一样单纯的人,目的意识淡薄,沉浸在过程中,过程和目的浑然不分,他们能够随遇而安,即事起兴,不易感到无聊。商人或者像商人一样精明的人,有非常明确实际的目的,以此指导行动,规划过程,目的与过程丝丝相扣,他们能够聚精会神,分秒必争,也不易感到无聊。怕就怕既失去了孩子的单纯，又不肯学商人的精明，目的意识强烈却并无明确实际的目的，有所追求但所求不是太缥缈就是太模糊。"我只是想要，但不知道究竟想要什么。"这种心境是滋生无聊的温床。心中弥漫着一团空虚，无物可以填充。凡到手的一切都不是想要的，于是难免无聊了。

舍近逐远似乎是我们人类的天性，大约正是目的意识在其中作祟。一座围城，城里的人想出去，城外的人想进来，如果出不去进不来，就感到无聊。这是达不到目的的无聊。一旦城里的人到了城外，城外的人到了城里，又觉得城外和城里不过尔尔。这是目的达到后的无聊。于是，健忘的人（我们多半是健忘的）折腾往回跑，陷入又一轮循环。等到城里城外都厌倦，是进是出都无所谓，更大的无聊就来临了。这是没有了目的的无聊。

超出生存以上的目的，大抵是想象力的产物。想象力需要为自己寻找一个落脚点，目的便是这落脚点。我们乘着想象力飞往远方，疏远了当下的现实。一旦想象中的目的实现，我们又会觉得它远不如想象。最后，我们倦于追求一个目的了，但并不因此就心满意足地降落到地面上来。我们乘着疲惫的想象力，心灰意懒地盘旋在这块我们业已厌倦的大地上空，茫然四顾，无处栖身。

让我们回到那趟名为"人生"的列车上来。假定我们各自怀着一个目的，相信列车终将把我们带到心向往之的某地，为此我们忍受着旅途的无聊，这时列车的广播突然响了，通知我们列车并非开往某地，非但不是开往某地，而且不开往任何地方，它根本就没有一个目的地。试想一下，在此之后，不再有一个目的来支撑我们忍受旅途的无聊，其无聊更将如何？

然而，这正是我们或早或迟会悟到的人生真相。"天地者万物之逆旅"，万物之灵也只是万物的一分子，逃不脱大自然安排的命运。人活一世，不过是到天地间走一趟罢了。人生的终点是死，死总不该是人生的目的。人生原本就是一趟没有目的的旅行。

鉴于人生本无目的，只是过程，有的哲人就教导我们重视过程，不要在乎目的。如果真能像孩子那样沉浸在过程中，当然可免除无聊。可惜的是，我们已非孩子，觉醒了的目的意识不容易回归混沌。莱辛说他重视追求真理的过程胜于重视真理本身，这话怕是出于一种无奈的心情，正因为过于重视真理，同时又过于清醒地看到真理并不存在，才不得已而返求诸过程。看破目的阙如而执着过程，这好比看破红尘的人还俗，与过程早已隔了一道鸿沟，至多只能做到貌合神离而已。

如此看来，无聊是人的宿命。无论我们期待一个目的，还是根本没有目的可期待，我们都难逃此宿命。在没有目的时，我们仍有目的意识。在无可期待时，我们仍茫茫然若有所待。我们有时会沉醉在过程中，但是不可能始终和过程打成一片。我们渴念过程背后的目的，或者省悟过程背后绝无目的时，我们都会对过程产生疏远和隔膜之感。然而，我们又被粘滞在过程中，我们的生命仅是一过程而已。我们心不在焉而又身不由己，这种心境便是无聊。

1991 年 1 月

等的滋味

人生有许多时光是在等中度过的。有千百种等，等有千百种滋味。等的滋味，最是一言难尽。

不过，我不喜欢一切等。无论所等的是好事、坏事、好坏未卜之事、不好不坏之事，等总是无可奈何的。等的时候，一颗心悬着，这滋味不好受。

就算等的是幸福吧，等本身却说不上幸福。想象中的幸福愈诱人，等的时光愈难挨。例如，"月上柳梢头，人约黄昏后"自是一件美事，可是，性急的情人大约都像《西厢记》里那一对儿，"自从那日初时，想月华，捱一刻似一夏"。只恨柳梢日轮下得迟，月影上得慢。第一次幽会，张生等莺莺，忽而倚门翘望，忽而卧床哀叹，心中无端猜度佳人来也不来，一会儿怨，一会儿谅，那副神不守舍的模样委实惨不忍睹。我相信莺莺就不至于这么惨。幽会前等的一方要比赴的一方更受煎熬，就像惜别后留的一方要比走的一方更觉凄凉一样。那赴的走的多少是主动的，这等的留的却完全是被动的。赴的未到，等的人面对的是静止的时间。走的去了，留的人面对的是空虚的空间。等的可怕，在于等的人对于所等的事完全不能支配，对于其他的事又完全没有心思，因而被迫处在无所事事的状态。有所期待使人兴奋，无所事事又使人无聊，等便是混合了兴奋和无聊的一种心境。随着等的时间延长，兴奋转成疲劳，无聊的心境就会占据优势。如果佳人始终不来，才子只要不是愁得竟吊死在那棵柳树上，恐怕就只有在月下伸懒腰打呵欠的份儿了。

人等好事嫌姗姗来迟，等坏事同样也缺乏耐心。没有谁愿意等坏事，坏事而要等，是因为在劫难逃，实出于不得已。不过，既然在劫难逃，一般人的心理便是宁肯早点了结，不愿无谓拖延。假如我们所爱的一位亲人患了必死之症，我们当然惧怕那结局的到来。可是，再大的恐惧也不能消除久等的无聊。在《战争与和平》中，娜塔莎一边守护着弥留之际的安德烈，一边在编一只袜子。她爱安德烈胜于世上的一切，但她仍然不能除了等心上人死之外什么事也不做。一个人在等自己的死时会不会无聊呢？这大约首先要看有无足够的精力。比较恰当的例子是死刑犯，我揣摩他们只要离刑期还有一段日子，就不可能一门心思只想着那颗致命的子弹。恐惧如同一切强烈的情绪一样难以持久，久了会麻痹，会出现间歇。一旦试图做点什么事填充这间歇，阵痛般发作的恐惧又会起来破坏任何积极的念头。一事不做地坐等一个注定的灾难发生，这种等实在荒谬，与之相比，灾难本身反倒显得比较好忍受一些了。

无论等好事还是等坏事，所等的那个结果是明确的。如果所等的结果对于我们关系重大，但吉凶未卜，则又别是一番滋味在心头。这时我们宛如等候判决，心中焦虑不安。焦虑实际上是由彼此对立的情绪纠结而成，其中既有对好结果的盼望，又有对坏结果的忧惧。一颗心不仅悬在半空，而且七上八下，大受颠簸之苦。说来可怜，我们自幼及长，从做学生时的大小考试，到毕业后的就业、定级、升迁、出洋，等等，一生中不知要过多少关口，等候判决的滋味真没有少尝。当然，一个人如果有足够的悟性，就迟早会看淡浮世功名，不再把自己放在这个等候判决的位置上。但是，若非修炼到类似涅槃的境界，恐怕就总有一些事情的结局是我们不能无动于衷的。此刻某机关正在研究给不给我加薪，我可以一哂置之。此刻某医院正在给我的妻子动剖腹产手术，我还能这么豁达吗？到产科手术室门外去看看等候在那里的丈夫们的冷峻脸色，我们就知道等候命运判决是多么令人心焦的经历了。在人生的道路上，我们难免会走到某几扇陌生的门前等候开启，那心情便接近于等在产科手术室门前的丈夫们的心情。

不过，我们一生中最经常等候的地方不是门前，而是窗前。那是一些非常窄小的小窗口，有形的或无形的，分布于商店、银行、车站、医院等与生计有关的场所，以及办理种种烦琐手续的机关衙门。我们为了生存，不得不耐着性子，排着队，缓慢地向它们挪动，然后屈辱地侧转头颅，以便能够把我们的视线、手和手中的钞票或申请递进那个窄洞里，又摸索着取出我们所需要的票据文件等等。这类小窗口常常无缘无故关闭，好在我们的忍耐力磨炼得非常发达，已经习惯于默默地无止境地等待了。

等在命运之门前面，等的是生死存亡，其心情是焦虑，但不乏悲壮感。等在生计之窗前面，等的是柴米油盐，其心情是烦躁，掺和着屈辱感。前一种等，因为结局事关重大，不易感到无聊。然而，如果我们的悟性足以平息焦虑，那么，在超脱中会体味一种看破人生的大无聊。后一种等，因为对象平凡琐碎，极易感到无聊，但往往是一种习以为常的小无聊。

说起等的无聊，恐怕没有比逆旅中的迫不得已的羁留更甚的了。所谓旅人之愁，除离愁、乡愁外，更多的成分是百无聊赖的闲愁。譬如，由于交通中断，不期然被耽搁在旅途某个荒村野店，通车无期，举目无亲，此情此境中的烦闷真是难以形容。但是，若把人生比作逆旅，我们便会发现，途中耽搁实在是人生的寻常遭际。我们向理想生活进发，因了种种必然的限制和偶然的变故，或早或迟在途中某一个点上停了下来。我们相信这是暂时的，总在等着重新上路，希望有一天能过上自己真正想过的生活，殊不料就在这个点上永远停住了。有些人渐渐变得实际，心安理得地在这个点上安排自己的生活。有些人仍然等啊等，岁月无情，到头来悲叹自己被耽误了一辈子。

那么，倘若生活中没有等，又怎么样呢？在说了等这么多坏话之后，我忽然想起等的种种好处，不禁为我的忘恩负义汗颜。

我曾经在一个农场生活了一年半。那是湖中的一个孤岛，四周只见茫茫湖水，不见人烟。我们在岛上种水稻，过着极其单调的生活。使我终于忍受住这单调生活的正是等——等信。每天我是怀着怎样殷切的心情等送信人到来的时刻呵，我仿佛就是为这个时刻活着的，尽管等常常落空，但是等本身就为一天的生活提供了色彩和意义。

我曾经在一间地下室里住了好几年。日复一日，只有我一个人。当我伏案读书写作的时候，我不由自主地在等——等敲门声。我期待我的同类访问我，这期待使我感到我还生活在人间，地面上的阳光也有我一份。我不怕读书写作被打断，因为无须来访者，极度的寂寞早已把它们打断一次又一次了。

不管等多么需要耐心，人生中还是有许多值得等的事情的：等冬夜里情人由远及近的脚步声，等载着久别好友的列车缓缓进站，等第一个孩子出生，等孩子咿呀学语偶然喊出一声爸爸后再喊第二第三声，等第一部作品发表，等作品发表后读者的反响和共鸣……

可以没有爱情，但如果没有对爱情的憧憬，哪里还有青春？可以没有理解，但如果没有对理解的期待，哪里还有创造？可以没有所等的一切，但如果没有等，哪里还有人生？活着总得等待什么，哪怕是等待戈多。有人问贝克特，戈多究竟代表什么，他回答道："我要是知道，早在剧中说出来了。"事实上，我们一生都在等待自己也不知道的什么，生活就在这等待中展开并且获得了理由。等的滋味不免无聊，然而，一无所等的生活更加无聊。不，一无所等是不可能的。即使在一无所等的时候，我们还是在等，等那个有所等的时刻到来。一个人到了连这样的等也没有的地步，就非自杀不可。所以，始终不出场的戈多先生实在是人生舞台的主角，没有他，人生这场戏是演不下去的。

人生唯一有把握不会落空的等是等那必然到来的死。但是，人人都似乎忘了这一点而在等着别的什么，甚至死到临头仍执迷不悟。我对这种情形感到悲哀又感到满意。

1991 年 1 月

天才的命运

1823年夏季,拜伦从热那亚渡海,向烽火四起的希腊进发,准备献身于他心目中圣地的解放战争。出发前夕,仿佛出于偶然,他给歌德捎去一张便函。歌德赋诗作答。拜伦还来得及写一封回信。这样,19世纪的两位诗坛泰斗,诗歌奥林匹斯山上的酒神和日神,终于赶在死神之前沟通了彼此的倾慕。

当时,歌德已是七十四岁高龄,在马里耶巴德最后一次堕入情网。魏玛小朝廷的这位大臣一生中不断恋爱,又不断逃避。他有许多顾忌,要维护他的责任、地位、声望和心理平衡。但是,他内心深处非常羡慕拜伦的自由不羁的叛逆精神。这一回,他手中拿着拜伦的信,在拜伦形象的鼓舞下,决心向年仅十九岁的意中人求婚。

可是,颇具讽刺意味的是,那位使他鼓起勇气走向爱情的英国勋爵,此时尽管正当盛年,只有三十五岁,却已经厌倦了爱情,也厌倦了生命,决心走向死亡。不到一年,果然客死希腊。歌德是个老少年,而拜伦,如同他自己所说,是个年轻的老人。临终前,他告诉医生:"我对生活早就腻透了。你们挽救我的生命的努力是徒劳的。我来希腊,正是为了结束我所厌倦的生存。"

在拜伦的个性中,最触目惊心的特征便是这深入骨髓的厌倦病。

他又把这个特征投射到创作中,从哈洛尔德到唐璜,他的主人公无一例外都患有这种病。他的妻子,那位有严格的逻辑头脑、被他讥称为"平行四边形公主"的安娜贝拉,倒对他下过一句中肯的断语:"正是对单调生活的厌倦无聊,把这类心地最善良的人逼上了最危险的道路。"他自己也一再悲叹:"不论什么,只要能治好我这可恶的厌倦病就行!"为了逃避无聊,他把自己投入惊世骇俗的爱情、浪漫的旅行和狂热的写作之中。然而,这一切纵然使他登上了毁和誉的顶峰,仍不能治愈他的厌倦病。他给自己做总结:"我的一生多少是无聊的,我推测这是气质上的问题。"

气质上的问题——什么气质?怎么就无聊了?

无聊实在是一种太平常的情绪,世上大约没有谁不曾品尝过个中滋味。但是,无聊和无聊不同。有浅薄的无聊,也有深刻的无聊。前者犹如偶感风寒,停留在体表,很容易用随便哪种消遣将它驱除。后者却是一种浸透灵魂的毒汁,无药可治。拜伦患的就是这么一种致命的疾患。

叔本华说,生命是一团欲望,欲望不满足便痛苦,满足便无聊,人生就在痛苦和无聊之间摇摆。他把无聊看作欲望满足之后的一种无欲望状态,可说是只知其一不知其二。因为,即使酒足饭饱的无聊,也并非纯粹的满足状态,这时至少还有一种未满足的欲望,便是对于欲望的欲望。完全无欲望是一种恬静状态,无聊却包含着不安的成分。人之所以无聊不是因为无欲望,而是因为不能忍受这无欲望的状态,因而渴望有欲望。何况除了肉体欲望之外,人还有精神欲望,后者实质上是无限的。这种无限的精神欲望尤其体现在像拜伦这样极其敏感的天性身上,他们内心怀着对精神事物的永不满足的欲求,由于无限的欲望不可能通过有限的事物获得满足，结果必然对一切业已到手的东西很容易感到厌倦。对他们来说，因为欲望不能满足而导致的痛苦和因为对既有事物丧失欲望而导致的无聊不是先后交替，而是同时并存的。他们的无聊直接根源于不满足，本身就具有痛苦的性质。拜伦自己对此有清醒的认识，他在《恰尔德·哈洛尔德游记》中写道："有一种人的灵魂动荡而且燃着火焰，它不愿在自己狭隘的躯壳里居停，却总喜欢做非分的幻想和憧憬……这种心灵深处的热狂，正是他和他的同病者们不可救药的致命伤。"我相信这种形而上的激情乃是一切天才的特质，而由于这种激情永无满足的希望，深刻的无聊也就是一切天才不能逃脱的命运了。

表面看来，歌德的个性和拜伦截然相反。然而，只要读一读《浮士德》便可知道，他们之间的相同处要远比相异处更多也更本质。浮士德就是一个灵魂永远不知满足的典型。"他在景仰着上界的明星，又想穷极着下界的欢狂，无论是在人间或是天上，没一样可满足他的心肠。"歌德让他用与拜伦描述哈洛尔德极其相似的语言如此自白："我的心境总觉得有一种感情，一种烦闷，寻不出一个名字来把它命名。我便把我的心思向宇宙中驰骋，向一切的最高的辞藻追寻。我这深心中燃烧着的火焰，我便名之为无穷，为永恒。永恒，这难道是一种魔性的欺骗？"毫无疑问，在浮士德和哈洛尔德的灵魂中燃着的是同一种火焰，这同一种火焰逼迫他们去做相似的求索。

在"子夜"这一场，匮乏、罪过、患难都不能接近浮士德，唯独忧郁不召而来，挥之不去，致使浮士德双目失明。歌德的这个安排是意味深长的。忧郁是典型的拜伦式气质。歌德曾经表示："我们需要刺激，没有它就不能抵御忧郁。"但是，一切不知满足的灵魂终归都逃脱不了忧郁，歌德通过浮士德的结局终于也承认了这一点。

那么，什么是忧郁呢？难道忧郁不正是激情和厌倦所生的孩子吗？

在拜伦身上，激情和厌倦都是一目了然的。歌德不同，他总是用理性来调节激情，抑制厌倦。不过，在他不知疲倦的广泛卓绝的活动背后，他的厌倦仍有蛛丝马迹可寻。他在七十岁时的一封信中针对自己写道："一个人在青年时代就感到世界是荒谬的，那么他怎么能再忍受四十年呢？"据说全凭他有一种天赋，即愿望。可是，"愿望是个奇怪的东西，它每天在愚弄我们"。难怪在他最亲近的人心目中，他是个厌世者、怀疑主义者。其实，老年歌德由衷地同情拜伦，同样透露了这一层秘密。

然而，最有力的证据还是要到他的作品中去寻找。在我看来，浮士德和梅非斯特都是歌德灵魂的化身。如果说拜伦的主人公往往集激情和厌倦于一身，那么，歌德却把他灵魂中的这两个方面分割开来，让浮士德代表永不满足的激情，梅非斯特代表看破一切的厌倦。浮士德和少女跳舞，迷恋于少女的美，唱道："从前做过一个好梦儿，梦见一株苹果树，两颗优美的苹果耀枝头，诱我登上树梢去。"梅非斯特便和老妪跳舞，把这美的实质拆穿，唱道："从前做过一个怪梦儿！梦见一株分杈树，有个什么东西在杈中，虽臭也觉有滋味。"浮士德凝望海潮涨落，偶然注意到："波浪停止了，卷回海底，把骄傲地达到的目的抛弃，但时间一到，又重演同样的游戏。"对于这无意义的重复，浮士德感到苦闷，遂产生围海造田的念头，决心征服"奔放的元素的无目的的力"，梅非斯特却嘲笑说："这在我并不是什么新闻，千百年来我已经把它认清。"浮士德不倦地创造，在他徒劳地想把握这创造的成果的瞬间，终于倒下死去，此时响起合唱："已经过去了。"梅非斯特反驳道："为什么说过去？过去和全无是同义词！永恒的创造毫无意义！凡创造物都被驱入虚无里！已经过去了——这话是什么意思？那就等于说，从来不曾有过。"对于浮士德的每一个理想主义行为，梅非斯特都在一旁作出虚无主义的注解。从梅非斯特对浮士德的嘲讽中，我们难道听不出歌德的自嘲？

过去等于全无。生命一旦结束，就与从来不曾活过没有区别。浮士德式的灵魂之所以要不安地寻求，其隐秘的动机正是为了逃脱人生的这种虚无性质。"永恒之女性，引我们飞升。"那个引诱我们不知疲倦地追求的女性，名字就叫永恒。但是，歌德说得明白，这个女性可不是凡间女子，而是天上的圣母、女神。所以，我们一日不升天，她对于我们就始终是一个可望而不可即的幻影。

精神一面要逃避无常，企求永恒，另一面却又厌倦重复，渴慕新奇。在自然中，变是绝对的，不变是相对的。绝对的变注定了凡胎肉身的易朽。相对的不变造就了日常生活的单调。所以，无常和重复原是自然为人生立的法则。但精神不甘于循此法则，偏要求绝对的不变——永恒，偏难忍相对的不变——重复，在变与不变之间陷入了两难。

其实，自然中并无绝对的重复。正如潮汐是大海的节奏一样，生命也有其新陈代谢的节奏。当生命缺乏更高的目的时，我们便把节奏感受为重复。重复之荒谬就在于它是赤裸裸的无意义。重复像是永恒的一幅讽刺画，简直使人对永恒也丧失了兴趣。对于那些不安的灵魂来说，重复比无常更不堪忍受。精神原是为逃脱无常而不倦地追求永恒，到后来这不倦的追求本身成了最大需要，以致当追求倦怠之时，为了逃脱重复，它就宁愿扑向无常，毁灭自己。歌德在回忆录里谈到，有个英国人为了不再每天穿衣又脱衣而上吊了。拜伦指出有一些狂人，他们宁可战斗而死，也不愿"挨到平静的老年,无聊而凄凉地死去"。许多大作家之所以轻生,多半是因为发现自己的创造力衰退,不能忍受生命愈来愈成为一种无意义的重复。无聊是比悲观更致命的东西,透彻的悲观尚可走向宿命论的平静或达观的超脱,深刻的无聊却除了创造和死亡之外别无解救之道。所以,悲观哲学家叔本华得以安享天年,硬汉子海明威却向自己的脑袋扳动了他最喜欢的那支猎枪的扳机。

但是,我要说,一个人能够感受到深刻的无聊,毕竟是幸运的。这是一种伟大的不满足,它催促人从事不倦的创造。尽管创造也不能一劳永逸地解除深刻的无聊,但至少可以使人免于浅薄的无聊和浅薄的满足。真正的创造者是不会满足于自己既已创造的一切成品的。在我看来,一个人获得了举世称羡的成功,自己对这成功仍然不免发生怀疑和厌倦,这是天才的可靠标志。

1991年2月

从"多余的人"到"局外人"

自古以来，人一直在向世界发出呼唤，并且一直从世界得到回答。事实上，人是把自己的呼唤的回声听成了世界的回答。可是，直到一个多世纪前，人才对此如梦初醒。于是，一个新的历史时代拉开了帷幕。

一个能够回答人的呼唤的世界，实际上就是一个上帝。现在，世界沉默了，上帝死了。

当人的呼唤第一次得不到世界的回答，世界第一次对之报以毛骨悚然的沉默的时候，人发现自己遭到了遗弃。他像弃妇一样恸哭哀号，期望这号哭能打动世界冰冷的心。但是，覆水难收，世界如此绝情，只有凄厉的哭声送回弃妇自己耳中。

这时候走来一位哲学家，他劝告人类：命运不可违抗，呼唤纯属徒劳，人应当和世界一同沉默，和上帝一同死去。

另一位哲学家反驳道：在一个沉默的世界上无望地呼唤，在一片无神的荒原上孤独地跋涉，方显出人的伟大。

渴求意义的人突然面对无意义的世界，首先表现出这两种心态：颓废和悲壮。它们的哲学代言人就是叔本华和尼采。

还有第三种心态：厌倦。

如果说颓废是听天由命地接受无意义，悲壮是慷慨激昂地反抗无意义，那么，厌倦则是一种既不肯接受又不想反抗的心态。颓废者是奴隶，悲壮者是英雄，厌倦者是那种既不愿做奴隶又无心当英雄的人，那种骄傲得做不成奴隶又懒惰得当不了英雄的人。

厌倦是一种混沌的情绪，缺乏概念的明确性。所以，它没有自己的哲学代言人。它化身为文学形象登上19世纪舞台，这就是俄国作家笔下的一系列"多余的人"的形象。"多余的人"是拜伦的精神后裔，这位英国勋爵身上的一种气质通过他们变成了一个清楚的文学主题。

我把厌倦看作无聊的一种形态。这是一种包含激情的无聊。"多余的人"是一些对于意义非常在乎的人，但他们在这个世界上找不到他们所寻求的意义。当世人仍然满足于种种既有的生活价值时，他们却看透了这些价值的无价值。因此，他们郁郁寡欢，落落寡合，充满着失落感，仿佛不是他们否定了既有的意义，倒是他们自己遭到了既有意义的排斥。这个世界是为心满意足的人准备的，没有他们的位置。所以，他们觉得自己是"多余的人"。

从莱蒙托夫的《当代英雄》出版，第一个"多余的人"的形象毕巧林诞生之日起，恰好过了一个世纪，加缪的《局外人》问世。如果把默尔索对于世间万事的那种淡漠心态也看作一种无聊，那么，这已经是一种不含激情的无聊了。从"多余的人"到"局外人"，无聊的色调经历了由暖到冷的变化。

人一再发出呼唤，世界却固执地保持沉默。弃妇心头的哀痛渐渐冷却，不再发出呼唤。这个世界不仅仅是一个负心汉，因为负心犹未越出可理解的范围。这个世界根本就不可理解，它没有心，它是一堆石头。人终于发现自己面对的是一个荒谬的世界。

笼罩19世纪的气氛是悲剧性的，人们在为失落的意义受难。即使是叔本华式的悲观哲学家，对于意义也并非不在乎，所以才力劝人们灭绝生命的激情，摆脱意义的困惑。然而，悲观主义又何尝不是一种激情呢。到了20世纪，荒诞剧取代了悲剧。对于一个荒谬的世界，你有什么可动感情的？"局外人"不再是意义世界的逐儿，他自己置身于意义世界之外，彻底看破意义的无意义，冷眼旁观世界连同他自己在这个世界上的一切遭际。不能说"局外人"缺乏感情，毋宁说他已经出离感情范畴的评判了。

试以毕巧林和默尔索为例做一个比较。

爱情从来是最重要的生活价值之一。可以相当有把握地断定，厌倦爱情的人必定厌世。毕巧林确实厌倦了。他先是厌倦了交际场上那些贵妇人的爱情。"我熟悉这一切——而这便是使我感到枯燥乏味的原因。"后来他和一个土司的女儿相爱，但也只有几天新鲜。"这蛮女的无知和单纯，跟那贵妇人的妖媚一样使人厌倦。"他在爱情中寻求新奇，感到的却总是重复。他不可能不感到重复。厌食症患者吃什么都一个味。

然而，这个厌食症患者毕竟还有着精神的食欲，希望世上有某种食物能使他大开胃口。对于毕巧林来说，爱情是存在的，只是没有一种爱情能使他满足而已。默尔索却压根儿不承认有爱情这回事。他的情妇问他爱不爱她，他说这话毫无意义。毕巧林想做梦而做不成，默尔索根本不做梦。

毕巧林对于爱情还只是厌倦，对于结婚则简直是深恶痛绝了："不论我怎样热烈地爱一个女人，只要她使我感到我应当跟她结婚——再见吧，爱情！我的心就变成一块顽石，什么都不会再使它温暖。"这种鲜明态度极其清楚地表明，毕巧林还是在守卫着什么东西，他内心是有非常执着的追求的。他厌倦爱情，是因为爱情不能满足这种追求。他痛恨结婚，是因为结婚必然扼杀这种追求。他终究是意义世界中的人。

默尔索对结婚抱完全无所谓的态度。他没有什么要守卫的，也没有什么可失去的。他的情妇问他愿不愿结婚，他说怎么都行，如果她想，就可以结。情妇说结婚可是件大事，他斩钉截铁地回答："不。"由于他否认爱情的存在，他已经滤净了结婚这件事的意义内涵，剩下的只是一个可有可无的空洞形式。在他眼里，他结不结婚是一件和他自己无关的事情。他是他自己婚姻的"局外人"。

其实，何止婚姻，他的一切生活事件，包括他的生死存亡，都似乎和他无关。他甚至是他自己的死的"局外人"。他糊里糊涂地杀了一个人（因为太阳晒得他发昏！），为此被判死刑。在整个审判过程中，他觉得自己在看一场别人的官司，费了一番力气才明白他自己是这一片骚动的起因。检察官声色俱厉地控诉他，他感到厌烦，只有和全局无关的某些片言只语和若干手势还使他感到惊奇。律师辩护时，他注意倾听的是从街上传来的一个卖冰棍小贩的喇叭声。对于死刑判决，他的想法是："假如要死，怎么死，什么时候死，这都无关紧要。"他既不恋生，也不厌生，既不惧怕死，也不渴求死，对生死只是一个无动于衷。

毕巧林对于生死却是好恶分明的。不过，他不是贪生怕死，而是厌生慕死。他的朋友说："迟早我要在一个美好的早晨死去。"他补上一句："在一个极龌龊的夜晚我有过诞生的不幸。"他寻衅和人决斗，抱着这样的心情等死："我就像一个在跳舞会上打呵欠的人，他没有回家睡觉，只是因为他的马车还没有来接他罢了。"对死怀着一种渴望的激情，正是典型的浪漫情调。和默尔索相比，毕巧林简直是个乳臭未干的理想主义者。

毕巧林说:"一切在我都平淡无味。"他还讲究个味儿。他心中有个趣味标准,以之衡量一切。即使他厌倦了一切,至少对厌倦本身并不厌倦。莱蒙托夫承认,在他的时代,厌倦成了一种风尚,因而"大多数真正厌倦的人们却努力藏起这种不幸,就像藏起一种罪恶似的"。可见在"多余的人"心目中,真正的厌倦是很珍贵的,它是"当代英雄"的标志,他们借此而同芸芸众生区别开来了。这多少还有点儿在做戏。"局外人"则完全脱尽了戏剧味和英雄气。默尔索只是淡漠罢了,他对自己的淡漠也是淡漠的,从未感到自己有丝毫的与众不同。

"多余的人"厌倦平静和同一,渴求变化和差异。对于他们来说,变化和差异是存在的,他们只是苦于自己感觉不到。"局外人"却否认任何变化和差异,所以也谈不上去追求。默尔索说:"生活是无法改变的,什么样的生活都一样。"本来,意义才是使生活呈现变化和差异的东西。在一个荒谬的世界里,一切都没有意义,当然也就无所谓变化和差异了。他甚至设想,如果让他一辈子住在一棵枯树干里,除了抬头看流云之外无事可干,他也会习惯的。这棵枯树干不同于著名的第欧根尼的桶,它不是哲人自足的象征,而是人生无聊的缩影。在默尔索看来,住在枯树干里等白云飘来,或者住在家里等情人幽会,完全是一回事。

那么,"局外人"是否就全盘接受世界的无意义了呢?在他的淡漠背后,当真不复有一丝激情了吗?不,我不相信。也许,置身局外这个行为把无意义本身也宣判为无意义了,这便是一种反抗无意义的方式。也许,淡漠是一种寓反抗于顺从的激情。世上并无真正的"局外人",一切有生终归免不了有情。在一个荒谬的世界上,人仍然有可能成为英雄。我们果然听到加缪赞美起"荒谬的英雄"西西弗以及他的激情和苦难了。

1991年2月

回归简单的生活

除夕之夜,鞭炮声大作。我躲进了我的小屋。这是我最容易感到寂寞无聊的时候。不过,这种感觉没什么不好。

我的趣味一向是,寂寞比热闹好,无聊比忙碌好。寂寞是想近人而无人可近,无聊是想做事而无事可做。然而,离人远了,离神就近了。眼睛不盯着手头的事务,就可以观赏天地间的奥秘了。人生诚然难免寂寞无聊,但若真的免去了它们,永远热闹,永远忙碌,岂不更可怕?

现代人差不多是到了永远热闹忙碌的地步。奇怪的是,寂寞无聊好像不但没有免去,反而有增无减。整个现代生活就像是一场为逃避寂寞制造出来的热闹,为逃避无聊制造出来的忙碌。可是,愈怕鬼,鬼愈来,鬼就在自己心中。

看到书店出售教授交际术成功术之类的畅销书,我总感到滑稽。一个人对某个人有好感,和他或她交了朋友,或者对某件事感兴趣,想方设法把它做成功,这本来都是自然而然的。不熟记要点就交不了朋友,不乞灵秘诀就做不成事业,可见多么缺乏真情感真兴趣了。但是,没有真情感,怎么会有真朋友呢?没有真兴趣,怎么会有真事业呢?既然如此,又何必孜孜于交际和成功?这样做当然有明显的功利动机，但那还是比较表面的，更深的原因是精神上的空虚，于是急于找捷径躲到人群和事务中去。我不知道其效果如何，只知道如果这样的交际家走近我身旁，我一定会更感寂寞，如果这样的成功者站在我面前，我一定会更觉无聊的。

人活世上，有时难免要有求于人和违心做事。但是，我相信，一个人只要肯约束自己的贪欲，满足于过比较简单的生活，就可以把这些减少到最低限度。远离这些麻烦的交际和成功，实在算不得什么损失，反而受益无穷。我们因此获得了好心情和好光阴，可以把它们奉献给自己真正喜欢的人、真正感兴趣的事，而首先是奉献给自己。对于一个满足于过简单生活的人，生命的疆域是更加宽阔的。

曾经有一个时期，人类过着极其平静单调的生活。用现代人的眼光看，一定会认为那种生活难以忍受。可是，我们很少听说我们的祖先曾经抱怨寂寞，叹息无聊。要适应简单的生活，必须有一颗淳朴的心。我承认我也是一个现代人，已经没有那样淳朴的心，因而适应不了那样简单的生活了。不过，我想，我至少能做到，当我寂寞无聊的时候，尽量忍受，绝不逃避。我不到电视机前去呆坐，不到娱乐厅去玩电子游戏，不去酒吧陪时髦的先生或小姐喝高级饮料，宁肯陪我的无聊多坐一会儿。我要尽量平静地度过寂寞的时光，尽量从容地品尝无聊的滋味，也许这正是一个回归简单生活的机会。

照理说，生命如此短暂，想做的事根本做不完，应该没有工夫感到无聊。单说读书，读某一类书，围绕某一个专题读，就得搭进去一辈子的光阴。然而，我宁愿少读点书，多留点时间给无聊。一个人只要不讨厌自己，是不该怕无聊的。不读别的书，正好仔细读自己的灵魂这本书。我可不愿意到了垂暮之年，号称读书破万卷，学问甲天下，自己的灵魂这本书却未曾翻开过。如果那样，我会为自己白活一场而死不瞑目的。

新年伊始，我只有一个很简单的愿望。我希望在离城市很远的地方有一间自己的屋子，里面只摆几件必要的家具，绝对不安电话，除了少数很亲密又很知趣的朋友外，也不给人留地址，我要在那里重新学会过简单的生活。至于说像梭罗那样在风景优美的湖滨筑屋幽居，那可是我不敢抱的奢望。

1991 年 2 月

第八辑

存在之谜

自我二重奏

一、有与无

日子川流不息。我起床，写作，吃饭，散步，睡觉。在日常的起居中，我不怀疑有一个我存在着。这个我有名有姓，有过去的生活经历、现在的生活圈子。我忆起一些往事，知道那是我的往事。我怀着一些期待，相信那是我的期待。尽管我对我的出生毫无印象，对我的死亡无法预知，但我明白这个我在时间上有始有终，轮廓是清楚的。

然而，有时候，日常生活的外壳仿佛突然破裂了，熟悉的环境变得陌生，我的存在失去了参照系，恍兮惚兮，不知身在何处，我是谁，世上究竟有没有一个我。

庄周梦蝶，醒来自问："不知周之梦为胡蝶与，胡蝶之梦为周与？"这一问成为千古迷惑。问题在于，你如何知道你现在不是在做梦？你又如何知道你的一生不是一个漫长而短促的梦？也许，流逝着的世间万物，一切世代，一切个人，都只是造物主的梦中景象？

我的存在不是一个自明的事实，而是需要加以证明的，于是有笛卡尔的命题："我思故我在。"

但我听见佛教导说：诸法无我，一切众生都只是随缘而起的幻象。

正当我为我存在与否苦思的时候,电话铃响了,听筒里叫着我的名字,我不假思索地应道:

"是我。"

二、轻与重

我活在世上,爱着,感受着,思考着。我心中有一个世界,那里珍藏着许多往事,有欢乐的,也有悲伤的。它们虽已逝去,却将永远活在我心中,与我终身相伴。

一个声音对我说:在无限宇宙的永恒岁月中,你不过是一个顷刻便化为乌有的微粒,这个微粒的悲欢甚至连一丝微风、一缕轻烟都算不上,刹那间就会无影无踪。你如此珍惜的那个小小的心灵世界,究竟有何价值?

我用法国作家辛涅科尔的话回答:"是的,对于宇宙,我微不足道;可是,对于我自己,我就是一切。"

我何尝不知道,在宇宙的生成变化中,我只是一个极其偶然的存在,我存在与否完全无足轻重。面对无穷,我确实等于零。然而,我可以用同样的道理回敬这个傲慢的宇宙:倘若我不存在,你对我来说岂不也等于零?倘若没有人类及其众多自我的存在,宇宙的永恒存在究竟有何意义?而每一个自我一旦存在,便不能不从自身出发估量一切,正是这估量的总和使本无意义的宇宙获得了意义。

我何尝不知道,在人类的悲欢离合中,我的故事极其普通。然而,我不能不对自己的故事倾注更多的悲欢。对于我来说,我的爱情波折要比罗密欧更加惊心动魄,我的苦难要比俄狄浦斯更加催人泪下。原因很简单,因为我不是罗密欧,不是俄狄浦斯,而是我自己。事实上，如果人人看轻一己的悲欢，世上就不会有罗密欧和俄狄浦斯了。

我终归是我自己。当我自以为跳出了我自己时，仍然是这个我在跳。我无法不成为我的一切行为的主体，我对世界的一切关系的中心。当然，同时我也知道每个人都有他的自我，我不会狂妄到要充当世界和他人的中心。

三、灵与肉

我站在镜子前，盯视着我的面孔和身体，不禁惶惑起来。我不知道究竟盯视者是我，还是被盯视者是我。灵魂和肉体如此不同，一旦相遇，彼此都觉陌生。我的耳边响起帕斯卡尔的话语：肉体不可思议，灵魂更不可思议，最不可思议的是肉体居然能和灵魂结合在一起。

人有一个肉体似乎是一件尴尬事。那个丧子的母亲终于停止哭泣，端起饭碗，因为她饿了。那个含情脉脉的姑娘不得不离开情人一小会儿，她需要上厕所。那个哲学家刚才还在谈论面对苦难的神明般的宁静，现在却因为牙痛而呻吟不止。当我们的灵魂在天堂享受幸福或在地狱体味悲剧时，肉体往往不合时宜地把它拉回到尘世。

马雅可夫斯基在列车里构思一首长诗，眼睛心不在焉地盯着对面的姑娘。那姑娘惊慌了。马雅可夫斯基赶紧声明："我不是男人，我是穿裤子的云。"为了避嫌，他必须否认肉体的存在。

我们一生中不得不花费许多精力来伺候肉体：喂它，洗它，替它穿衣，给它铺床。博尔赫斯屈辱地写道："我是他的老护士，他逼我为他洗脚。"还有更屈辱的事：肉体会背叛灵魂。一个心灵美好的女人可能其貌不扬，一个灵魂高贵的男人可能终身残疾。荷马是瞎子，贝多芬是聋子，拜伦是跛子。而对一切人相同的是，不管我们如何精心调理，肉体仍不可避免地要走向衰老和死亡，拖着不屈的灵魂同归于尽。

那么，不要肉体如何呢？不，那更可怕，我们将不再能看风景，听音乐，呼吸新鲜空气，读书，散步，运动，宴饮，尤其是——世上不再有男人和女人，不再有爱情这件无比美妙的事儿。原来，灵魂的种种愉悦根本就离不开肉体，没有肉体的灵魂不过是幽灵，不复有任何生命的激情和欢乐，比死好不了多少。

所以，我要修改帕斯卡尔的话：肉体是奇妙的，灵魂更奇妙，最奇妙的是肉体居然能和灵魂结合在一起。

四、动与静

喧哗的白昼过去了，世界重归于宁静。我坐在灯下，感到一种独处的满足。

我承认，我需要到世界上去活动，我喜欢旅行、冒险、恋爱、奋斗、成功、失败。日子过得平平淡淡，我会无聊；过得冷冷清清，我会寂寞。但是，我更需要宁静的独处，更喜欢过一种沉思的生活。总是活得轰轰烈烈热热闹闹，没有时间和自己待一会儿，我就会非常不安，好像丢了魂一样。

我身上必定有两个自我。一个好动，什么都要尝试，什么都想经历。另一个喜静，对一切加以审视和消化。这另一个自我，如同罗曼·罗兰所说，是"一颗清明宁静而非常关切的灵魂"。仿佛是它把我派遣到人世间活动，鼓励我拼命感受生命的一切欢乐和苦难，同时又始终关切地把我置于它的视野之内,随时准备把我召回它的身边。即使我在世上遭受最悲惨的灾难和失败,只要我识得返回它的途径,我就不会全军覆没。它是我的守护神,为我守护着一个任何风雨都侵袭不到也损坏不了的家园,使我在最风雨飘摇的日子里也不致无家可归。

耶稣说:"一个人赚得了整个世界,却丧失了自我,又有何益?"他在向其门徒透露自己的基督身份后说这话,可谓意味深长。真正的救世主就在我们每个人身上,便是那个清明宁静的自我。这个自我即是我们身上的神性,只要我们能守住它,就差不多可以说上帝和我们同在了。守不住它,一味沉沦于世界,我们便会浑浑噩噩,随波漂荡,世界也将沸沸扬扬,永无得救的希望。

五、真与伪

我走在街上,一路朝熟人点头微笑;我举起酒杯,听着应酬话,用笑容答谢;我坐在一群妙语连珠的朋友中,自己也说着俏皮话,赞赏或得意地大笑……

在所有这些时候,我心中会突然响起一个声音:"这不是我!"于是,笑容冻结了。莫非笑是社会性的,真实的我永远悲苦,从来不笑?

多数时候,我是独处的,我曾庆幸自己借此避免了许多虚伪。可是,当我关起门来写作时,我怎能担保已经把公众的趣味和我的虚荣心也关在了门外,因而这个正在写作的人必定是真实的我呢?

"成为你自己!"——这句话如同一切道德格言一样知易行难。我甚至无法判断,我究竟是否已经成为我自己。角色在何处结束,真实的我在何处开始,这界限是模糊的。有些角色仅是服饰,有些角色却已经和我们的躯体生长在一起，如果把它们一层层剥去，其结果比剥葱头好不了多少。

演员尚有卸妆的时候，我们却生生死死都离不开社会的舞台。在他人目光的注视下，甚至隐居和自杀都可以是在扮演一种角色。也许，只有当我们扮演某个角色露出破绽时，我们才得以一窥自己的真实面目。

卢梭说："大自然塑造了我，然后把模子打碎了。"这话听起来自负，其实适用于每一个人。可惜的是，多数人忍受不了这个失去了模子的自己，于是又用公共的模子把自己重新塑造一遍，结果彼此变得如此相似。

我知道，一个人不可能也不应该脱离社会而生活。然而，有必要节省社会的交往。我不妨和他人交谈，但要更多地直接向上帝和自己说话。我无法一劳永逸地成为真实的自己，但是，倘若我的生活中充满着仅仅属于我的不可言说的特殊事物，我也就在过一种非常真实的生活了。

六、逃避与寻找

我是喜欢独处的，不觉得寂寞。我有许多事可做：读书、写作、回忆、遐想、沉思，等等。做着这些事的时候，我相当投入，乐在其中，内心很充实。

但是，独处并不意味着和自己在一起。在我潜心读书或写作时，我很可能是和想象中的作者或读者在一起。

直接面对自己似乎是一件令人难以忍受的事，所以人们往往要设法逃避。逃避自我有二法，一是事务，二是消遣。我们忙于职业上和生活上的种种事务,一旦闲下来,又用聊天、娱乐和其他种种消遣打发时光。对于文人来说,读书和写作也不外是一种事务或一种消遣,比起斗鸡走狗之辈,诚然有雅俗之别,但逃避自我的实质则为一。

然而,有这样一种时候,我翻开书,又合上,拿起笔,又放下,不知道自己究竟要什么,找不到一件自己真正想做的事,只觉得心中弥漫着一种空虚怅惘之感。这是无聊袭来的时候。

当一个人无所事事而直接面对自己时,便会感到无聊。在通常情况下,我们仍会找些事做,尽快逃脱这种境遇。但是,也有无可逃脱的时候,我就是百事无心,不想见任何人,不想做任何事。

自我似乎喜欢捉迷藏,如同蒙田所说:"我找我的时候找不着;我找着我由于偶然的邂逅比由于有意的搜寻多。"无聊正是与自我邂逅的一个契机。这个自我,摆脱了一切社会的身份和关系,来自虚无,归于虚无。难怪我们和它相遇时,不能直面相视太久,便要匆匆逃离。可是,让我多坚持一会儿吧,我相信这个可怕的自我一定会教给我许多人生的真理。

自古以来,哲人们一直叮咛我们:"认识你自己!"卡莱尔却主张代之以一个"最新的教义":"认识你要做和能做的工作!"因为一个人永远不可能认识自己,而通过工作则可以使自己成为完人。我承认认识自己也许是徒劳之举,但同时我也相信,一个人倘若从来不想认识自己,从来不肯从事一切无望的精神追求,那么,工作绝不会使他成为完人,而只会使他成为庸人。

七、爱与孤独

凡人群聚集之处,必有孤独。我怀着我的孤独,离开人群,来到郊外。我的孤独带着如此浓烈的爱意,爱着田野里的花朵、小草、树木和河流。

原来,孤独也是一种爱。

爱和孤独是人生最美丽的两支曲子,两者缺一不可。无爱的心灵不会孤独,未曾体味过孤独的人也不可能懂得爱。

由于怀着爱的希望,孤独才是可以忍受的,甚至是甜蜜的。当我独自在田野里徘徊时,那些花朵、小草、树木、河流之所以能给我以慰藉,正是因为我隐约预感到,我可能会和另一个同样爱它们的灵魂相遇。

不止一位先贤指出,一个人无论看到怎样的美景奇观,如果他没有机会向人讲述,他就绝不会感到快乐。人终究是离不开同类的。一个无人分享的快乐绝非真正的快乐,而一个无人分担的痛苦则是最可怕的痛苦。所谓分享和分担,未必要有人在场。但至少要有人知道。永远没有人知道,绝对的孤独,痛苦便会成为绝望,而快乐——同样也会变成绝望!

交往为人性所必需,它的分寸却不好掌握。帕斯卡尔说:"我们由于交往而形成了精神和感情,但我们也由于交往而败坏着精神和感情。"我相信,前一种交往是两个人之间的心灵沟通,它是马丁·布伯所说的那种"我与你"的相遇,既充满爱,又尊重孤独;相反,后一种交往则是熙熙攘攘的利害交易,它如同尼采所形容的"市场",既亵渎了爱,又羞辱了孤独。相遇是人生莫大的幸运,在此时刻。两个灵魂仿佛同时认出了对方,惊喜地喊出:"是你!"人一生中只要有过这个时刻,爱和孤独便都有了着落。

1992 年 6 月

失去的岁月

一

上大学时,常常当我在灯下聚精会神读书时,灯突然灭了。这是全宿舍同学针对我一致做出的决议:遵守校规,按时熄灯。我多么恨那只拉开关的手,咔嚓一声,又从我的生命线上割走了一天。怔怔地坐在黑暗里,凝望着月色朦胧的窗外,我委屈得泪眼汪汪。

年龄愈大,光阴流逝愈快,但我好像愈麻木了。一天又一天,日子无声无息地消失,就像水滴消失于大海。蓦然回首,我在世上活了一万多个昼夜,它们都已经不知去向。

"子在川上曰:逝者如斯夫,不舍昼夜。"其实,光阴何尝是这样一条河,可以让我们伫立其上,河水从身边流过,而我却依然故我?时间不是某种从我身边流过的东西,而就是我的生命。弃我而去的不是日历上的一个个日子,而是我生命中的岁月;甚至也不仅仅是我的岁月,而就是我自己。我不但找不回逝去的年华,而且也找不回从前的我了。

当我回想很久以前的我,譬如说,回想大学宿舍里那个泪眼汪汪的我的时候,在我眼前出现的总是一个孤儿的影子,他被无情地遗弃在过去的岁月里了。他孑然一身，举目无亲，徒劳地盼望回到活人的世界上来，而事实上却不可阻挡地被过去的岁月带往更远的远方。我伸出手去，但是我无法触及他并把他领回。我大声呼唤，但是我的声音到达不了他的耳中。我不得不承认这是一种死亡，从前的我已经成为一个死者，我对他的怀念与对一个死者的怀念有着相同的性质。

二

自古以来，不知多少人问过：时间是什么？它在哪里？人们在时间中追问和苦思，得不到回答，又被时间永远地带走了。

时间在哪里？被时间带走的人在哪里？

为了度量时间，我们的祖先发明了日历，于是人类有历史，个人有年龄。年龄代表一个人从出生到现在所拥有的时间。真的拥有吗？它们在哪里？

总是这样：因为失去童年，我们才知道自己长大；因为失去岁月，我们才知道自己活着；因为失去，我们才知道时间。

我们把已经失去的称作过去，尚未得到的称作未来，停留在手上的称作现在。但时间何尝停留，现在转瞬成为过去，我们究竟有什么？

多少个深夜，我守在灯下，不甘心一天就此结束。然而，即使我通宵不眠，一天还是结束了。我们没有任何办法能留住时间。

我们永远不能占有时间，时间却掌握着我们的命运。在它宽大无边的手掌里，我们短暂的一生同时呈现，无所谓过去、现在、未来，我们的生和死、幸福和灾祸早已记录在案。

可是，既然过去不复存在，现在稍纵即逝，未来尚不存在，世上真有时间吗？这个掌握世间一切生灵生杀之权的隐身者究竟是谁？

我想象自己是草地上的一座雕像，目睹一代又一代孩子嬉闹着从远处走来，渐渐长大，在我身旁谈情说爱，寻欢作乐，又慢慢衰老，蹒跚着向远处走去。我在他们中间认出了我自己的身影，他走着和大家一样的路程。我焦急地朝他瞪眼，示意他停下来，但他毫不理会。现在他已经越过我，继续向前走去了。我悲哀地看着他无可挽救地走向衰老和死亡。

三

许多年以后，我回到我出生的那个城市，一位小学时的老同学陪伴我穿越面貌依旧的老街。他突然指着坐在街沿屋门口的一个丑女人悄悄告诉我，她就是我们的同班同学某某。我赶紧转过脸去，不敢相信我昔日心目中的偶像竟是这般模样。我的心中保存着许多美丽的面影，然而一旦邂逅重逢，没有不立即破灭的。

我们总是觉得儿时尝过的某样点心最香甜，儿时听过的某支曲子最美妙，儿时见过的某片风景最秀丽。"幸福的岁月是那失去的岁月。"你可以找回那点心、曲子、风景，可是找不回岁月。所以，同样的点心不再那么香甜，同一支曲子不再那么美妙，同一片风景不再那么秀丽。

当我坐在电影院里看电影时，我明明知道，人类的彩色摄影技术已经有了非凡的长进，但我还是找不回像幼时看的幻灯片那么鲜亮的色彩了。失去的岁月便如同那些幻灯片一样，在记忆中闪烁着永远不可企及的幸福的光华。

每次回母校，我都要久久徘徊在我过去住的那间宿舍的窗外。窗前仍是那株木槿，隔了这么些年居然既没有死去，也没有长大。我很想进屋去，看看从前那个我是否还在那里。从那时到现在，我到过许多地方，有过许多遭遇，可是这一切会不会是幻觉呢？也许，我仍然是那个我，只不过走了一会儿神？也许，根本没有时间，只有许多个我同时存在，说不定会在哪里突然相遇？但我终于没有进屋，因为我知道我的宿舍已被陌生人占据，他们会把我看作入侵者，尽管在我眼中，他们才是我的神圣的青春岁月的入侵者。

在回忆的引导下，我们寻访旧友，重游故地，企图找回当年的感觉，然而徒劳。我们终于怅然发现，与时光一起消逝的不仅是我们的童年和青春，而且是由当年的人、树木、房屋、街道、天空组成的一个完整的世界，其中也包括我们当年的爱和忧愁，感觉和心情，我们当年的整个心灵世界。

四

可是，我仍然不相信时间带走了一切。逝去的年华，我们最珍贵的童年和青春岁月，我们必定以某种方式把它们保存在一个安全的地方了。我们遗忘了藏宝的地点，但必定有这么一个地方，否则我们不会这样苦苦地追寻。或者说，有一间心灵的密室，其中藏着我们过去的全部珍宝，只是我们竭尽全力也回想不起开锁的密码了。然而，可能会有一次纯属偶然，我们漫不经心地碰对了这密码，于是密室开启，我们重新置身于从前的岁月。

当普鲁斯特的主人公口含一块泡过茶水的玛德莱娜小点心，突然感觉到一种奇特的快感和震颤的时候，便是碰对了密码。一种当下的感觉，也许是一种滋味、一阵气息、一个旋律、石板上的一片阳光，与早已遗忘的那个感觉巧合，因而混合进了和这感觉联结在一起的昔日的心境，于是昔日的生活情景便从这心境中涌现出来。

其实，每个人的生活中都不乏这种普鲁斯特式幸福的机缘，在此机缘触发下，我们会产生一种对某样东西似曾相识又若有所失的感觉。但是，很少有人像普鲁斯特那样抓住这种机缘，促使韶光重现。我们总是生活在眼前，忙碌着外在的事务。我们的日子是断裂的，缺乏内在的连续性。逝去的岁月如同一张张未经显影的底片，杂乱堆积在暗室里。它们仍在那里，但和我们永远失去了它们又有什么区别？

五

诗人之为诗人，就在于他对时光的流逝比一般人更加敏感，诗便是他为逃脱这流逝自筑的避难所。摆脱时间有三种方式：活在回忆中，把过去永恒化；活在当下的激情中，把现在永恒化；活在期待中，把未来永恒化。然而，想象中的永恒并不能阻止事实上的时光流逝。所以，回忆是忧伤的，期待是迷惘的，当下的激情混合着狂喜和绝望。难怪一个最乐观的诗人也如此喊道：

"时针指示着瞬息，但什么能指示永恒呢？"

诗人承担着悲壮的使命：把瞬间变成永恒，在时间之中摆脱时间。

谁能生活在时间之外，真正拥有永恒呢？

孩子和上帝。

孩子不在乎时光流逝。在孩子眼里，岁月是无穷无尽的。童年之所以令人怀念，是因为我们在童年曾经一度拥有永恒。可是，孩子会长大，我们终将失去童年。我们的童年是在我们明白自己必将死去的那一天结束的。自从失去了童年，我们也就失去了永恒。

从那以后，我所知道的唯一的永恒便是我死后时间的无限绵延，我的永恒的不存在。

还有上帝呢？我多么愿意和圣奥古斯丁一起歌颂上帝："你的岁月无往无来，永是现在，我们的昨天和明天都在你的今天之中过去和到来。"我多么希望世上真有一面永恒的镜子，其中映照着被时间劫走的我的一切珍宝，包括我的生命。可是，我知道，上帝也只是诗人的一个避难所！

在很小的时候，我就自己偷偷写起了日记。一开始的日记极幼稚，只是写些今天吃了什么好东西之类。我仿佛本能地意识到那好滋味容易消逝，于是想用文字把它留住。年岁渐大，我用文字留住了许多好滋味：爱、友谊、孤独、欢乐、痛苦……在青年时代的一次劫难中，我烧掉了全部日记。后来我才知道此举的严重性，为我的过去岁月的真正死亡痛哭不止。但是，写作的习惯延续下来了。我不断把自己最好的部分转移到我的文字中去，到最后，罗马不在罗马了，我借此逃脱了时光的流逝。

仍是想象中的？可是，在一个已经失去童年而又不相信上帝的人，此外还能怎样呢？

1992 年 5 月

探究存在之谜

一

如同一切"文化热"一样,所谓"昆德拉热"也是以误解为前提的。人们把道具看成了主角,误以为眼前正在上演的是一出政治剧,于是这位移居巴黎的捷克作家便被当作一个持不同政见的文学英雄受到了欢迎或者警惕。

现在,随着昆德拉的文论集《小说的艺术》中译本的出版,我祝愿他能重获一位智者应得的宁静。

昆德拉最欣赏的现代作家是卡夫卡。当评论家们纷纷把卡夫卡的小说解释为一种批评资本主义异化的政治寓言的时候,昆德拉却赞扬它们是"小说的彻底自主性的出色样板",指出其意义恰恰在于它们的"不介入",即在所有政治纲领和意识形态面前保持完全的自主。

"不介入"并非袖手旁观,"自主"并非中立。卡夫卡也好,昆德拉也好,他们的作品即使在政治的层面上也是富于批判意义的。但是,他们始终站得比政治更高,能够超越政治的层面而达于哲学的层面。如同昆德拉自己所说,在他的小说中,历史本身是被当作存在境况而给予理解和分析的。正因为如此，他们的政治批判也就具有了超出政治的人生思考的意义。

高度政治化的环境对于人的思考力具有一种威慑作用，一个人哪怕他是笛卡尔，在身临其境时恐怕也难以怡然从事"形而上学的沉思"。面对血与火的事实，那种对于宇宙和生命意义的"终极关切"未免显得奢侈。然而，我相信，一个人如果真是一位现代的笛卡尔，那么，无论他写小说还是研究哲学，他都终能摆脱政治的威慑作用，使得异乎寻常的政治阅历不是阻断而是深化他的人生思考。

鲁迅曾经谈到一种情况：呼唤革命的作家在革命到来时反而沉寂了。我们可以补充一种类似的情况：呼唤自由的作家在自由到来时也可能会沉寂。仅仅在政治层面上思考和写作的作家，其作品的动机和效果均系于那个高度政治化的环境，一旦政治淡化（自由正意味着政治淡化），他们的写作生命就结束了。他们的优势在于敢写不允许写的东西，既然什么都允许写，他们还有什么可写的呢？

比较起来，立足于人生层面的作家有更耐久的写作生命，因为政治淡化原本就是他们的一个心灵事实。他们的使命不是捍卫或推翻某种教义，而是探究存在之谜。教义会过时，而存在之谜的谜底是不可能有朝一日被穷尽的。

所以，在移居巴黎之后，昆德拉的作品仍然源源不断地问世，我对此丝毫不感到奇怪。

二

在《小说的艺术》中，昆德拉称小说家为"存在的勘探者"，而把小说的使命确定为"通过想象出的人物对存在进行深思""揭示存在的不为人知的方面"。

昆德拉所说的"存在"，直接引自海德格尔的《存在与时间》。尽管这部巨著整个儿是在谈论"存在"，却始终不曾给"存在"下过一个定义。海德格尔承认："'存在'这个概念是不可定义的。"我们只能约略推断，它是一个关涉人和世界的本质的范畴。正因为如此，存在是一个永恒的谜。

按照尼采的说法，哲学家和诗人都是"猜谜者"，致力于探究存在之谜。那么，小说的特点何在？在昆德拉看来，小说的使命与哲学、诗并无二致，只是小说拥有更丰富的手段，它具有"非凡的合并能力"，能把哲学和诗包容在自身中，而哲学和诗却无能包容小说。

在勘探存在方面，哲学和诗的确各有自己的尴尬。哲学的手段是概念和逻辑，但逻辑的绳索不能套住活的存在。诗的手段是感觉和意象，但意象的碎片难以映显完整的存在。很久以来，哲学和诗试图通过联姻走出困境，结果好像并不理想，我们读到了许多美文和玄诗，也就是说，许多化装为哲学的诗和化装为诗的哲学。我不认为小说是唯一的乃至最后的出路，然而，设计出一些基本情境或情境之组合，用它们来包容、联结、贯通哲学的体悟和诗的感觉，也许是值得一试的途径。

昆德拉把他小说里的人物称作"实验性的自我"，其实质是对存在的某个方面的疑问。例如，在《不能承受的生命之轻》中，托马斯大夫是对存在之轻的疑问，特蕾莎是对灵与肉的疑问。事实上，它们都是作者自己的疑问，推而广之，也是每一个自我对于存在所可能具有的一些根本性困惑，昆德拉为之设计了相应的人物和情境，而小说的展开便是对这些疑问的深入追究。

关于"存在之轻"的译法和含义，批评界至今众说纷纭。其实，只要考虑到昆德拉使用的"存在"一词的海德格尔来源，许多无谓的争论即可避免。"存在之轻"就是人生缺乏实质，人生的实质太轻飘，所以使人不能承受。在《小说的艺术》中，昆德拉自己有一个说明："如果上帝已经走了，人不再是主人，谁是主人呢？地球没有任何主人，在空无中前进。这就是存在的不可承受之轻。"可见其涵义与"上帝死了"命题一脉相承，即指人生根本价值的失落。对于托马斯来说，人生实质的空无尤其表现在人生受偶然性支配，使得一切真正的选择成为不可能，而他所爱上的特蕾莎便是绝对偶然性的化身。另一方面，特蕾莎之受灵与肉问题的困扰，又是和托马斯既爱她又同众多女人发生性关系这一情形分不开的。两个主人公各自代表对存在的一个基本困惑，同时又构成诱发对方困惑的一个基本情境。在这样一种颇为巧妙的结构中，昆德拉把人物的性格和存在的思考同步推向了深入。

我终归相信，探究存在之谜还是可以用多种方式的，不必是小说；用小说探究存在之谜还是可以有多种写法的，不必如昆德拉。但是，我同时也相信昆德拉的话："没有发现过去始终未知的一部分存在的小说是不道德的。"不但小说，而且一切精神创作，唯有对人生基本境况作出了新的揭示，才称得上伟大。

三

昆德拉之所以要重提小说的使命问题,是因为他看到了现代人深刻的精神危机,这个危机可以用海德格尔的一句名言来概括,就是"存在的被遗忘"。

存在是如何被遗忘的?昆德拉说:"人处在一个真正的缩减的旋涡中,胡塞尔所讲的'生活世界'在旋涡中宿命般地黯淡,存在坠入遗忘。"

缩减仿佛是一种宿命。我们刚刚告别生活的一切领域缩减为政治的时代,一个新的缩减旋涡又更加有力地罩住了我们。在这个旋涡中,爱情缩减为性,友谊缩减为交际和公共关系,读书和思考缩减为看电视,大自然缩减为豪华宾馆里的室内风景,对土地的依恋缩减为旅游业,真正的精神冒险缩减为假冒险的游乐设施。要之,一切精神价值都缩减成了实用价值,永恒的怀念和追求缩减成了当下的官能享受。当我看到孩子们不再玩沙和泥土,而是玩电子游戏机,不再知道白雪公主,而是津津乐道卡通片里的机器人的时候,我心中明白了一个真正可怕的过程正在地球上悄悄进行。我也懂得了昆德拉说这话的沉痛:"明天当自然从地球上消失的时候,谁会发现呢?……末日并不是世界末日的爆炸,也许没有什么比末日更为平静的了。"我知道他绝非危言耸听,因为和自然一起消失的还有我们的灵魂,我们的整个心灵生活。上帝之死不足以造成末日,真正的世界末日是在人不图自救、不复寻求生命意义的那一天到来的。

可悲的是,包括小说在内的现代文化也卷入了这个缩减的旋涡,甚至为之推波助澜。文化缩减成了大众传播媒介,人们不复孕育和创造，只求在公众面前频繁亮相。小说家不甘心于默默无闻地在存在的某个未知领域里勘探，而是把眼睛盯着市场，揣摩和迎合大众心理，用广告手段提高知名度，热衷于挤进影星、歌星、体育明星的行列，和他们一起成为电视和小报上的新闻人物。如同昆德拉所说，小说不再是作品，而成了一种动作，一个没有未来的当下事件。他建议比自己的作品聪明的小说家改行，事实上他们已经改行了——他们如今是电视制片人、文化经纪人、大腕、款爷。

正是面对他称之为"媚俗"的时代精神，昆德拉举起了他的堂·吉诃德之剑，要用小说来对抗世界性的平庸化潮流，唤回对被遗忘的存在的记忆。

四

然而，当昆德拉谴责媚俗时，他主要还不是指那种制造大众文化消费品的通俗畅销作家，而是指诸如阿波利奈尔、兰波、马雅可夫斯基、未来派、前卫派这样的响当当的现代派。这里我不想去探讨他对某个具体作家或流派的评价是否公正，只想对他抨击"那些形式上追求现代主义的作品的媚俗精神"表示一种快意的共鸣。当然，艺术形式上的严肃的试验是永远值得赞赏的，但是，看到一些艺术家怀着唯恐自己不现代的焦虑和力争最现代超现代的激情，不断好新骛奇，渴望制造轰动效应，我不由得断定，支配着他们的仍是大众传播媒介的那种哗众取宠精神。

现代主义原是作为对现代文明的反叛崛起的，它的生命在于真诚，即对虚妄信仰的厌恶和对信仰失落的悲痛。曾几何时，现代主义也成了一种时髦，做现代派不再意味着超越于时代之上，而是意味着站在时代前列，领受的不是冷落，而是喝彩。于是，现代世界的无信仰状态不再使人感到悲凉，反倒被标榜为一种新的价值大放光芒，而现代主义也就蜕变成了掩盖现代文明之空虚的花哨饰物，所以，有必要区分两种现代主义。一种是向现代世界认同的时髦的现代主义，另一种是批判现代世界的"反现代的现代主义"。昆德拉强调后一种现代主义的反激情性质，指出现代最伟大的小说家都是反激情的，并且提出一个公式："小说＝反激情的诗。"一般而言，艺术作品中激情外露终归是不成熟的表现，无论在艺术史上还是对于艺术家个人，浪漫主义均属于一个较为幼稚的阶段。尤其在现代，面对无信仰，一个人如何能怀有以信仰为前提的激情？其中包含着的矫情和媚俗是不言而喻的了。一个严肃的现代作家则敢于正视上帝死后重新勘探存在的艰难使命，他是现代主义的，因为他怀着价值失落的根本性困惑；他又是反现代的，因为他不肯在根本价值问题上随波逐流。那么，由于在价值问题上的认真态度，毋宁说"反现代的现代主义"蕴含着一种受挫的激情。这种激情不外露，默默推动着作家在一个没有上帝的世界上继续探索存在的真理。

倘若一个作家清醒地知道世上并无绝对真理，同时他又不能抵御内心那种形而上的关切，他该如何向本不存在的绝对真理挺进呢？昆德拉用他的作品和文论告诉我们，小说的智慧是非独断的智慧，小说对存在的思考是疑问式的、假说式的。我们确实看到，昆德拉在他的小说中是一位调侃能手，他调侃一切神圣和非神圣的事物，调侃历史、政治、理想、爱情、性、不朽，借此把一切价值置于问题的领域。然而，在这种貌似玩世不恭下面，却蕴藏着一种根本性的严肃，便是对于人类存在境况的始终一贯的关注。他自己不无理由地把这种写作风格称作"轻浮的形式与严肃的内容的结合"。

说到底，昆德拉是严肃的，一切伟大的现代作家是严肃的。倘无这种内在的严肃，轻浮也可流为媚俗。在当今文坛上，那种借调侃一切来取悦公众的表演不是正在走红吗？

1992 年 11 月

自我之谜

1

自我与世界的关系是一个最重要的哲学问题。一切哲学的努力，都是在寻求自我与世界的某种统一。这种努力大致朝着两个方向。其一是追问认识的根据，目的是要在作为主体的自我与作为客体的世界之间寻找一条合法的通道。其二是追问人生的根据，目的是要在作为短暂生命体的自我与作为永恒存在的世界之间寻找一种内在的联系。

2

我不知道，我的本质究竟是那独一无二的"自我"，还是那无所不包的"大全"。我只知道，对于我来说，无论是用"大全"否定"自我"，还是用"自我"否定"大全"，结局都是虚无。

3

哲学所提出的任务都是不可能完成的，包括这一个任务："认识你自己！"

无人能知道他的真正的"自我"究竟是什么。关于我的"自我",我唯一确凿知道的它的独特之处仅是,如果我死了,无论世上还有什么人活着,它都将不复存在。

4

关于"自我",我们可以听到非常不同的谈论。一些人说,"自我"是每个人身上最真实的东西,另一些人说,"自我"只是一种幻觉,还有一些人说,"自我"是一种有待于塑造的东西。按照"成为自我""实现自我"的说法,"自我"好像是极有价值的东西。按照"克服自我""超越自我"的说法,"自我"又好像很没有价值。这些相左的谈论往往还会出自同一个哲学家之口。原因可能有二:"自我"本身的确包含着悖论;用"自我"这个词谈论着不同的东西。

5

活在世上,这似乎是一件最平常的事,凡活着的人都对它习以为常了。可是,它其实不是一件最可惊的事吗?为什么世界上有一个我,而不是没有我?每当这个问题在我心中浮现的时候,我就好像要从世界之梦中醒来一样。不过,我从来没有真正醒来。也许,梦醒之日,我才能知道答案,但同时也就没有我了。

6

一位朋友说:"我觉得我总是处在两面镜子之间,那是我的两个自我。它们互相对映,无论朝哪一面看,镜像都是无限的,使我非常累。我常常问我的另一个自我:你究竟要我干什么?"

只有一面镜子的人是安宁的。两面镜子互不相干的人也是安宁的。而他,他自己便是自己的迷宫。

第九辑 迷者的悟

迷者的悟

我的专业是哲学，写散文似乎只能算业余爱好。不过，据我所知，无论东方西方，古代许多哲学作品同时也是散文佳作，哲学与散文之间的亲缘关系源远流长。但我无意为哲学家写散文正名，我写作只是顺应我的性情，本来就喜欢思考一些人生的大问题，凡有感受和体悟，又喜欢用尽可能贴切的语言记录下来，至于记下的东西究竟算哲学还是文学，抑或都不算，我全不放在心上。有人说我脚踩哲学和文学两条船，但在我的心目中它们实在就是同一条船，所以划起来并不感到左右为难罢了。

我的散文作品的主题大抵是人生问题，而我之所以如此喜欢思考和讨论人生问题，并非因为我明白，相反是因为我执迷，由执迷而生出许多迷惑，实在是欲罢不能。所以，如果说我对人生有所悟，也只是一个迷者的悟。我大约永远只能是这样一个迷者了，但我也将永远这样地在迷中求悟。迷者的悟当然不会是大彻大悟，可是我想，一个人彻悟到绝不执迷、毫无迷惑的程度，活着也就没有意思了。人活得太糊涂是可怜的，活得太清醒又是可怕的，好在世上多数人都是处在这两端之间。我自知执迷太深，唯有努力用哲学的智慧疏导生命的激情，以慧心训化痴心，才能达到这个别人不求而自得的境界，获得一颗平常心。这大约是贯穿我的多数作品的真正动机吧。所以，我的许多说理其实是在开导我自己，也许正因为此，才在与我气质相近的读者中引起了共鸣。

1994 年 6 月

今天我活着

我相信我是一个勤于思考人生的人,其证据是,迄今为止,除了思考人生,我几乎别无作为。然而,当我检点思考的结果时,却发现我弄明白的似乎只有这一个简单的事实——今天我活着。

真的明白吗?假如有一位苏格拉底把我拉住,追根究底地考问我什么是今天,我是谁,活着又是怎么回事,我一定会被问住的。这个短语纠缠着三个古老的哲学难题:时间,自我,生与死。对于其中每一个,哲学家们讨论了几千年,至今仍是众说纷纭。

我只能说:我也尽我所能地思考过了。

我只能说:无论我的思考多么不明晰,今天我活着却是一个明晰的事实。

我认清这个事实并不容易。因为对明天我将死去思考得太久,我一度忽略了今天我还活着。不过,也正因为对明天我将死去思考得太久,我才终于懂得了今天我该如何活着。

今天我活着,而明天我将死去——所以,我要执着生命,爱护自我,珍惜今天,度一个浓烈的人生。

今天我活着,而明天我将死去——所以,我要超脱生命,参破自我,宽容今天,度一个恬淡的人生。

当我说"今天我活着"时，意味着我有了一种精神准备，即使明天死也不该觉得意外，而这反而使我获得了一种从容的心情，可以像永远不死那样过好今天。

无论如何，活着是美好的，能够说"今天我活着"这句话是幸福的。

1992 年 6 月

悲观·执着·超脱

一

人的一生,思绪万千。然而,真正让人想一辈子,有时想得惊心动魄,有时不去想仍然牵肠挂肚,这样的问题并不多。透彻地说,人一辈子只想一个问题,这个问题一视同仁、无可回避地摆在每个人面前,令人困惑得足以想一辈子也未必想清楚。

回想起来,许多年里纠缠着也连缀着我的思绪的动机始终未变,它催促我阅读和思考,激励我奋斗和追求,又规劝我及时撤退,甘于淡泊。倘要用文字表达这个时隐时现的动机,便是一个极简单的命题:只有一个人生。

如果人能永远活着或者活无数次,人生问题的景观就会彻底改变,甚至根本不会有人生问题存在了。人生之所以成为一个问题,前提是生命的一次性和短暂性。不过,从只有一个人生这个前提,不同的人,不,同一个人可以引出不同的结论。也许,困惑正在于这些彼此矛盾的结论似乎都有道理。也许,智慧也正在于使这些彼此矛盾的结论达成辩证的和解。

二

无论是谁,当他初次意识到只有一个人生这个令人伤心的事实时,必定会产生一种幻灭感。生命的诱惑刚刚在地平线上出现,却一眼看到了它的尽头。一个人生太少了!心中涌动着如许欲望和梦幻,一个人生怎么够用?为什么历史上有好多帝国和王朝,宇宙间有无数星辰,而我却只有一个人生?在帝国兴衰、王朝更迭的历史长河中,在星辰的运转中,我的这个小小人生岂非等于零?它确实等于零,一旦结束,便不留一丝影踪,与从未存在过有何区别?

捷克作家昆德拉笔下的一个主人公常常重复一句德国谚语,大意是:"只活一次等于未尝活过。"这句谚语非常简练地把只有一个人生与人生虚无画了等号。

近读金圣叹批《西厢记》,这位独特的评论家极其生动地描述了人生短暂使他感到的无可奈何的绝望。他在序言中写道:自古迄今,"几万万年月皆如水逝、云卷、风驰、电掣,无不尽去,而至于今年今月而暂有我。此暂有之我,又未尝不水逝、云卷、风驰、电掣而疾去也。"我也曾想有作为,但这所作所为同样会水逝、云卷、风驰、电掣而尽去,于是我不想有作为了,只想消遣,批《西厢记》即是一消遣法。可是,"我诚无所欲为,则又何不疾作水逝、云卷、风驰、电掣,顷刻尽去?"想到这里,连消遣的心思也没了,真是万般无奈。

古往今来,诗哲们关于人生虚无的喟叹不绝于耳,无须在此多举。悲观主义的集大成当然要数佛教,归结为一个"空"字。佛教的三项基本原则(三法印)无非是要我们由人生的短促("诸行无常"),看破人生的空幻("诸法无我"),从而自觉地放弃人生("涅槃寂静")。

三

　　人要悲观实在很容易，但要彻底悲观却也并不容易，只要看看佛教徒中难得有人生前涅槃，便足可证明。但凡不是悲观到马上自杀，求生的本能自会找出种种理由来和悲观抗衡。事实上，从只有一个人生的前提，既可推论出人生了无价值，也可推论出人生弥足珍贵。物以稀为贵，我们在世上最觉稀少、最嫌不够的东西便是这迟早要结束的生命。这唯一的一个人生是我们的全部所有，失去它我们便失去了一切，我们岂能不爱它，不执着于它呢？

　　诚然，和历史、宇宙相比，一个人的生命似乎等于零。但是，雪莱说得好："同人生相比，帝国兴衰、王朝更迭何足挂齿！同人生相比，日月星辰的运转与归宿又算得了什么！"面对无边无际的人生之爱，那把人生对照得极其渺小的无限时空，反倒退避三舍，不足为虑了。人生就是一个人的疆界，最要紧的是负起自己的责任，管好这个疆界，而不是越过它无谓地悲叹天地之悠悠。

　　古往今来，尽管人生虚无的悲论如缕不绝，可是劝人执着人生、爱惜光阴的教诲更是谆谆在耳。两相比较，执着当然比悲观明智得多。悲观主义是一条绝路，冥思苦想人生的虚无，想一辈子也还是那么一回事，绝不会有柳暗花明的一天，反而窒息了生命的乐趣。不如把这个虚无放到括号里，集中精力做好人生的正面文章。既然只有一个人生，世人心目中值得向往的东西，无论成功还是幸福，今生得不到，就永无得到的希望了，何不以紧迫的心情和执着的努力，把这一切追求到手再说？

四

可是，一味执着也和一味悲观一样，同智慧相去甚远。悲观的危险是对人生持厌弃的态度，执着的危险则是对人生持占有的态度。

所谓对人生持占有的态度，倒未必专指那种唯利是图、贪得无厌的行径。弗洛姆在《占有还是存在》一书中具体入微地剖析了占有的人生态度，它体现在学习、阅读、交谈、回忆、信仰、爱情等一切日常生活经验中。据我的理解，凡是过于看重人生的成败、荣辱、福祸、得失，视成功和幸福为人生第一要义和至高目标者，即可归入此列。因为这样做实质上就是把人生看成了一种占有物，必欲向之获取最大效益而后快。

但人生是占有不了的。毋宁说，它是侥幸落到我们手上的一件暂时的礼物，我们迟早要把它交还。我们宁愿怀着从容闲适的心情玩味它，而不要让过分急切的追求和得失之患占有了我们，使我们不再有玩味的心情。在人生中还有比成功和幸福更重要的东西，那就是凌驾于一切成败福祸之上的豁达胸怀。在终极的意义上，人世间的成功和失败、幸福和灾难，都只是过眼烟云，彼此并无实质的区别。当我们这样想时，我们和我们的身外遭遇保持了一个距离，反而和我们的真实人生贴得更紧了，这真实人生就是一种既包容又超越身外遭遇的丰富的人生阅历和体验。

我们不妨眷恋生命，执着人生，但同时也要像蒙田说的那样，收拾好行装，随时准备和人生告别。入世再深，也不忘它的限度。这样一种执着有悲观垫底，就不会走向贪婪。有悲观垫底的执着，实际上是一种超脱。

五

我相信一切深刻的灵魂都蕴藏着悲观。换句话说，悲观自有其深刻之处。死是多么重大的人生事件，竟然不去想它，这只能用怯懦或糊涂来解释。用贝多芬的话说："不知道死的人真是可怜虫！"

当然，我们可以补充一句："只知道死的人也是可怜虫！"真正深刻的灵魂决不会沉溺于悲观。悲观本源于爱，为了爱又竭力与悲观抗争，反倒有了超乎常人的创造，贝多芬自己就是最好的例子。不过，深刻更在于，无论获得多大成功，也消除不了内心蕴藏的悲观，因而终能以超脱的眼光看待这成功。如果一种悲观可以轻易被外在的成功打消，我敢断定那不是悲观，而只是肤浅的烦恼。

超脱是悲观和执着两者激烈冲突的结果，又是两者的和解。前面提到金圣叹因批"西厢"而引发了一段人生悲叹，但他没有止于此，否则我们今天就不会读到他批的"西厢"了。他太爱"西厢"，非批不可，欲罢不能。所以，他接着笔锋一转，写道：既然天地只是偶然生我，那么，"未生已前非我也。既去已后又非我也。然则今虽犹尚暂在，实非我也"。于是，"以非我者之日月，误而任我之唐突可也；以非我者之才情，误而供我之挥霍可也"。总之，我可以让那个非我者去批"西厢"而供我做消遣了。他的这个思路，巧妙地显示了悲观和执着在超脱中达成的和解。我心中有悲观，也有执着。我愈执着，就愈悲观，愈悲观，就愈无法执着，陷入了二律背反。我干脆把自己分裂为二，看透那个执着的我是非我，任他去执着。执着没有悲观掣肘，便可放手执着。悲观扬弃执着，也就成了超脱。不仅把财产、权力、名声之类看作身外之物，而且把这个终有一死的"我"也看作身外之物，如此才有真正的超脱。

由于只有一个人生，颓废者因此把它看作零，堕入悲观的深渊。执迷者又因此把它看作全，激起占有的热望。两者均未得智慧的真髓。智慧是在两者之间，确切地说，是包容了两者又超乎两者之上。人生既是零，又是全，是零和全的统一。用全否定零，以反抗虚无，又用零否定全，以约束贪欲，智慧仿佛走着这螺旋形的路。不过，这只是一种简化的描述。事实上，在一个热爱人生而又洞察人生的真相的人心中，悲观、执着、超脱三种因素始终都存在着，没有一种会完全消失，智慧就存在于它们此消彼长的动态平衡之中。我不相信世上有一劳永逸彻悟人生的"无上觉者"，如果有，他也业已涅槃成佛，不再属于这个活人的世界了。

1990 年 10 月

临终的苏格拉底

《儒林外史》中有一个著名的情节：严监生临死之时，伸着两个指头，总不肯断气，众人猜说纷纭而均不合其意。唯有他的老婆赵氏明白，他是为灯盏里点了两茎灯草放心不下，恐费了油，忙走去挑掉一茎。严监生果然点一点头，把手垂下，登时就没了气。

奇怪的是，我由这个情节忽然联想到苏格拉底临终前的一个情节。据柏拉图的《斐多篇》记载，苏格拉底在狱中遵照判决饮了毒鸠，仰面躺下静等死亡，死前的一刹那突然揭开脸上的遮盖物，对守在他身边的最亲近的弟子说："克里托，我还欠阿斯克勒庇俄斯一只公鸡，千万别忘了。"这句话成了这位西方第一大哲的最后遗言。包括克里托在内，当时在场的有十多人，只怕没有一个人猜得中这句话的含意，一如赵氏之善解严监生的那两个指头。

在生命的最后一天，苏格拉底过得几乎和平时没有什么不同。他仍然那样诲人不倦，与来探望他的年轻人从容谈论哲学，只是由于自知大限在即，谈话的中心便围绕着死亡问题。《斐多篇》通过当时在场的斐多之口，详细记载了他在这一天的谈话。谈话从清晨延续到黄昏，他反复论证着哲学家之所以不但不怕死，而且乐于赴死的道理。这道理归结起来便是：哲学所追求的目标是使灵魂摆脱肉体而获得自由，而死亡无非就是灵魂彻底摆脱了肉体，因而正是哲学所要寻求的那种理想境界。一个人如果在有生之年就努力使自己淡然于肉体的快乐，专注于灵魂的生活，他的灵魂就会适合于启程前往另一个世界，这是真正意义上的哲学活动，也是把哲学称作"预习死亡"的原因所在。

这一番论证有一个前提，就是相信灵魂不死。苏格拉底对此好像是深信不疑的。在一般人看来，天鹅的绝唱表达了临终的悲哀，苏格拉底却给了它一个诗意的解释，说它是因为预见到死后另一个世界的美好而唱出的幸福之歌。可是，诗意归诗意，他终于还是承认，所谓灵魂不死只是一个"值得为之冒险的信念"。

凡活着的人的确都无法参透死后的神秘。依我之见，哲人之为哲人，倒也不在于相信灵魂不死，而在于不管灵魂是否不死，都依然把灵魂生活当作人生中唯一永恒的价值看待，据此来确定自己的生活方式，从而对过眼云烟的尘世生活持一种超脱的态度。那个严监生临死前伸着两个指头，众人有说为惦念两笔银子的，有说为牵挂两处田产的，结果却是因为顾忌两茎灯草费油，委实吝啬得可笑。但是，如果他真是为了挂念银子、田产等而不肯瞑目，就不可笑了吗？凡是死到临头仍然看不破尘世利益而为遗产、葬礼之类操心的人，其实都和严监生一样可笑，区别只在于他们看到的灯草也许不止两茎，因而放心不下的是更多的灯油罢了。苏格拉底眼中却没有一茎灯草，在他饮鸩之前，克里托问他对后事有何嘱托，需要为孩子们做些什么，他说只希望克里托照顾好自己，智慧地生活，别无嘱托。又问他葬礼如何举行，他笑道："如果你们能够抓住我，愿意怎么埋葬就怎么埋葬吧。"在他看来，只有他的灵魂才是苏格拉底，他死后不管这灵魂去向何方，那具没有灵魂的尸体与苏格拉底已经完全不相干了。

那么，苏格拉底那句奇怪的最后遗言究竟是什么意思呢？阿斯克勒庇俄斯是希腊神话中的医药之神，蔑视肉体的苏格拉底竟要克里托在他的肉体死去之后，替他向这个司肉体的病痛及治疗的神灵献祭一只公鸡，这不会是一种讽刺吗？或者如尼采所说，这句话喻示生命是一种疾病，因而暴露了苏格拉底骨子里是一个悲观主义者？我曾怀疑一切超脱的哲人胸怀中都藏着悲观的底蕴，这怀疑在苏格拉底身上也应验了么？

1997 年 4 月

人的伟大和悲壮

1

在极其无聊的时候，有时我会突然想到造物主的无聊。是的，他一定是在最无聊而实在忍受不下去的时候，才造出人来的。人是他的一个恶作剧，造出来替他自己解闷儿。他无休无止地活在一个无始无终的世界上，当然会无聊，当然需要解闷儿。假如我有造物主的本领，当我无聊时说不定也会造一些小生灵给自己玩玩。

2

让我换一种说法——

这是一个荒谬的宇宙，永远存在着，变化着，又永远没有意义。它为自身的无意义而苦闷。人就是它的苦闷的产物。

所以，人的诞生，本身是对无意义的一个抗议。

3

在希腊神话中，造人的不是至高无上的神——宙斯，而是反抗宙斯的意图因而受到酷刑惩罚的普罗米修斯。这要比基督教的创世说包含更多的真理。人类的诞生是反抗上帝意志的结果。

4

上帝最先造的是光。在此之前,他运行在无边的黑暗中,浑浑噩噩,实在算不上是一个上帝。可是,有一天,他忽然开窍——

"上帝说,要有光,就有了光。上帝看光是好的,就把光和暗分开了。"

这是创世的开端。通过创造光,上帝开始了他的创造万物的活动,从而使自己成为一个上帝,即造物主。同时,也因为有了光,天地才得以分开,昼夜才发生交替,事物才显示出差别,世界才成其为世界。

上帝创世的最初灵感来自他对黑暗的厌倦和对光明的渴望,他亲手造出的光又激起了他从事进一步创造的冲动。正是在光的照耀下,他才发现了世界的美丽和自己的孤独。于是,他又造各种生灵,最后造人,来和他一起赏看这光。

有了人类,世界的美丽才有了价值,上帝的创造才有了意义。

5

人是唯一能追问自身存在之意义的动物。这是人的伟大之处,也是人的悲壮之处。

"人是万物的尺度。"人把自己当作尺度去衡量万物,寻求万物的意义。可是,当他寻找自身的意义时,用什么作尺度呢?仍然用人吗?尺度与对象同一,无法衡量。用人之外的事物吗?人又岂肯屈从他物,这本身就贬低了人的存在的意义。意义的寻求使人陷入二律背反。

6

维持和繁衍生命是人的动物性,寻求生命的意义则是人的神性。但人终究不是神,所以,意义是一个悖论的领域。其中,生与死、爱与孤独是两项最大悖论。

7

自由,正义,美,真理,道德,爱,理想,进步……这一切美好的字眼,在人类心目中是一种安慰,由一位神的眼光来看却是一种讽刺。

8

假如海洋上那一个个旋生旋灭的泡沫有了意识,它们一定会用幻想的彩虹映照自己,给自己涂上绚丽的颜色,它们一定会把自己的迸裂想象成一种悲壮的牺牲,觉得自己是悲剧中的英雄。我赞美这些美丽而崇高的泡沫。

困惑与觉悟

1

我不相信一切所谓人生导师。在这个没有上帝的世界上,谁敢说自己已经贯通一切歧路和绝境,因而不再困惑,也不再需要寻找了?

至于我,我将永远困惑,也永远寻找。困惑是我的诚实,寻找是我的勇敢。

2

对于少数人来说,人生始终是一个问题。对于多数人来说,一生中有的时候会觉得人生是一个问题。对于另一些少数人来说,人生从来不是一个问题。

3

常常有青年问我:一个人不去想那些人生大问题,岂不活得快乐一些?我的回答是——

第一,想不想这类问题,不是自己可以选择的,基本上是由天生的禀赋决定的。那些已经想这类问题的人,你无法让他停止去想。相反,另有一些人,你对他说得再多,他也不会去想。

第二，即使可以选择，想与不想，究竟哪一种情形好，也要看用什么标准衡量。用约翰·穆勒的话说，一头满足的猪和一个不满足的人，究竟谁更快乐，答案是不该由满足的猪说了算的。你从来不想那些大问题，诚然避免了想的痛苦，但也领略不到想的快乐了。

4

人生中的大问题都是没有答案的，但是，唯有思考这些问题的人才可能真正拥有自己的生活信念和生活准则。

5

人是天生的猜谜者。他的惊奇的目光所至，无处不是谜，而他置身于其中的宇宙就是一个永恒之谜。可是，到头来他总是发现，最大的谜还是他自己。人的心灵神游乎四海之外，最后又回到自身，对世间这最奇妙的现象凝神思索。

6

思得永恒和不思永恒的人都是幸福的。不幸的是那些思而不得的人。

但是，一个寻找终极价值而终于没有找到的人，他真的一无所获吗？至少，他获得了超越一切相对价值的眼光和心境，不会再陷入琐屑的烦恼和平庸的忧患之中。

不问终极价值的价值哲学只是庸人哲学。

7

他们到了四十岁，于是学着孔夫子的口吻谈论起"不惑"之年来。可是，他们连惑也不曾有过，又如何能不惑呢？

8

敏感与迟钝殊途同归。前者对人生看得太透，后者对人生看得太浅，两者得出相同的结论：人生没有意思。

要活得有意思，应该在敏感与迟钝之间。

9

人生没有一个终极背景，这一点既决定了人生的荒谬性，又决定了人的自由。犹如做梦，在梦中一切都是荒谬的，一切又都可以随心所欲。当然，只有知道自己是在做梦的人才能够随心所欲。但在梦中知道自己是在做梦的人太少了。所以，一般人既不感到人生是荒谬的，也不知道自己是自由的。就后者来说，他们是不幸的。就前者来说，他们又是幸运的。

10

"万物归一，一归何处？"

发问者看到的是一幅多么绝望的景象：那初始者、至高者、造物主、上帝也是一个流浪者！

不要跟我玩概念游戏，说什么万物是存在者，而一是存在本身。

11

要解决个人生存的意义问题，就必须寻求个人与某种超越个人的整体之间的统一，寻求大我与小我、有限与无限的统一，无论何种人生哲学都不能例外。区别只在于，那个用来赋予个人生存以统一的整体是不同的。例如，它可以是自然（庄子、斯宾诺莎），社会（孔子、马克思），神（柏拉图、基督教）。如果不承认有这样的整体，就会走向悲观主义（佛教）。

12

假如有许多次人生，活着会更容易吗？假如有许多个我，爱会更轻松吗？

其实，许多次人生仍然只是一次有限的人生，就像许多张钞票仍然只是一笔会花光的钱一样。

13

在无穷岁月中，王朝更替只是过眼烟云，千秋功业只是断碑残铭。此种认识，既可开阔胸怀，造就豪杰，也可消沉意志，培育弱者。看破红尘的后果是因人而异的。

14

在具体的人生中，每一个人对于意义问题的真实答案很可能不是来自他的理论思考，而是来自他的生活实践，具有事实的单纯性。

15

人生意义问题是一切人生思考的总题目和潜台词，因为它的无所不包和无处不在，我们就始终在回答它又始终不能给出一个最后的答案。

16

我相信，每个正常的人内心深处都有一点儿悲观主义，一生中有些时候难免会受人生虚无的飘忽感的侵袭。区别在于，有的人被悲观主义的阴影笼罩住了，失去了行动的力量，有的人则以行动抵御悲观主义，为生命争得了或大或小的地盘。悲观主义在理论上是驳不倒的，但生命的实践能消除它的毒害。

17

执着是惑，悲观何尝不是惑？因为看破红尘而绝望、厌世乃至轻生，骨子里还是太执着，看不破，把红尘看得太重。这就好像一个热恋者急忙逃离不爱他的心上人一样。真正的悟者则能够从看破红尘获得一种眼光和睿智，使他身在红尘也不被红尘所惑，入世仍保持着超脱的心境。假定他是那个热恋者，那么现在他已经从热恋中解脱出来，对于不爱他的心上人既非苦苦纠缠，亦非远远躲避，而是可以平静地和她见面了。

18

厌世弃俗者和愤世嫉俗者都悲观，但原因不同。前者对整个人生失望，通过否定世界来否定人生，是哲学性的。后者仅对世道人心失望，通过否定世界来肯定自己，是社会性的。

19

最凄凉的不是失败者的哀鸣，而是成功者的悲叹。在失败者心目中，人间尚有值得追求的东西：成功。但获得成功仍然悲观的人，他的一切幻想都破灭了，他已经无可追求。失败者仅仅悲叹自己的身世；成功者若悲叹，必是悲叹整个人生。

20

强者的无情是统治欲，弱者的无情是复仇欲，两者还都没有脱离人欲的范畴。还有第三种无情：淡泊超脱，无欲无争。这是出世者的大无情。

第十辑

未知死焉知生

思考死：有意义的徒劳

一

死亡和太阳一样不可直视。然而，即使掉头不去看它，我们仍然知道它存在着，感觉到它正步步逼近，把它的可怕阴影投罩在我们每一寸美好的光阴上面。

很早的时候，当我突然明白自己终有一死时，死亡问题就困扰着我了。我怕想，又禁不住要想。周围的人似乎并不挂虑，心安理得地生活着。性和死，世人最讳言的两件事，成了我的青春期的痛苦的秘密。读了一些书，我才发现，同样的问题早已困扰过世世代代的贤哲了。"要是一个人学会了思想，不管他的思想对象是什么，他总是在想着自己的死。"读到托尔斯泰这句话，我庆幸觅得了一个知音。

死之迫人思考，因为它是一个最确凿无疑的事实，同时又是一件最不可思议的事情。既然人人迟早要轮到登上这个千古长存的受难的高岗，从那里被投入万劫不复的虚无深渊，一个人怎么可能对之无动于衷呢？然而，自古以来思考过、抗议过、拒绝过死的人，最后都不得不死了，我们也终将追随而去，想又有何用？世上别的苦难，我们可小心躲避，躲避不了，可咬牙忍受，忍受不了，还可以死解脱。唯独死是既躲避不掉，又无解脱之路的，除了接受，别无选择。也许，正是这种无奈，使得大多数人宁愿对死保持沉默。

金圣叹对这种想及死的无奈心境做过生动的描述："细思我今日之如是无奈，彼古之人独不曾先我而如是无奈哉！我今日所坐之地，古之人其先坐之；我今日所立之地，古之人之立之者，不可以数计矣。夫古之人之坐于斯，立于斯，必犹如我之今日也。而今日已徒见有我，不见古人。彼古人之在时，岂不默然知之？然而又自知其无奈，故遂不复言之也。此真不得不致憾于天地也，何其甚不仁也！"

今日我读到这些文字，金圣叹作古已久。我为他当日的无奈叹息，正如他为古人昔时的无奈叹息；而无须太久，又有谁将为我今日的无奈叹息？无奈，只有无奈，真是夫复何言！

想也罢，不想也罢，终归是在劫难逃。既然如此，不去徒劳地想那不可改变的命运，岂非明智之举？

二

在雪莱的一篇散文中，我们看到一位双目失明的老人在他女儿搀扶下走进古罗马柯利修姆竞技场的遗址。他们在一根倒卧的圆柱上坐定，老人听女儿讲述眼前的壮观，而后怀着深情对女儿谈到了爱、神秘和死亡。他听见女儿为死亡啜泣，便语重心长地说："没有时间、空间、年龄、预见可以使我们免于一死。让我们不去想死亡，或者只把它当作一件平凡的事来想吧。"

如果能够不去想死亡，或者只把它当作人生司空见惯的许多平凡事中的一件来想，倒不失为一种准幸福境界。遗憾的是，愚者不费力气就置身于其中的这个境界，智者(例如这位老盲人)却须历尽沧桑才能达到。一个人只要曾经因想到死亡感受过真正的绝望，他的灵魂深处从此便留下了几乎不愈的创伤。

当然，许多时候，琐碎的日常生活分散了我们的心思，使我们无暇想及死亡。我们还可以用消遣和娱乐来转移自己的注意力。事业和理想是我们的又一个救主，我们把它悬在前方，如同美丽的晚霞一样遮盖住我们不得不奔赴的那座悬崖，于是放心向深渊走去。

可是，还是让我们对自己诚实些吧。至少我承认，死亡的焦虑始终在我心中潜伏着，时常隐隐作痛，有时还会突然转变为尖锐的疼痛。每一个人都必将迎来"没有明天的一天"，而且这一天随时会到来，因为人在任何年龄都可能死。我不相信一个正常人会从来不想到自己的死，也不相信他想到时会不感到恐惧。把这恐惧埋在心底，他怎么能活得平静快乐，一旦面临死又如何能从容镇定？不如正视它，有病就治，先不去想能否治好。

自柏拉图以来，许多西哲都把死亡看作人生最重大的问题，而把想透死亡问题视为哲学最主要的使命。在他们看来，哲学就是通过思考死亡而为死预做准备的活动。一个人只要经常思考死亡，且不管他如何思考，经常思考本身就会产生一种效果，使他对死亡习以为常起来。中世纪修道士手戴刻有骷髅的指环，埃及人在宴会高潮时抬进一具解剖的尸体，蒙田在和女人做爱时仍默念着死的逼近，凡此种种，依蒙田自己的说法，都是为了："让我们不顾死亡的怪异面孔，常常和它亲近、熟识，心目中有它比什么都多吧！"如此即使不能消除对死的恐惧，至少可以使我们习惯于自己必死这个事实，也就是消除对恐惧的恐惧。主动迎候死，再意外的死也不会感到意外了。

我们对于自己活着这件事实在太习惯了，而对于死却感到非常陌生——想想看，自出生后，我们一直活着，从未死过！可见从习惯于生到习惯于死，这个转折并不轻松。不过，在从生到死的过程中，由于耳闻目染别人的死，由于自己所遭受的病老折磨，我们多少在渐渐习惯自己必死的前景。习惯意味着麻木，芸芸众生正是靠习惯来忍受死亡的。如果哲学只是使我们习惯于死，未免多此一举了。问题恰恰在于，我不愿意习惯。我们期待于哲学的不是习惯，而是智慧。也就是说，它不该靠唠叨来解除我们对死的警惕，而应该说出令人信服的理由来打消我们对死的恐惧。它的确说了理由，让我们来看看这些理由能否令人信服。

三

死是一个有目共睹的事实，没有人能否认它的必然性。因此，哲学家们的努力便集中到一点，即找出种种理由来劝说我们——当然也劝说他自己——接受它。

理由之一：我们死后不复存在，不能感觉到痛苦，所以死不可怕。这条理由是伊壁鸠鲁首先明确提出来的。他说："死与我们无关。因为当身体分解成其构成元素时，它就没有感觉，而对其没有感觉的东西与我们无关。""我们活着时，死尚未来临；死来临时，我们已经不在。因而死与生者和死者都无关。"卢克莱修也附和说："对于那不再存在的人，痛苦也全不存在。"

在我看来，没有比这条理由更缺乏说服力的了。死的可怕，恰恰在于死后的虚无，在于我们将不复存在。与这种永远的寂灭相比，感觉到痛苦岂非一种幸福？这两位古代唯物论者实在是太唯物了，他们对于自我寂灭的荒谬性显然没有丝毫概念，所以才会把我们无法接受死的根本原因当作劝说我们接受死的有力理由。

令人费解的是，苏格拉底这位古希腊最智慧的人，对于死也持有类似的观念。他在临刑前谈自己坦然赴死的理由云："死的境界二者必居其一：或是全空，死者毫无知觉；或是如世俗所云，灵魂由此界迁居彼界。"关于后者，他说了些彼界比此界公正之类的话，意在讥讽判他死刑的法官们，内心其实并不相信灵魂不死。前者才是他对死的真实看法："死者若无知觉，如睡眠无梦，死之所得不亦妙哉！"因为"与生平其他日夜比较"，无梦之夜最"痛快"。

把死譬作无梦的睡眠，这是一种常见的说法。然而，两者的不同是一目了然的。酣睡的痛快，恰恰在于醒来时感到精神饱满，如果长眠不醒，还有什么痛快可言？

我是绝对不能赞同把无感觉状态说成幸福的。世上一切幸福，皆以感觉为前提。我之所以恋生，是因为活着能感觉到周围的世界、自己的存在，以及我对世界的认知和沉思。我厌恶死，正是因为死永远剥夺了我感觉这一切的任何可能性。我也曾试图劝说自己：假如我睡着了，未能感觉到世界和我自己的存在，假如有些事发生了，我因不在场而不知道，我应该为此悲伤吗？那么，就把死当作睡着，把去世当作不在场吧。可是无济于事，我太明白其间的区别了。我还曾试图劝说自己：也许，垂危之时，感官因疾病或衰老而迟钝，就不会觉得死可怕了。但是，我立刻发现这推测不能成立，因为一个人无力感受死的可怕，并不能消除死的可怕的事实，而且这种情形本身更加可怕。

据说，苏格拉底在听到法官们判他死刑的消息时说道："大自然早就判了他们的死刑。"如此看来，所谓无梦之夜的老生常谈也只是自我解嘲，他的更真实的态度可能是一种宿命论，即把死当作大自然早已判定的必然结局加以接受。

四

顺从自然，服从命运，心甘情愿地接受死亡，这是斯多噶派的典型主张。他们实际上的逻辑是，既然死是必然的，恐惧、痛苦、抗拒全都无用，那就不如爽快接受。他们强调这种爽快的态度，如同旅人离开暂居的客店重新上路（西塞罗），如同果实从树上熟落，或演员幕落后退场（奥勒留）。塞涅卡说：只有不愿离去才是被赶出，而智者愿意，所以"智者决不会被赶出生活"。颇带斯多噶气质的蒙田说："死说不定在什么地方等候我们，让我们到处都等候它吧。"仿佛全部问题在于，只要把不愿意变为愿意，把被动变为主动，死就不可怕了。

可是，怎样才能把不愿意变为愿意呢？一件事情，仅仅因为它是必然的，我们就愿意了吗？死亡岂不正是一件我们不愿意的必然的事？必然性意味着我们即使不愿意也只好接受，但并不能成为使我们愿意的理由。乌纳穆诺写道："我不愿意死。不，我既不愿意死，也不愿意愿意死。我要求这个'我'，这个能使我感觉到我活着的可怜的'我'，能活下去。因此，我的灵魂的持存问题便折磨着我。""不愿意愿意死"——非常确切！这是灵魂的至深的呼声。灵魂是绝对不能接受寂灭的，当肉体因为衰病而"愿意死"时，当心智因为认清宿命而"愿意死"时，灵魂仍然要否定它们的"愿意"！但斯多噶派哲学家完全听不见灵魂的呼声，他们所关心的仅是人面对死亡时的心理生活而非精神生活，这种哲学至多只有心理策略上的价值，并无精神解决的意义。

当然，我相信，一个人即使不愿意死，仍有可能坚定地面对死亡。这种坚定性倒是与死亡的必然性不无联系。拉罗什福科曾经一语道破："死亡的必然性造就了哲学家们的全部坚定性。"在他口中这是一句相当刻薄的话，意思是说，倘若死不是必然的，人有可能永生不死，哲学家们就不会以如此优雅的姿态面对死亡了。这使我想起了荷马讲的一个故事。特洛伊最勇敢的英雄赫克托耳这样动员他的部下："如果避而不战就能永生不死，那么我也不愿冲锋在前了。但是，既然迟早要死，我们为何不拼死一战，反把荣誉让给别人？"毕竟是粗人，说的是大实话，不像哲学家那样转弯抹角。事实上，从容赴死绝非心甘情愿接受寂灭，而是不得已退而求其次，把注意力放在尊严、荣誉等仍属尘世目标上的结果。

五

死亡的普遍性是哲学家们劝我们接受死的又一个理由。

卢克莱修要我们想一想，在我们之前的许多伟人都死了，我们有什么可委屈的？奥勒留提醒我们记住，有多少医生在给病人下死亡诊断之后，多少占星家在预告别人的忌日之后，多少哲学家在大谈死和不朽之后，多少英雄在横扫千军之后，多少暴君在滥杀无辜之后，都死去了。总之，在我们之前的无数世代，没有人能逃脱一死。迄今为止，地球上已经发生过太多的死亡，以至于如一位诗人所云，生命只是死亡的遗物罢了。

与我们同时以及在我们之后的人，情况也一样。卢克莱修说："在你死后，万物将随你而来。"塞涅卡说："想想看，有多少人命定要跟随你死去，继续与你为伴！"蒙田说："如果伴侣可以安慰你，全世界不是跟你走同样的路么?"

人人都得死,这能给我们什么安慰呢?大约是两点:第一,死是公正的,对谁都一视同仁;第二,死并不孤单,全世界都与你为伴。

我承认我们能从人皆有死这个事实中获得某种安慰,因为假如事情倒过来,人皆不死,唯独我死,我一定会感到非常不公正,我的痛苦将因嫉妒和委屈而增添无数倍。除了某种英雄主义的自我牺牲之外,一般来说,共同受难要比单独受难易于忍受。然而,我仍然要说,死是最大的不公正。这不公正并非存在于人与人之间,而是存在于人与神之间。上帝按照自己的形象造人,却不让他像自己一样永生。他把人造得一半是神,一半是兽,将渴望不朽的灵魂和终有一死的肉体同时放在人身上,再不可能有比这更加恶作剧的构思了。

至于说全世界都与我为伴,这只是一个假象。死本质上是孤单的,不可能结伴而行。我们活在世上,与他人共在,死却把我们和世界、他人绝对分开了。在一个濒死者眼里,世界不再属于他,他人的生和死都与他无关。他站在自己的由生入死的出口上,那里只有他独自一人,别的濒死者也都在各自的出口上,并不和他同在。死总是自己的事,世上有多少自我,就有多少独一无二的死,不存在一个一切人共有的死。死后的所谓虚无之境也无非是这一个独特的自我的绝对毁灭,并无一个人人共赴的归宿。

六

那么——卢克莱修对我们说——"回头看看我们出生之前那些

永恒的岁月，对于我们多么不算一回事。自然把它作为镜子，让我们照死后的永恒时间，其中难道有什么可怕的东西？"

这是一种很巧妙的说法，为后来的智者所乐于重复。

塞涅卡："这是死在拿我做试验吗？好吧，我在出生前早已拿它做过一次试验了！""你想知道死后睡在哪里？在那未生的事物中。""死不过是非存在，我已经知道它的模样了。丧我之后正与生我之前一样。""一个人若为自己未能在千年之前活着而痛哭，你岂不认为他是傻瓜？那么，为自己千年之后不再活着而痛哭的人也是傻瓜。"

蒙田："老与少抛弃生命的情景都一样。没有谁离开它不正如他刚走进去。""你由死入生的过程无畏也无忧，再由生入死走一遍吧。"

事实上，在读到上述言论之前，我自己就已用同样的理由劝说过自己。扪心自问，在我出生之前的悠悠岁月中，世上一直没有我，我对此确实不感到丝毫遗憾。那么，我死后世上不再有我，情形不是完全一样吗？

真的完全一样吗？总觉得有点儿不一样。不，简直是大不一样！我未出生时，世界的确与我无关。可是，对于我来说，我的出生是一个决定性的事件，由于它世界就变成了一个和我息息相关的属于我的世界。即使是那个存在于我出生前无穷岁月中的世界，我也可以把它作为我的对象，从而接纳到我的世界中来。我可以阅读前人的一切著作，了解历史上的一切事件。尽管它们产生时尚没有我，但由于我今天的存在，便都成了供我阅读的著作和供我了解的事件。而在我死后，无论世上还会（一定会的！）诞生什么伟大的著作，发生什么伟大的事件，都真正与我无关，我永远不可能知道了。

譬如说，尽管曹雪芹活着时，世上压根儿没有我，但今天我却能享受到读《红楼梦》的极大快乐，真切感觉到它是我的世界的一个组成部分。倘若我生活在曹雪芹以前的时代，即使我是金圣叹，这部作品和我也不会有丝毫关系了。

有时我不禁想，也许，出生得愈晚愈好，那样就会有更多的佳作、更悠久的历史、更广大的世界属于我了。但是，晚到何时为好呢？难道到世界末日再出生，作为最后的证人得以回顾人类的全部兴衰，我就会满意？无论何时出生，一死便前功尽弃，留在身后的同样是那个与自己不再有任何关系的世界。

自我意识强烈的人本能地把世界看作他的自我的产物，因此他无论如何不能设想，他的自我有一天会毁灭，而作为自我的产物的世界却将永远存在。不错，世界曾经没有他也永远存在过，但那是一个为他的产生做着准备的世界。生前的无限时间中没有他，却在走向他，终于有了他。死后的无限时间中没有他，则是在背离他，永远不会有他了。所以，他接受前者而拒绝后者，又有什么可奇怪的呢？

七

迄今为止的劝说似乎都无效，我仍然不承认死是一件合理的事。让我变换一下思路，看看永生是否值得向往。

事实上，最早沉思死亡问题的哲学家并未漏过这条思路。卢克莱修说："我们永远生存和活动在同样的事物中间，即使我们再活下去，也不能铸造出新的快乐。"奥勒留说："所有来自永恒的事物作为形式是循环往复的，一个人是在一百年还是两千年或无限的时间里看到同样的事物,这对他是一回事。"总之,太阳下没有新东西,永生是不值得向往的。

我们的确很容易想象出永生的单调,因为即使在现在这短促的人生中,我们也还不得不熬过许多无聊的时光。然而,无聊不能归因于重复。正如健康的胃不会厌倦进食,健康的肺不会厌倦呼吸,健康的肉体不会厌倦做爱一样,健全的生命本能不会厌倦日复一日重复的生命活动。活跃的心灵则会在同样的事物上发现不同的意义,为自己创造出巧妙的细微差别。遗忘的本能也常常助我们一臂之力,使我们经过适当的间隔重新产生新鲜感。即使假定世界是一个由有限事物组成的系统,如同一副由有限棋子组成的围棋,我们仍然可能像一个入迷的棋手一样把这副棋永远下下去。仔细分析起来,由死造成的意义失落才是无聊的至深根源,正是因为死使一切成为徒劳,所以才会觉得做什么都没有意思。一个明显的证据是,由于永生信念的破灭,无聊才成了一种典型的现代病。

可是,对此也可提出一个反驳:"没有死,就没有爱和激情,没有冒险和悲剧,没有欢乐和痛苦,没有生命的魅力。总之,没有死,就没有了生的意义。"——这正是我自己在数年前写下的一段话。波伏瓦在一部小说中塑造了一个不死的人物,他因为不死而丧失了真正去爱的能力。的确,人生中一切欢乐和美好的东西因为短暂更显得珍贵,一切痛苦和严肃的感情因为牺牲才更见出真诚。如此看来,最终剥夺了生的意义的死,一度又是它赋予了生以意义。无论寂灭还是永生,人生都逃不出荒谬。不过,有时我很怀疑这种悖论的提出乃是永生信念业已破灭的现代人的自我安慰。对于希腊人来说,这种悖论并不存在,荷马传说中的奥林匹斯众神丝毫没有因为不死而丧失了恋爱和冒险的好兴致。

好吧，让我们退一步，承认永生是荒谬的，因而是不值得向往的，但这仍然不能证明死的合理。我们最多只能退到这一步：承认永生和寂灭皆荒谬，前者不合生活现实的逻辑，后者不合生命本能的逻辑。

八

何必再绕弯子呢？无论举出多少理由都不可能说服你，干脆说出来吧，你无非是不肯舍弃你那可怜的自我。

我承认。这是我的独一无二的自我。

可是，这个你如此看重的自我，不过是一个偶然、一个表象、一个幻相，本身毫无价值。

我听见哲学家们异口同声地说。这下可是击中了要害。尽管我厌恶这种贬抑个体的立场，我仍愿试着在这条思路上寻求一个解决。

我对自己说：你是一个纯粹偶然的产物，大自然产生你的概率几乎等于零。如果你的父母没有结合（这是偶然的），或者结合了，未在那个特定的时刻做爱（这也是偶然的），或者做爱了，你父亲释放的成亿个精子中不是那个特定的精子使你母亲受孕（这更是偶然的），就不会有你。如果你父母各自的父母不是如此这般，就不会有你的父母，也就不会有你。这样一直可以推到你最早的老祖宗，在不计其数的偶然中，只要其中之一改变，你就压根儿不会诞生。难道你能为你未曾诞生而遗憾吗？这岂不就像为你的父母、祖父母、外祖父母等等在某月某日未曾做爱而遗憾一样可笑吗？那么，你就权作你未曾诞生好了，这样便不会把死当一回事了。无论如何，一个偶然得不能再偶然的存在，一件侥幸到非分地步的礼物，失去了是不该感到委屈的。滚滚长河中某一个偶然泛起的泡沫，有什么理由为它的迸裂愤愤不平呢？

然而，我还是委屈，还是不平！我要像金圣叹一样责问天地："既已生我，便应永在；脱不能尔，便应勿生。如之何本无有我……无端而忽然生我；无端而忽然生者，又正是我；无端而忽然生一正是之我，又不容之少住……"尽管金圣叹接着替天地开脱，说既为天地，安得不生，无论生谁，都各各自以为我，其实未尝生我，我固非我，但这一番逻辑实出于不得已，只是为了说服自己接受我之必死的事实。

一种意识到自身存在的存在按其本性是不能设想自身的非存在的。我知道我的出生纯属偶然，但是，既已出生，我就不再能想象我将不存在。我甚至不能想象我会不出生，一个绝对没有我存在过的宇宙是超乎我的想象力的。我不能承认我只是永恒流变中一个可有可无旋生旋灭的泡影，如果这样，我是没有勇气活下去的。大自然产生出我们这些具有自我意识的个体，难道只是为了让我们意识到我们仅是幻相，而它自己仅是空无？不，我一定要否认。我要同时成为一和全，个体和整体，自我和宇宙，以此来使两者均获得意义。也就是说，我不再劝说自己接受死，而是努力使自己相信某种不朽。正是为了自救和救世，不肯接受死亡的灵魂走向了宗教和艺术。

九

"信仰就是愿意信仰；信仰上帝就是希望真有一个上帝。"乌纳穆诺的这句话点破了一切宗教信仰的实质。

我们第一不能否认肉体死亡的事实，第二不能接受死亡，剩下的唯一出路是为自己编织出一个灵魂不死的梦幻,这个梦幻就叫作信仰。借此梦幻,我们便能像贺拉斯那样对自己说:"我不会完全死亡!"我们需要这个梦幻,因为如惠特曼所云:"没有它,整个世界才是一个梦幻。"

诞生和死亡是自然的两大神秘。我们永远不可能真正知道,我们从何处来,到何处去。我们无法理解虚无,不能思议不存在。这就使得我们不仅有必要而且有可能编织梦幻。谁知道呢,说不定事情如我们所幻想的,冥冥中真有一个亡灵继续生存的世界,只是因为阴阳隔绝,我们不可感知它罢了。当柏拉图提出灵魂不死说时,他就如此鼓励自己:"荣耀属于那值得冒险一试的事物!"帕斯卡尔则直截了当地把关于上帝是否存在的争论形容为一场赌博,理智无法决定,唯凭抉择。赌注下在上帝存在这一面,赌赢了就赢得了一切,赌输了却一无所失。反正这是唯一的希望所在,宁可信其有,总比绝望好些。

可是,要信仰自己毫无把握的事情,又谈何容易。帕斯卡尔的办法是,向那些盲信者学习,遵循一切宗教习俗,事事做得好像是在信仰着的那样。"正是这样才会自然而然使你信仰并使你牲畜化。"他的内心独白:"但,这是我所害怕的。"立刻反问自己:"为什么害怕呢?你有什么可丧失的呢?"非常形象!说服自己真难!对于一个必死的人来说,的确没有什么可丧失的。也许会丧失一种清醒,但这清醒正是他要除去的。一个真正为死所震撼的人要相信不死,就必须使自己"牲畜化",即变得和那些从未真正思考过死亡的人(盲信者和不关心信仰者均属此列)一样。对死的思考推动人们走向宗教,而宗教的实际作用却是终止这种思考。从积极方面说,宗教倡导一种博爱精神,其作用也不是使人们真正相信不死,而是在博爱中淡忘自我及其死亡。

我姑且假定宗教所宣称的灵魂不死或轮回是真实的,即使如此,我也不能从中获得安慰。如果这个在我生前死后始终存在着的灵魂,与此生此世的我没有意识上的连续性,它对我又有何意义?而事实上,我对我出生前的生活确然茫然无知,由此可以推知我的亡灵对我此生的生活也不会有所记忆。这个与我的尘世生命全然无关的不死的灵魂,不过是如同黑格尔的绝对精神一样的抽象体。把我说成是它的天国历程中的一次偶然堕落,或是把我说成是大自然的永恒流变中的一个偶然产物,我看不出两者之间究竟有何区别。

乌纳穆诺的话是不确的,愿意信仰未必就能信仰,我终究无法使自己相信有真正属于我的不朽。一切不朽都以个人放弃其具体的、个别的存在为前提。也就是说,所谓不朽不过是我不复存在的同义语罢了。我要这样的不朽有何用?

十

现在无路可走了。我只好回到原地,面对死亡,不回避但也不再寻找接受它的理由。

肖斯塔科维奇拒绝在他描写死亡的《第十四交响乐》的终曲中美化死亡,给人廉价的安慰。死是真正的终结,是一切价值的毁灭。死的权力无比,我们接受它并非因为它合理,而是因为非接受它不可。

这是多么徒劳:到头来你还是不愿意,还是得接受!

但我必须做这徒劳的思考。我无法只去注意金钱、地位、名声之类的小事,而对终将使自己丧失一切的死毫不关心。人生只是瞬间,死亡才是永恒,不把死透彻地想一想,我就活不踏实。

一个人只要认真思考过死亡，不管是否获得使自己满意的结果，他都好像是把人生的边界勘察了一番，看到了人生的全景和限度。如此他就会形成一种豁达的胸怀，在沉浮人世的同时也能跳出来加以审视。他固然仍有自己的追求，但不会把成功和失败看得太重要。他清楚一切幸福和苦难的相对性质，因而快乐时不会忘形，痛苦时也不致失态。

奥勒留主张"像一个有死者那样去看待事物""把每一天都作为最后一天度过"。例如，你渴望名声，就想一想你以及知道你的名字的今人后人都是要死的，便会明白名声不过是浮云。你被人激怒了，就想一想你和那激怒你的人都很快将不复存在，于是会平静下来。你感到烦恼或悲伤，就想一想曾因同样事情痛苦的人们哪里去了，便会觉得为这些事痛苦是不值得的。他的用意仅在始终保持恬静的心境，我认为未免消极。人生还是要积极进取的，不过同时不妨替自己保留着这样一种有死者的眼光，以便在必要的时候甘于退让和获得平静。

思考死亡的另一个收获是使我们随时做好准备，即使明天就死也不感到惊慌或委屈。尽管我始终不承认死是可以接受的，我仍赞同许多先哲的这个看法：既然死迟早要来，早来迟来就不是很重要的了。在我看来，我们应该也能够做到的仅是这个意义上的不怕死。

古希腊最早的哲人之一毕阿斯认为，我们应当随时安排自己的生命，既可享高寿，也不虑早夭。卢克莱修说："尽管你活满多少世代的时间，永恒的死仍在等候着你；而那与昨天的阳光偕逝的人，比起许多月许多年以前就死去的，他死而不复存在的时间不会是更短。"奥勒留说："最长寿者将被带往与早夭者相同的地方。"因此，"不要把按你能提出的许多年后死而非明天死看成什么大事"。我觉得这些话都说得很在理。面对永恒的死，一切有限的寿命均等值。在我们心目中，一个古人，一个几百年前的人，他活了多久，缘何而死，会有什么重要性么？漫长岁月的间隔使我们很容易扬弃种种偶然因素，而一目了然地看到他死去的必然性：怎么着他也活不到今天，终归是死了！那么，我们何不置身遥远的未来，也这样来看待自己的死呢？这至少可以使我们比较坦然地面对突如其来的死亡威胁。我对生命是贪婪的，活得再长久也不能死而无憾。但是既然终有一死，为寿命长短忧虑便是不必要的，能长寿当然好，如果不能呢，也没什么，反正是一回事！萧伯纳高龄时自拟墓志铭云："我早就知道无论我活多久，这种事情迟早总会发生的。"我想，我们这些尚无把握享高龄的人应能以同样达观的口吻说：既然我知道这种事情迟早总会发生，我就不太在乎我能活多久了。一个人若能看穿寿命的无谓，他也就尽其所能地获得了对死亡的自由。他也许仍畏惧形而上意义上的死，即寂灭和虚无，但对于日常生活中的死，即由疾病或灾祸造成的具体的死，他已在相当程度上克服了恐惧之感。

死是个体的绝对毁灭，倘非自欺欺人，从中绝不可能发掘出正面的价值来。但是，思考死对于生却是有价值的，它使我能以超脱的态度对待人生一切遭际，其中包括作为生活事件的现实中的死。如此看来，对死的思考尽管徒劳，却并非没有意义。

1992 年 5 月

超验的死和经验的死

据我之见，死亡问题的研究可以在两个不同的层面上展开，一是形而上的层面，即宗教和哲学；另一是形而下的层面，包括医学、心理学、社会学，等等。之所以分成这两个层面，则是因为死亡作为一个对象，兼具超验和经验这样两种不同的性质。

作为超验的对象，死是任何人都不可能真正经验到的。如果说死就是肉体生命的解体，那么，没有人能够根据自己的经验确知人在肉体生命解体之后是一种什么状态。所谓濒死体验所涉及的仅是生命解体过程中的心理体验，而非解体完成之后的状态。不论医学怎样越来越精确地给肉体死亡下定义，也不能使我们向死亡的超验本质更加接近一步。诸如人死后有没有灵魂，灵魂归于何处，抑或死后只是绝对的虚无，这样的问题永远不是经验以及以经验为基础的科学所能回答的。在此意义上，死是永恒的谜，其真相永远隐藏在神秘的彼岸。

然而，正是死亡的这种超验性质使得它成了哲学和宗教所关注的重大课题。既然死是人生的必然结局，对人生图景和生命意义的总体解释在很大程度上便取决于对这个结局的含义的破译。由于死的含义是超越于经验之外的，所以，对之的解释只能或者是玄思性质的，或者是信仰性质的。哲学和宗教都确认某种超验的不朽的世界本体之存在，而把死解释为个体生命向这一本体的复归，区别仅在于哲学是靠玄思来建构超验本体，宗教则以神的名义把超验本体规定为信仰的对象。在不同的哲学和宗教那里，超验本体的性质各异，但有一点是相同的，便是它的存在保证了生命的某种不朽性，使生命不致因为死亡而归于彻底的无。也就是说，它们都是把死解释成另一种有，甚至是比生更圆满的有。也许佛教是唯一的例外，佛教的本义是把生死都看作无的，教人在此基础上看破生死之别，从而不执着于生命之有的幻象。

除了超验的含义之外，死亡同时也是一个经验的事实。作为经验的对象，死亡是日常生活中的一种现象。我们的确可以看见别人死去的样子，我们还可以依据这种经验想象自己死去的样子。我们甚至还必然要经验到自己死去的过程。在超验的死与经验的死之间是有根本区别的，前者是指死后灵魂的归宿，由之而驱动所谓的终极关切，属于哲学和宗教的领域，后者是指肉体死亡的现象，由之而产生临终关怀、遗属安慰等实际的必要，须靠医学、心理学之类实用的学科来解决。我本人是把死亡的超验方面看得更重要的，认为唯有对这一方面的思考才是真正哲学性质的，而过于看重经验方面则很可能会损害死亡的精神启示意义。

当然，死亡的这两个方面又不是截然可分的。人们之所以对肉体的死亡感到莫大的忧惧，最重要的原因正是因为不知道死后灵魂将会如何。死亡的可怕之处主要还不在死亡过程中肉体所经受的痛苦，而在死后的绝对虚无。同时，对死亡的形而上思考也并非出于纯粹的玄学兴趣，而恰恰是基于死亡乃人人不可躲避的经验事实，对必将来临的死亡的忧惧也是最真实的心理经验，有必要加以疏导。

事实上，古希腊哲人把哲学称作预习死亡的活动，正说明了对死亡的哲学沉思是有着为经验的死预做准备的实用目的的。这就使我们有可能把死亡问题研究的形而上层面和形而下层面沟通起来，从哲学和宗教中汲取思想资料，用于与死亡有关的心理抚慰的实践。

就我本人来说，我想坦言，对必将来临的死，我不能说已经找到了超越的方法和途径。我的困惑也许来自我的过于清醒，太看清了一切哲学和宗教的劝慰所包含的自欺。至于佛教，我是把它看作在死亡问题上唯一不自欺的最清醒也最深刻的哲学的。那么，看来我还是不够清醒，到我清醒到了极点时，也就是到我有朝一日浸润在佛教之中时，我的困惑也许就消解了罢。不过，我并不想刻意去追求这个境界。

1998年5月

生命树上的果子

按照《圣经》的传说，人类一开始是住在伊甸园里的。那时候，人无忧无虑地生活着，不知什么叫苦恼，所以伊甸园又名"乐园"。伊甸园是一所美丽的大花园，里面栽着许多树。其中，有两棵很特别的树，一棵叫智慧树，一棵叫生命树。上帝禁止人类的祖先亚当和夏娃吃智慧树上的果子，可是，据说在一条蛇的诱惑下，他们终于偷吃了那智慧果。上帝怕他们再偷吃生命树上的果子，便把他们赶出了伊甸园。

我们不妨把这则传说当作寓言来读。神与人的区别，无非一是无所不知的智慧，二是长生不老的生命。吃了智慧果，人已经分有了神的智慧，不说无所不知，至少也比一般动物高明得多，懂得思考了。一旦再偷吃生命果，与神一样长生不死，就和神没有什么区别了。所以，上帝当然不肯让人吃到生命果。与别的动物相比，人一方面有智慧，足以知生死，天下唯有人这种动物在活着时能预知自己的死亡，另一方面又和别的一切动物一样必死无疑。人就好像已经脱离了兽界的蒙昧，却又不能达到神界的不朽，这种尴尬的位置给人带来了无穷的苦恼。

几乎每一个人在童年和少年时期都会有那样一个时候，他的自我意识逐渐觉醒,突然有一天,他确凿无疑地明白了自己迟早也会和所有人一样地死去。这是一种极其痛苦的内心体验,如同发生了一场地震一样,人生的快乐和信心因之而动摇甚至崩溃了。想到自己在这世界上的存在只是暂时的,总有一天会化为乌有,一个人就可能对生命的意义发生根本的怀疑。不过,随着年龄增长,多数人似乎渐渐麻木了,实际上是在有意无意地回避。我常常发现,当孩子问到有关死的问题时,他们的家长便往往惊慌地阻止,叫他不要瞎想。其实,这哪里是瞎想呢,死是人生第一个大问题,古希腊哲学家还把它看作最重要的哲学问题,无人能回避得了。我相信,那些从小就敢于正视和思考这个问题的人,在长大之后对人生往往能持比较深刻的理解和正确的态度。

自从亚当和夏娃被逐出伊甸园后,他们的子孙一直在寻找那棵上帝禁止人类靠近的生命树。战胜死亡,赢得不朽,是人类一贯的梦想。既然肉体的死亡不可避免,人们就试图获得某种精神上的不死。西方人信奉基督教,根本的动机是为了使自己相信灵魂不死,在肉体死亡后,人的灵魂能升入天堂。在中国,儒家强调"立德""立功""立言",即留下能够传之后世的品德、功绩、文章,"虽久不废,此之谓不朽",道家则追求一种与宇宙大化融为一体的"不生不死"的境界。我不相信人死后灵魂还能继续活着,也不认为留下身后的名声有什么意义。但是,把肉体的易朽变成一种动力,驱策自己去追求某种永恒的精神价值,这无疑是积极的人生态度。不管这种精神价值是否真能达于永恒,对它的追求本身就可以使人更加容易与死亡达成和解,同时也赋予生命以超出有限的肉体存在的意义。

应该相信,在人类精神的伊甸园里,必有一棵生命树,树上必有一颗属于你的果子。去寻找这颗属于你的果子,这是你毕生的使命。只要你忠于这使命,你一定会觉得,即使死亡不可避免,你的生命也没有虚度。

1996 年 10 月

正视死亡

1

哲学正是要去想一般人不敢想、不愿想的问题。作为一切人生——不论伟大还是平凡，幸福还是不幸——的最终结局，死是对生命意义的最大威胁和挑战，因而是任何人生思考绕不过去的问题。

2

中国的圣人说："未知生，焉知死？"西方的哲人大约会倒过来说："未知死，焉知生？"中西人生哲学的分野就在于此。

3

我最生疏的词：老。我最熟悉的词：死。尽管我时常沉思死的问题，但我从不觉得需要想一想防老养老的事情。

4

我常常观察到，很小的孩子就会表露出对死亡的困惑、恐惧和关注。不管大人们怎样小心避讳，都不可能向孩子长久瞒住这件事，孩子总能从日益增多的信息中，从日常语言中，乃至从大人们的避讳态度中，终于明白这件事的可怕性质。他也许不说出来，但心灵的地震仍在地表之下悄悄发生。面对这类问题，大人们的通常做法一是置之不理；二是堵回去，叫孩子不要瞎想；三是给一个简单的答案，那答案必定是一个谎言。在我看来，这三种做法都是最坏的。正确的做法是鼓励孩子，不妨与他讨论，提出一些可能的答案，但一定不要做结论。让孩子从小对人生最重大也最令人困惑的问题保持勇于面对的和开放的心态，这肯定有百利而无一弊，有助于在他们的灵魂中生长起一种根本的诚实。

5

我们对于自己活着这件事实在太习惯了，而凡是习惯了的东西，我们就很难想象有朝一日会失去。可是，事实上，死亡始终和我们比邻而居，它来光顾我们就像邻居来串一下门那么容易。所以，许多哲人主张，我们应当及早对死亡这件事也习惯起来，以免到时候猝不及防。在此意义上，他们把哲学看作一种思考死亡并且使自己对之习以为常的练习。

6

人皆怕死，又因此而怕去想死的问题。哲学不能使我们不怕死，但能够使我们不怕去想死的问题，克服对恐惧的恐惧，也就在一定程度上获得了对死的自由。

7

死是哲学、宗教和艺术的共同背景。在死的阴郁的背景下，哲学思索人生，宗教超脱人生，艺术眷恋人生。

美感骨子里是忧郁，崇高感骨子里是恐惧。前者是有限者对有限者的哀怜，后者是有限者对无限者的敬畏。死仍然是共同的背景。

8

时间给不同的人带来不同的礼物，而对所有人都相同的是，它然后又带走了一切礼物，不管这礼物是好是坏。

9

善衣冠楚楚，昂首挺胸地招摇过市。回到家里，宽衣解带，美展现玫瑰色的裸体。进入坟墓，皮肉销蚀，唯有永存的骷髅宣示着真的要义。

10

死是最令人同情的，因为物伤其类：自己也会死。

死又是最不令人同情的，因为殊途同归：自己也得死。

11

死有什么可思考的？什么时候该死就死，不就是一死？——可是，这种满不在乎的态度会不会也是一种矫情呢？

12

对于死亡，我也许不是想明白了，而是受了哲人们态度的熏陶，能够面对和接受了。

我不愿意愿意死

1

许多哲学家都教导：使自己愿意死，死就不可怕了。但有一位哲学家说：我不愿意愿意死。

如果不懂得死的恐怖就是幸福，动物就是最值得羡慕的了。

2

可怕的不是有，而是无。烦恼是有，寂寞是无。临终的痛苦是有，死后的灭寂是无。

自我意识太强烈的人是不可能完全克服对死的恐惧的，他只能努力使自己习惯于这种恐惧，即消除对恐惧的恐惧。

3

我从来不对临终的痛苦感到恐惧，它是可以理解的，因而也是可以接受的。真正令人恐惧的是死后的虚无，那是十足的荒谬，绝对的悖理。而且，恐惧并非来自对这种虚无的思考，而是来自对它的感觉，这种感觉突如其来，常常发生在夜间突然醒来之时。我好像一下子置身于这虚无之中，不，我好像一下子消失在这虚无之中，绝对地消失了，永远地消失了。然后，当我的意识回到当下的现实，我便好像用死过一回的人的眼光看我正在经历的一切，感觉到了它们的虚幻性。好在虚无感的袭击为数有限，大多数时刻我们沉溺在日常生活的波涛里，否则没有一个人能够安然活下去。

4

深夜，我躺在床上，手里拿着一本书。这是我每天留给自己的一点儿享受。我突然想到，总有一天，我也是这样地躺在床上，然而手里没有书，我不能再为自己安排这样的享受，因为临终的时候已经到来……

对于我来说，死的思想真是过于明白、过于具体了。既然这个时刻必然会到来，它与眼前的现实又有多大区别呢？一个人自从想到等待着他的是死亡以及死亡之前的黯淡的没有爱和欢乐的老年，从这一刻起，人生的梦就很难使他入迷了。他做着梦，同时却又知道他不过是在做梦，就像我们睡得不踏实时常有的情形一样。

5

死一视同仁地消灭健康和疾病、美丽和丑陋。对于病者和丑者来说，这竟是一种残酷的慰藉。命运有千万样不公正，最后却归于唯一的万古不移的公正——谁都得死！

但我依然要说：死是最大的不公正。

6

当生命力因疾病或年老而衰竭时，死亡就显得不可怕了。死亡的恐惧来自生命的欲望，而生命的欲望又来自生命力。但死亡本身仍然是可怕的,人到那时只是无力感受这种可怕罢了,而这一点本身又更其可怕。

7

肉体渐渐衰老,灵魂厌恶这衰老的肉体,弃之而走。这时候,死是值得欢迎的了。

可是,肉体衰老岂非一件荒谬的事?

8

死的绝望,唯死能解除之。

9

我忧郁地想:"我不该就这么永远地消失。"

我听见一个声音对我说:"人人都得死。"

可是,我的意思是,不仅我,而且每一个人,都不该就这么永远地消失。

我的意思是,不仅我,而且每一个人,都应该忧郁地想:"我不该就这么永远地消失。"

10

从无中来,为何不能回到无中去?

11

随着老年的到来,人的自我意识似乎会渐渐淡薄。死的可怕在于自我的寂灭,那么,自我意识的淡薄应该是一件好事了,因为它使人在麻木中比较容易接受死。

可是，问题在于：临死时究竟清醒好还是麻木好？

我无法回答这个问题。我的设想是，若是保持清醒的自我意识，死时肯定会更痛苦，但同时也会更自持，更尊严，更有气度。

12

屠格涅夫年老时写道："当我临死的时候，倘若我还能够思想的话，我将想些什么呢？"回忆，忏悔，恐惧，懊丧？"不……我以为，我将努力不去想——将勉强去思索某些无稽的琐事，为了只从眼前深邃可怕的黑暗里，引开自己的注意。"

真聪明。不知他是否实行了计划。再伟大的作家，也无法为人类留下他临死时思想活动的记录，这毕竟是件可惜的事。

13

没有一个死去的人能把他死前片刻之间的思想和感觉告诉活着的人。但是，他一旦做到这一点，那思想和感觉大约也是很平常的，给不了人深刻印象。不说出来，反倒保持了一种神秘的魅力。

14

我相信，使我能够忍受生命的终结的东西不是他人对我的爱和关怀，而是我对他人的爱和关怀。对于一个即将死去的人来说，自己即将不存在，已不值得关心，唯一的寄托是自己所爱的并且将继续活下去的人。

思考死的收获

1

对死的思考尽管徒劳，却并非没有意义，是一种有意义的徒劳。其意义主要有：第一，使人看到人生的全景和限度，用超脱的眼光看人世间的成败祸福；第二，为现实中的死做好精神准备；第三，死总是自己的死，对死的思考使人更清醒地意识到个人生存的不可替代，从而如海德格尔所说的那样"向死而生"，立足于死亡而珍惜生命，最大限度地实现其独一无二的价值。

2

一个人预先置身于墓中，从死出发来回顾自己的一生，他就会具备一种根本的诚实，因为这时他面对的是自己和上帝。人只有在面对他人时才需要掩饰或撒谎，自欺者所面对的也不是真正的自己，而是自己在他人面前扮演的角色。

3

"朝闻道，夕死可矣。"这里的"道"很可能正包括了生死的根本道理，而了悟了这个道理，也就不畏死了。

4

一个人处在巨大的自然灾难之中,面临着死亡的威胁,譬如爱伦·坡所描写的那个老头被卷入大旋涡底的时候,再来回想社会的沉浮(假如当时他有力量回想的话),就会觉得那是多么空泛,多么微不足道。

据说,临终的人容易宽恕一切。我想这并非因为他突然良心发现的缘故,而是因为在绝对的虚无面前,一切琐屑的往事对于他都真正无所谓了。

5

各种各样的会议,讨论着种种人间事务。我忽发奇想:倘若让亡灵们开会,它们会发怎样的议论?一定比我们超脱豁达。如果让每人都死一次,也许人人会变得像个哲学家。但是,死而复活,死就不成其为死,那一点儿彻悟又不会有了。

6

在海德格尔看来,死是一种有独特启示意义的积极力量。正因为死使个人的存在变得根本不可能,才促使个人要来认真考虑一下他的存在究竟包含一些怎样的可能性。一个人平时庸庸碌碌、浑浑噩噩,被日常生活消磨得毫无个性,可是,当他在片刻之间忽然领会到自己的死、死后的虚无,他就会强烈地意识到自身独一无二、不可重复的价值,从而渴望在有生之年实现自身所特有的那些可能性。你在日常生活中可以和他人相互共在,可是死总只是自己的死。你死了,世界照旧存在,人们照旧活动,你却永远地完结了,死使你失去的东西恰恰是你的独一无二的真正的存在。念及这一点,你就会发现，你沉沦在世界和人们之中有多么无稽，而你本应当成为唯你所能是的那样一个人的。所以，通过对自己的死的先行领会，你就会产生一种觉悟，积极地自我设计，成为唯你所能是的真实的自己。

7

虽然没有根据，但我确信每个人的寿命是一个定数，太不当心也许会把它缩短，太当心却不能把它延长。

我无法预知自己的寿命，即使能，我也不想，我不愿意替我自己不能支配的事情操心。

8

为延年益寿而万般小心，结果仍不免一死，究竟是否值得呢？

9

他兴奋了，不停地吸烟。烟有害于健康，会早死的！死？此时此刻，这是一个多么遥远而抽象的字眼。

10

一辆卡车朝悬崖猛冲。

"刹车！"乘客惊呼。

司机回过头来，笑着说："你们不是想逃避死吗？在这人间，谁也逃不脱一死。要逃避死，只有离开人间。跟我去吧！"

卡车跌下悬崖。我醒来了，若有所悟。

11

人的一生，有多少偶然和无奈。我们都将死去，而死在彼此的怀抱里，抑或死在另一个地方，这很重要吗？

第十一辑 人生寓言

幸福的西西弗

西西弗被罚推巨石上山,每次快到山顶,巨石就滚回山脚,他不得不重新开始这徒劳的苦役。听说他悲观沮丧到了极点。

可是,有一天,我遇见正在下山的西西弗,却发现他吹着口哨,迈着轻盈的步伐,一脸无忧无虑的神情。我生平最怕见到大不幸的人,譬如说身患绝症的人,或刚死了亲人的人,因为对他们的不幸,我既不能有所表示,怕犯忌,又不能无所表示,怕显得我没心没肺。所以,看见西西弗迎面走来,尽管不是传说的那副凄苦模样,但深知他的不幸身世的我仍感到局促不安。

没想到西西弗先开口了,他举起手,对我喊道:

"喂,你瞧,我逮了一只多漂亮的蝴蝶!"

我望着他渐渐远逝的背影,不禁思忖:总有些事情是宙斯的神威鞭长莫及的,那是一些太细小的事情,在那里便有了西西弗(和我们整个人类)的幸福。

哲学家和他的妻子

哲学家爱流浪,他的妻子爱定居。不过,她更爱丈夫,所以毫无怨言地跟随哲学家浪迹天涯。每到一地,找到了临时住所,她就立刻精心布置,仿佛这是一个永久的家。

"住这里是暂时的,凑合过吧!"哲学家不以为然地说。

她朝丈夫笑笑,并不停下手中的活。不多会儿,哲学家已经舒坦地把身子埋进妻子刚安放停当的沙发里,吸着烟,沉思严肃的人生问题了。

我忍不住打断哲学家的沉思,说道:"尊敬的先生,别想了,凑合过吧,因为你在这世界上的居住也是暂时的!"

可是,哲学家的妻子此刻正幸福地望着丈夫,心里想:"他多么伟大呵……"

从一而终的女人

"先生,我的命真苦,我这一生是完完全全失败了。我羡慕您,如果可能,我真想和您交换人生。"

"老婆总是人家的好。"

"您这是什么意思?"

"听说你和你老婆过得不错。"

"我们不比你们开化,父母之命,媒妁之言,好歹得过一辈子,不兴离婚的。我不跟她好好过咋办?"

"人生就是一个从一而终的女人,你不妨尽自己的力量打扮她,引导她,但是,不管她终于成个什么样子,你好歹得爱她!"

诗人的花园

诗人想到人生的虚无，就痛不欲生。他决定自杀。他来到一片空旷的野地里，给自己挖了一个坟。他看这坟太光秃，便在周围种上树木和花草。种啊种，他渐渐迷上了园艺，醉心于培育各种珍贵树木和奇花异草，他的成就也终于遐迩闻名，吸引来一批又一批的游人。

有一天，诗人听见一个小女孩问她的妈妈：

"妈妈，这是什么呀？"

妈妈回答："我不知道，你问这位叔叔吧。"

小女孩的小手指着诗人从前挖的那个坟坑。诗人脸红了。他想了想，说："小姑娘，这是叔叔特意为你挖的树坑，你喜欢什么，叔叔就种什么。"

小女孩和她的妈妈都高兴地笑了。

我知道诗人在说谎，不过，这一回，我原谅了他。

与上帝邂逅

我梦见上帝,他刚睡醒,正蹲在一条小溪边刷牙。这使我感到狼狈,因为白天我还对学生们发议论,说上帝并不存在,他是人的一个梦,没有这个梦,人生就太虚幻了。可现在他明明蹲在那里刷牙。我想躲开,不料上帝已经瞥见了我。

"小伙子,别溜,"他狡猾地一笑,说道,"仔细瞧瞧,我是你的一个梦吗?"

看我不开口,他接着说:"正相反,这个世界,你们人类,连同你,都是我的一个梦!"

这话惹恼了我,我鼓起勇气反驳:"现在你睡醒了,不做梦了,怎么我还在?"

"我还没太睡醒,"他边说边直起身来,伸着懒腰,"等我全醒了,你看还有没有你……"

我忽然觉得我正在变得稀薄,快要消失,心里一惊,从梦中醒了。

第二天上课时,我告诉学生们,幸亏上帝是人的一个梦,如果他真的存在,人生也太虚幻了。

潘多拉的盒子

宙斯得知普罗米修斯把天上的火种偷给了人类,怒不可遏,决定惩罚人类。他下令将女人潘多拉送到人间,并让她随身携带一只密封的盒子作为嫁妆。

我相信新婚之夜发生的事情十分平常。潘多拉受好奇心的驱使,打开了那只盒子,发现里面空无一物,又把它关上了。

可是,男人们却对此众说纷纭。他们说,那天潘多拉打开盒子时,从盒里飞出许多东西,她赶紧关上,盒里只剩下了一样东西。他们一致认为那剩下的东西是希望。至于从盒里飞出了什么东西,他们至今还在争论不休。

有的说:从盒里飞出的全是灾祸,它们撒遍人间,幸亏"希望"留在我们手中,使我们还能忍受这不幸的人生。

有的说:从盒里飞出的全是幸福,它们逃之夭夭,留在我们手中的"希望"只是空洞骗人的幻影。

宙斯在天上听到男人们悲观的议论,得意地笑了,他的惩罚已经如愿实施。

天真的潘多拉听不懂男人们的争论,她自顾自想道:男人真讨厌,他们对于我的空盒子说了这么多深奥的话,竟没有人想到去买些首饰和化妆品来把它充实。

基里洛夫自杀

基里洛夫自杀了。据说他在自杀前曾经宣布："人为了活下去，不自杀，发明了一个上帝。可是我知道并没有上帝，也不可能有，现在我怎么还能活下去？"这么说，他是一个形而上的自杀者了。

然而，我不相信一种哲学认识能够摧毁一个人的求生本能。而只要求生本能犹存，在这世界还有所爱恋，一个人就不会单单因为一种哲学原因自杀。即使对终极价值的信仰已经破灭，他还会受求生本能的驱使，替自己建立起一些非终极的价值，并依靠它们生存下去。

那么，基里洛夫究竟为何自杀呢？我以法官的身份传讯了此案的唯一证人陀思妥耶夫斯基。

"法官先生，"陀思妥耶夫斯基作证道，"我承认基里洛夫只是我的虚构。可是，难道您不认为，生命若没有永恒做担保，它本身是不值得坚持的？"

"那么你为什么不自杀呢？"

"基里洛夫已经代我这样做了。"

我恍然大悟：原来，一切悲观哲人之所以能够在这个形而下的世界上活下去，是因为他们都物色替身演员代替他们在形而上的舞台上死了一回。

抉 择

一个农民从洪水中救起了他的妻子，他的孩子却被淹死了。

事后，人们议论纷纷。有的说他做得对，因为孩子可以再生一个，妻子却不能死而复活。有的说他做错了，因为妻子可以另娶一个，孩子却不能死而复活。

我听了人们的议论，也感到疑惑难决：如果只能救活一人，究竟应该救妻子呢，还是救孩子？

于是我去拜访那个农民，问他当时是怎么想的。

他答道："我什么也没想。洪水袭来，妻子在我身边，我抓住她就往附近的山坡游。当我返回时，孩子已经被洪水冲走了。"

归途上，我琢磨着农民的话，对自己说：所谓人生的重大抉择岂非多半如此？

罪　犯

　　一个老实汉子进城，正遇上警察抓小偷，被误抓了起来。审讯时，法官厉声喝道："你犯了什么罪？从实招来！"

　　汉子答："小的不曾犯罪。"

　　法官冷笑道："你不曾犯罪，为何偏偏抓你，不抓别人？"

　　汉子无言以对，于是被定罪，判了一年监禁。

　　刑满释放后，汉子回到村里，依然老实种地。但他从此遭到了众人的唾弃，连小偷见了也要朝他的背影啐一口唾沫，骂道："呸，罪犯！"

医生、巫婆和佛陀

一个热爱生命的人患了绝症，只有三个月好活了，但他不甘心。

第一个月，他怀着一线希望去找医生，因为他首先是一个相信科学的人。他恳求医生运用最先进的科学手段挽救他的生命。医生照例开了药方，并直言奉告，说这些药只能暂时止痛，不能治病，因为他患的是不治之症。

第二个月，他怀着一点儿侥幸去找巫婆。既然科学不能救他，他就只好指望他一向斥之为迷信的巫术创造奇迹。巫婆口中念念有词，举手在他头顶上比画一阵，然后预言他必能渡过难关。可惜这预言没有灵验，他的病愈发严重了。

第三个月，他自知大限临头，难逃一死，便怀着一颗绝望的心去找佛陀。在这个没有奇迹的世界上，除了哲学和宗教，还有什么能安慰一个濒死的人呢？听佛陀宣讲了一番四谛、八正道的教理之后，他终于在似是而非的彻悟中瞑目而死了。

生命的得失

一个婴儿刚出生就夭折了。一个老人寿终正寝了。一个中年人暴亡了。他们的灵魂在去天国的途中相遇，彼此诉说起了自己的不幸。

婴儿对老人说："上帝太不公平，你活了这么久，而我却等于没活过。我失去了整整一辈子。"

老人回答："你几乎不算得到了生命，所以也就谈不上失去。谁受生命的赐予最多，死时失去的也最多。长寿非福也。"

中年人叫了起来："有谁比我惨！你们一个无所谓活不活，一个已经活够数，我却死在正当年。把生命曾经赐予的和将要赐予的都失去了。"

他们正谈论着，不觉到达天国门前，一个声音在头顶响起：

"众生啊，那已经逝去的和未曾到来的都不属于你们，你们有什么可失去的呢？"

三个灵魂齐声喊道："主啊，难道我们中间没有一个最不幸的人吗？"

上帝答道："最不幸的人不止一个，你们全是，因为你们全都自以为所失最多。谁受这个念头折磨，谁的确就是最不幸的人。"

寻短见的少妇

夏天的傍晚,一个美丽的少妇投河自尽,被正在河中划船的白胡子艄公救起。

"你年纪轻轻,为何寻短见?"艄公问。

"我结婚两年,丈夫就遗弃了我,接着孩子又病死。您说,我活着还有什么乐趣?"少妇哭诉道。

"两年前你是怎么过的?"艄公又问。

少妇的眼睛亮了:"那时我自由自在,无忧无虑……"

"那时你有丈夫和孩子吗?"

"当然没有。"

"那么,你不过是被命运之船送回到了两年前。现在你又自由自在、无忧无虑了。请上岸吧。"

话音刚落,少妇已在岸上,艄公则不知去向。少妇恍若做了一个梦,她揉了揉眼睛,想了想,离岸走了。她没有再寻短见。

流浪者和他的影子

命运如同一个人的影子,有谁能够摆脱自己的影子呢?

可是,有一天,一个流浪者对于自己的命运实在不堪忍受,便来到一座神庙,请求神允许他和别人交换命运。神说:"如果你能找到一个对自己命运完全满意的人,你就和他交换吧。"

按照神的指示,流浪者出发去寻找了。他遍访城市和乡村,竟然找不到一个对自己命运完全满意的人。凡他遇到的人,只要一说起命运,个个摇头叹息,口出怨言。甚至那些王公贵族、达官富豪、名流权威,他们的命运似乎令人羡慕,但他们自己并不满意。事实上,世人所见的确只是他们的命运之河的表面景色,底下许多阴暗曲折唯有他们自己知道。

流浪者终于没有找到一个可以和他交换命运的人。直到今天,他仍然拖着他自己的影子到处流浪。

白兔和月亮

在众多的兔姐妹中,有一只白兔独具审美的慧心。她爱大自然的美,尤爱皎洁的月色。每天夜晚,她来到林中草地,一边无忧无虑地嬉戏,一边心旷神怡地赏月。她不愧是赏月的行家,在她的眼里,月的阴晴圆缺无不各具风韵。

于是,诸神之王召见这只白兔,向她宣布了一个慷慨的决定:

"万物均有所归属。从今以后,月亮归属于你,因为你的赏月之才举世无双。"

白兔仍然夜夜到林中草地赏月。可是,说也奇怪,从前的闲适心情一扫而光了,脑中只绷着一个念头:"这是我的月亮!"她牢牢盯着月亮,就像财主盯着自己的金窖。乌云蔽月,她便紧张不安,唯恐宝藏丢失。满月缺损,她便心痛如割,仿佛遭了抢劫。在她的眼里,月的阴晴圆缺不再各具风韵,反倒险象迭生,勾起了无穷的得失之患。

和人类不同的是,我们的主人公毕竟慧心未灭,她终于去拜见诸神之王,请求他撤消了那个慷慨的决定。

孪生兄弟

生和死是一对孪生兄弟。死对他的哥哥眷恋不舍,生走到哪里,他就跟到哪里。可是,生却讨厌他的这个弟弟,避之唯恐不及。尤其使他扫兴的是,往往在举杯纵饮的时候,死突然出现了,把他满斟的酒杯碰落在地,摔得粉碎。

"你这个冤家,当初母亲既然生我,又何必生你,既然生你,又何必生我!"生绝望地喊道。

"好哥哥,别这么说。没有我,你岂不寂寞?"死心平气和地说。

"永远不!"

"可是你想想,如果没有我和你竞争,你的享乐有何滋味?如果没有我同台演出,你的戏剧岂能精彩?如果没有我给你灵感,你心中怎会涌出美的诗歌,眼前怎会展现美的图画?"

"我宁可寂寞,也不愿见到你!"

"好哥哥,这可办不到。母亲怕你寂寞,才嘱我陪伴你。我这个孝子怎能不从母命?"

于是生来到大自然母亲面前,请求她把可恶的弟弟带走,别让他再纠缠自己。然而,大自然是一位大智大慧的母亲,绝不迁就儿子的任性。生只好服从母亲的安排,但并不领会如此安排的好意,所以对死始终怀着一种无可奈何的怨恨心情。

小公务员的死

某机关有一个小公务员，一向过着安分守己的日子。有一天，他忽然得到通知，一位从未听说过的远房亲戚在国外死去，临终指定他为遗产继承人。那是一爿价值万金的珠宝商店。小公务员欣喜若狂，开始忙碌地为出国做种种准备。待到一切就绪，即将动身，他又得到通知，一场大火焚毁了那爿商店，珠宝也丧失殆尽。小公务员空欢喜一场，重返机关上班。但他似乎变了一个人，整日愁眉不展，逢人便诉说自己的不幸。

"那可是一笔很大的财产啊，我一辈子的薪水还不及它的零头呢。"他说。

同事们原先都嫉妒得要命，现在一齐怀着无比轻松的心情陪着他叹气。唯有一个同事非但不表同情，反而嘲笑他自寻烦恼。

"你不是和从前一样，什么也没有失去吗？"那个同事问道。

"这么一大笔财产，竟说什么也没有失去！"小公务员心疼得叫起来。

"在一个你从未到过的地方，有一爿你从未见过的商店遭了火灾，这与你有什么关系呢？"

"可那是我的商店呀！"

那个同事哈哈大笑，于是被别的同事一致判为幸灾乐祸的人。据说不久以后，小公务员死于忧郁症。

姑娘和诗人

一个姑娘爱上了一个诗人。姑娘富于时代气息,所以很快就委身于诗人了。诗人以讴歌女性和爱情闻名于世,然而奇怪,姑娘始终不曾听到他向她表白爱情。有一天,她终于问他:"你爱我吗?"

他沉默了一会儿,答道:

"这个问题,或者是不需要问的,或者是不应该问的。"

姑娘黯然了。不久后,诗人收到她寄来的绝交信,只有一句话:"你的那些诗,或者是不需要写的,或者是不应该写的。"

但诗人照旧写他的爱情诗,于是继续有姑娘来向他提出同一个问题。

幸免者的哄笑

我们排成整齐的横队。队列的正前方,一个长官手持测笑器,威严地盯视着我们。思考着这整个可笑的场面,我憋不住想笑,可是我不敢。谁若被测笑器测出一丝笑容,就得自动走出队列,脱下裤子,接受五十皮鞭的处罚。

我用双眼的余光窥视左右,发现队伍里个个都憋着笑,但个个都拼命装出一副严肃的面容。确实不是闹着玩的,谁也不能担保自己不成为那个倒霉鬼。

突然,听见长官厉声喊我的名字,我顿知事情不妙,机械地迈步走出队列。这时候,我的背后爆发出了一阵哄笑。回过头去,只见队伍里个个都用幸灾乐祸的眼光看着我。这使我愤怒了。我记得我并没有笑,而这些可怜虫,他们自己不也随时有可能无辜受罚吗?

"我没有笑!"我抗议。

然而长官却不分青红皂白,命令我脱裤子。我拒绝了。长官大怒,当即改判我死刑,在一片哄笑声中向我举起了手枪。

砰的一声,我醒了。原来是个梦。最近我老做噩梦。

无赖的逻辑

　　无赖向朋友借了一笔钱。三天后，朋友催他还钱，他义愤填膺地叫喊起来：

　　"你怎么这样计较，才几天，就来逼债？"

　　朋友尴尬一笑，按下不提。三年后再催还，无赖又义愤填膺地叫喊起来：

　　"你怎么这样计较，多久了，还念念不忘？"

　　无赖终于没有还钱，并且逢人便说他的这位朋友多么吝啬计较，不够朋友。他愈说愈气愤，最后庄严宣告，他业已和如此不配做他的朋友的人断交。

落难的王子

有一个王子,生性多愁善感,最听不得悲惨的故事。每当左右向他禀告天灾人祸的消息,他就流着泪叹息道:"天哪,太可怕了!这事落到我头上,我可受不了!"

可是,厄运终于落到了他的头上。在一场突如其来的战争中,他的父王被杀,母后受辱自尽,他自己也被敌人掳去当了奴隶,受尽非人的折磨。当他终于逃出虎口时,他已经身罹残疾,从此以后流落异国他乡,靠行乞度日。

我是在他行乞时遇到他的,见他相貌不凡,便向他打听身世。听他说罢,我早已泪流满面,发出了他曾经发过的同样的叹息:

"天哪,太可怕了!这事落到我头上,我可受不了!"

谁知他正色道——

"先生,请别说这话。凡是人间的灾难,无论落到谁头上,谁都得受着,而且都受得了——只要他不死。至于死,就更是一件容易的事了。"

落难的王子撑着拐杖远去了。有一天,厄运也落到了我的头上,而我的耳边也响起了那熟悉的叹息:

"天哪,太可怕了……"

执迷者悟

佛招弟子，应试者有三人，一个太监、一个嫖客、一个疯子。

佛首先考问太监："诸色皆空，你知道么？"

太监跪答："知道。学生从不近女色。"

佛一摆手："不近诸色，怎知色空？"

佛又考问嫖客："悟者不迷，你知道么？"

嫖客嬉皮笑脸答："知道，学生享尽天下女色，可对哪个婊子都不迷恋。"

佛一皱眉："没有迷恋，哪来觉悟？"

最后轮到疯子了。佛微睁慧眼，并不发问，只是慈祥地看着他。

疯子捶胸顿足，凄声哭喊："我爱！我爱！"

佛双手合十："善哉，善哉。"

佛收留疯子做弟子，开启他的佛性，终于使他成了正果。

清高和嫉妒

两个朋友在小酒店里喝酒,聊起了他们的一个熟人。

在任何世道,小人得志、下流胚走运是寻常事。他们的这个熟人既然钻营有术,理应春风得意。他升官、发财、成名、留洋,应有尽有。还有一打左右的姑娘向他奉献了可疑的贞操和可靠的爱情——姑娘们从来都真心诚意地热爱成功的男人。

其中一个朋友啪地放下酒杯,激动地说:"我打心眼里蔑视这种人!"接着有力地抨击了世风的败坏和人心的堕落,雄辩地论证了精神生活的高贵和身外之物的卑俗。最后,尽管他对命运的不公大表义愤,但仍以哲学家的风度宣布他爱他的贫困寂寞的命运。

显然,他是一个非常清高的人。由于他的心灵暗暗受着嫉妒的折磨,更使他的清高有了一种悲剧色彩。

另一个朋友慢慢呷着杯里的酒,懒洋洋地问道:"可是,那个家伙的事和你有什么关系呢?"

诺亚的子孙

上帝降下大洪水，毁灭了罪恶的人类。只有诺亚得到赦免，他驾着方舟，带着妻小，漂流在无边无际的大海上，等待大洪水退落的那一天。

上帝许诺，陆地将重新露出海面。所以，诺亚的内心是充实的，他的漂流是有目的的。

可是，对于上帝反复无常的脾性，我实在太了解了。我不得不假定，上帝后来改变了心思。撒手不管，听凭洪水滔滔不再退落。诺亚继续在无边无际的大海上漂流，但他的漂流已经没有目的，他所期待的陆地已经永远沉落，他的内心唯有悲凉和绝望。

事实难道不正是如此？直到今天，我们，诺亚的子孙们，每人依然驾着自己的方舟——自己的人生，在茫茫宇宙之海上漂流，徒劳地寻找着一小块可以停靠的陆地。

告别遗体的队伍

那支一眼望不到头的队伍缓慢地、肃穆地向前移动着。我站在队伍里,胸前别着一朵小白花,小白花正中嵌着我的照片,别人和我一样,也都佩戴着嵌有自己的照片的小白花。

钟表奏着单调的哀乐。

这是永恒的仪式,我们排着队走向自己的遗体,同它做最后的告别。

我听见有人哭泣着祈祷:"慢些,再慢些。"

可等待的滋味最难受,哪怕是等待死亡,连最怕死的人也失去耐心了。女人们开始结毛衣、拉家常。男人们互相递烟、吹牛,评论队伍里的漂亮女人。那个小伙子伸手触一下排在他前面的姑娘的肩膀,姑娘回头露齿一笑。一位画家打开了画夹。一位音乐家架起了提琴。现在这支队伍沉浸在一片生气勃勃的喧闹声里了。

可怜的人呵,你们在走向死亡!

我笑笑:我没有忘记。这又怎么样呢?生命害怕单调甚于害怕死亡,仅此就足以保证它不可战胜了。它为了逃避单调必须丰富自己,不在乎结局是否徒劳。

想不明白的问题

一个异乡人走在一座城市里,脑中想着拯救、永恒以及诸如此类的问题,不知不觉地走到了一条偏僻的街道上。一群流氓突然包围了他,用拳头和棍棒把他打翻在地。他们搜遍他的衣服,找不到他们想要的钱财。他们又用铁器撬开他的嘴巴,发现嘴里没有他们想要的金牙。于是,他们气急败坏地责问他:"你究竟有什么?"

"我有许多想不明白的问题。"他抱歉地回答。

"哈哈,想不明白的问题对谁都没有用!"他们发出一阵狂笑,然后拔出匕首,割断了他的喉管。离去前,他们还对他的尸体甩下一句幸灾乐祸的话:"现在,你已经没有任何想不明白的问题了。"

微不足道的事情

有一个善于反省的人，在他生命中的某一天，突然省悟到自己迄今所做的全是微不足道的事情。他想到生命的短暂，不禁为自己虚度了宝贵的光阴而痛心。于是他暗暗发誓，从此一定要万分珍惜光阴，用剩余的生命做成一件最有价值的事情。

许多年过去了，我们的这位朋友始终忠于自己的誓言，不做任何微不足道的事情。他一直在寻找那件足以使他感到不虚此生的最有价值的事情。可是，他没有找到。生命太宝贵了，无论用它来做什么都有点儿可惜。结果，他什么事也没有做，既没有做微不足道的事情，也没有做最有价值的事情。而他的宝贵的生命，却照样在这无所事事中流逝而去。

终于有一天，他又一次反省自己，不愿再这样无所事事地生活；人活着总得做点什么，既然找不到最有价值的事情，就只好做微不足道的事情。所以，现在他怀着一种宿命的安乐心情做着种种微不足道的事情。

图书在版编目（CIP）数据

只有一个人生／周国平著. ——2版. ——北京：北京十月文艺出版社，2023.1
ISBN 978-7-5302-2244-7

Ⅰ. ①只… Ⅱ. ①周… Ⅲ. ①散文集－中国－当代 Ⅳ. ①I267

中国版本图书馆CIP数据核字（2022）第094462号

只有一个人生
ZHIYOU YIGE RENSHENG
周国平 著

出　　版	北京出版集团
	北京十月文艺出版社
地　　址	北京北三环中路6号
邮　　编	100120
网　　址	www.bph.com.cn
发　　行	新经典发行有限公司
	电话010-68423599
经　　销	新华书店
印　　刷	河北鹏润印刷有限公司
版　　次	2023年1月第2版
印　　次	2023年1月第1次印刷
开　　本	880毫米×1230毫米 1/32
印　　张	11.5
字　　数	255千字
书　　号	ISBN 978-7-5302-2244-7
定　　价	59.00元

如有印装质量问题，由本社负责调换。
质量监督电话 010-58572393

版权所有，未经书面许可，不得转载、复制、翻印，违者必究。